雨花英烈系列纪实文学

云间有颗启明星

侯绍裘烈士传

唐金波 著

江苏凤凰文艺出版社

图书在版编目（CIP）数据

云间有颗启明星：侯绍裘烈士传 / 唐金波著. —南京：江苏凤凰文艺出版社，2017.7
（雨花忠魂：雨花英烈系列纪实文学）
ISBN 978-7-5399-9402-4

Ⅰ. ①云… Ⅱ. ①唐… Ⅲ. ①纪实文学－中国－当代 Ⅳ. ①I25

中国版本图书馆 CIP 数据核字(2016)第 325255 号

书　　　名	云间有颗启明星：侯绍裘烈士传
著　　　者	唐金波
责任编辑	黄孝阳　聂　斌
出版发行	江苏凤凰文艺出版社
出版社地址	南京市中央路 165 号，邮编：210009
出版社网址	http://www.jswenyi.com
印　　　刷	江苏凤凰通达印刷有限公司
开　　　本	880×1230 毫米 1/32
印　　　张	8.125
字　　　数	215 千字
版　　　次	2017 年 7 月第 1 版　2017 年 7 月第 1 次印刷
标准书号	ISBN 978-7-5399-9402-4
定　　　价	32.00 元

（江苏文艺版图书凡印刷、装订错误可随时向承印厂调换）

"雨花忠魂·雨花英烈系列纪实文学"丛书编委会名单

王燕文　徐　宁　张亚青

万建清　范小青　韩松林

汪　政　张红军　阎海燕

信念之光　民族脊梁

中共江苏省委书记　李　强

南京雨花台,是一处历史名迹,更是一个革命圣地。它风光秀丽,历代文人墨客在此留下吟哦诗篇;它壮怀激烈,众多先贤志士在此演绎壮丽人生;它记忆殷红,无数革命先烈、共产党人在此献出宝贵生命。近现代以来,在雨花台英勇就义的革命烈士中留下姓名的烈士就有1519名,他们的事迹展示了中国共产党人的崇高理想信念、高尚道德情操、为民牺牲的大无畏精神。

习近平总书记在中国文联十大、中国作协九大开幕式上指出:"祖国是人民最坚实的依靠,英雄是民族最闪亮的坐标。歌唱祖国、礼赞英雄从来都是文艺创作的永恒主题,也是最动人的篇章。"江苏省委宣传部、省作家协会组织编写的"雨花忠魂·雨花英烈系列纪实文学"丛书,以真实的人物故事,生动诠释了雨花英烈信仰至上、慨然担当、舍身为民、矢志兴邦的革命精神和英雄壮举。恽代英、邓中夏、何宝珍、施滉、徐楚光、陈原道等,这一个个英烈,是不灭的火种、不朽的丰碑,闪耀着革命信念的光芒，挺起了民族不屈的脊梁。"雨花忠魂"丛书，是深沉的革命历史见证，是深厚的红色文化传承，是深刻的思想教育启迪，展现了江苏作家对革命历史的正确认识、对雨花英烈的景仰之情、对弘扬社会主义核心价值观的自觉追求。

现在，江苏发展已经站在新的起点。全省上下正在深入学习贯彻习近平总书记系列重要讲话精神和治国理政新理念新思想新战略，按照省第十三次党代会提出的战略部署，积极投身"聚力创新，聚焦富民，高水平全面建成小康社会"的崭新实践，加快建设经济强、百姓富、环境美、社会文明程度高的新江苏。伟大的事业需要伟大的精神。我们缅怀雨花英烈，就是要学习他们的高尚品质和不朽精神，从中汲取养分与力量，砥砺全省人民朝气蓬勃地迈向未来；我们弘扬雨花英烈精神，就是要在高扬爱国主义主旋律、践行社会主义核心价值观的实践中，引导人们坚定对中国特色社会主义的道路自信、理论自信、制度自信、文化自信，努力创造出无愧于时代的崭新业绩，以此告慰那些为民族解放、国家富强和人民幸福而英勇献身的革命先辈们。

目 录

001　　楔子
001　　一
008　　二
013　　三
019　　四
024　　五
031　　六
035　　七
040　　八
044　　九
051　　十
056　　十一
060　　十二
064　　十三
068　　十四
072　　十五
075　　十六
079　　十七
083　　十八
090　　十九
095　　二十

100	二十一
103	二十二
107	二十三
113	二十四
118	二十五
123	二十六
127	二十七
133	二十八
139	二十九
144	三十
148	三十一
153	三十二
157	三十三
161	三十四
166	三十五
172	三十六
177	三十七
182	三十八
186	三十九
190	四十
193	四十一
198	四十二
201	四十三
207	四十四

215	四十五
219	四十六
224	四十七
227	四十八
232	四十九
238	五十
241	五十一
245	参考文献

楔　子

"上海之上，城中之城"既是一副工整的对联，也是一则有趣的地名谜语。谜底，就是"松江"。为什么呢？只需打开史册一阅，便可收获会意一笑。

松江，地处长江三角洲平原，位于黄浦江上游，现属上海西南郊。可是千万别忘了，在没有"上海"之前，松江却早已闻名。

公元前248年，战国四公子之一的春申君黄歇，原先的封地在淮北，这位具有开拓创新精神的公子，放着富饶地域不要，偏偏看中了一片荒凉的海滩，主动求封到吴地。至今，在松江土地上还留存着他垦荒造城的足迹履痕。例如，当年他摆渡的地方称为黄渡，途中坐下来休息的亭子叫做华亭，他率众疏浚的河道名曰黄浦，至今松江境内新桥镇还有一座村落依然叫春申村……松江凤凰山南麓出土的那件青铜樽，许是春申君箪食瓢饮、开疆辟土时的遗物。那个时候，后来被叫做"上海"的那片海滩，也可能尚未形成呢。

松江古称华亭。据史册记载，公元751年（唐天宝十年），现今的松江区属华亭县，公元1267年（南宋咸淳三年）在上海浦江西岸设置市镇，定名为上海镇。公元1292年（元至元二十九年），元朝中央政府把上海镇从华亭县划出，批准上海设立上海县，属松江府。松江府，是中国元代设立的行政建制，明清一直沿袭，其地域相当于现今的上海市。1927年后，国民政府撤销沪海道，设立上海特别市，才基本形成至今的行政区划。

由此可知，松江无论是在历史长河中，还是地处黄浦江之首，都处上游位置，故称"上海之上"；而随着城市发展变迁，松江古城不仅被松江新城区包围，而且区划为上海这座现代化都市的一个行政区域，早已成为"城中之城"。

同人一样，松江不仅有乳名，有名字，还有号。松江的乳名除"华亭"外，还叫过"茸城"，那是吴王寿梦给起的。寿梦见这片海滨之地草木特别茂盛就称此地为"五茸"，后来建起城镇，自然就叫"茸城"。

而松江的"号"，就与文化有关了。据《晋书》载：晋代大文学家陆云，字士龙，有一天在学识渊博的中书令张华家中，遇到一位名士荀隐。这位荀隐，字鸣鹤。两人初不相识，在互通姓名籍贯时，荀隐自报："日下荀鸣鹤。"陆云回答说："云间陆士龙。""日下"是取帝王之居京都之义，"云间"是"云从龙"之义。后来，唐朝王勃所作的《滕王阁序》中有"望长安于日下，指吴会于云间"两句，即引用此典。于是，"云间"就成了松江的"号"。

松江自明代起，依靠棉纺织业的兴盛，曾在三百余年间，经济盛极一时，成为全国棉纺织业的中心。当时船山纸张、景德镇制瓷、苏杭的丝织、芜湖的浆染、松江的棉纺，并称"江南五大手工业中心"，而松江更有"衣被天下"之称。

随着经济的发展，松江不仅税赋甲天下，而且出现了众多的才人志士，创造了璀璨夺目的历史文化，云间画派、云间书派、云间诗派中的一大批杰出人物为天下文人学士所仰慕。20世纪70年代后期，曾有一位研究中国文化的美国学者访问松江后说："研究松江古代著名人物中的陆机、陆云、董其昌、夏完淳等任何一位，都可写成博士论文。"

松江，这座江南著名的历史文化古城，无论是在辛亥革命时期，还是1921年中国共产党成立以后的近一个世纪中，更是涌现了大批仁人志士、革命英烈，他们中有大革命时期的朱季恂、侯绍裘、吴光田；有土地革命中的顾桂龙、姜辉麟；有为抗击日本侵略者而捐躯的英雄；有为中国人民的解放而献身的勇士；还有为了保卫新中国，建设新中国，保卫国家集体和人民群众生命财产安全而甘洒热血、奉献生命的众多优秀儿女……在历史的天空中，他们群星璀璨，每一位都是一本厚重的历史书籍。

"昨天转瞬已在身后，我们在奔向明天的同时，勿忘留点时间，品味历史记忆……"

一

　　杜鹃花已经在东西两座佘山的坡地上盛开了。

　　五月的天气，不冷不热，穿什么样的衣服都能感到舒爽，所以松江一带有"二八月，乱穿衣"的说法。

　　清晨，侯绍裘匆匆吃完妻子胡鸣鹤摸黑替他准备的早餐，又回卧室深情凝视会儿熟睡中的儿子焕昭，头一扬，拎起装着洗换衣服及书本的藤箱，跨出家门。

　　他家就坐落在松江县城内丰乐桥东堍。

　　旧志载："府城诸水，日月夹拱，

玉带环流，灵气之所钟也。"古城位于黄浦江上游北侧，为平原感潮河网地区，街河纵横，密如蛛网，北去青浦，东去上海，南去金山、奉贤，西去江苏、浙江，航道畅通，水运繁忙。"三里五里一纵浦，五里七里一横塘""桥里庙，庙里桥，一步要跨两顶桥"这类乡土味浓重的松江老话，形象地勾勒出松江的地貌风情。 古城的民宅，通常是前为店铺，后为水码头，几乎家家户户都拥有属于自家的小划子。 与寻常城镇相比，在水城松江，密如蛛网的河道就是街巷，来来往往的舟楫则是交通运输车辆，那轻便快捷的"小划子"恐怕相当于人力黄包车了。 而河道两边铺着石板的堤岸就是人行道。 如若出远门，只须站在河岸，扬手高声招呼一声，便有租船靠岸，谈妥价钱就能送到目的地。

往常，绍裘的祖母总要拄着拐杖，颤巍巍地送他上船，每次都要等到他乘坐的船过了拱桥，不见了踪影，才依依不舍地回屋去。 今天，没有祖母送行，此后也永远不可能再有祖母来送行了，因为，祖母已于几天前驾鹤西去。 他这次向学校请假，正是回乡参加祖母葬礼的。 祖母特别疼爱他，听姐姐佩琛讲过，自己生下来的时候，下巴有一颗很大的黑痣，雪白的小脸儿上多了一样东西，显得特别可爱，家里人没有一个不喜欢他。 尤其是祖母，有时她生了气，任凭家里人如何劝解都不奏效，但是，只要将牙牙学语的他抱来，朝她怀里一塞，立竿见影，祖母的不高兴就会烟消云散，什么事也没有了。 绍裘自幼聪慧，四岁起就读私塾，因父亲早逝，再也请不起塾师，只得到堂兄家的私塾附读；后进入华娄官立高等小学，脱离了以科举为中心的旧式私塾教育，接受近代学校教育。 他勤奋刻苦，兴趣广泛，尤喜读科学、历史等书籍，成绩名列前茅。 小学毕业后，绍裘以优异成绩考入江苏省立第三中学。 翩翩少年的他，瘦高个子，热情好动，善于言辞，讲起话来手舞足蹈，同学们以绰号"猴子"戏称。 品学兼优的他，尤擅古文词，他的作文时常被校刊录用。 这些文笔清新、语句精练的文章，无不抒发出他有志救国拯民的博大胸怀。 他喜读报刊，关心社会形势，对国内外发生的大事有自己独到的见解，与同学讨论时，慷慨陈词，议论精辟，令人折服。校长杨复鼎先生格外器重他，说："从这个不同凡响的年轻后生身上，我看到了中国的希望。他是我校最好的学生，将来必成国家栋梁。"祖母听到此言，乐在心头，似乎也从孙子的身上看到了侯家的希望。当然，侯绍裘也没有让疼爱自己的祖母失望，中学毕业后，他报考南洋公学——这所国内著名的工科大学。因外语成绩影响头一年未被录取，他就进南洋中学补习，第二年终于如愿以偿，被录取了。当亲朋们怀着羡慕，领着自家孩子登门向绍裘取经时，祖母自然喜笑颜开，更是确信自己没有错疼孙儿……

记得春节后，侯绍裘告别祖母返校，也就是在这水码头上，祖母替他扣好长衫领口的钮扣，嘱咐他继续努力，替侯家争口气。他听得懂祖母的心愿，怀着复杂的心情，坚定地点了点头。怎么都没料到，这一别却阴阳两隔。更没料到也就是在祖母的丧礼安排上，绍裘与大姑妈发生了激烈的争执。按照松江的习俗，人们常假丧礼炫耀财势，街坊邻居、亲朋好友也习惯依丧礼的隆重奢华与否，来衡量评判家人对死者的尽孝程度。大姑妈认为胞弟是前清秀才，家有田产和店铺，尽管弟弟英年早逝、家道中落，但侯家毕竟是书香门第、殷实人家，老太太的丧礼无论如何不能冷清寒碜了，主张请和尚、道士来做道场，隆重地热闹一番，好给侯家撑撑门面。绍裘闻知，找大姑妈阻止。大姑母道："鳌，奶奶活着的时候是最疼你的，这样做，为的是尽我们的孝道啊！"绍裘对大姑妈说，祖母去世我们每个人心里都很难受，大家寄托哀思，决心把今后的事做好，就是尽孝道。只是请和尚、道士来做道场，不仅是封建迷信，而且铺张浪费。大姑妈说："在松江，别人家都是这样做的，我们不做，会给人家说道的。"绍裘听了，并不气馁，耐心地开导大姑妈："别家如此，我们难道就非得跟风吗？这么铺张浪费，祖母生前是那么的节俭，如果她泉下有知，难道会安心吗？"一席话说得大姑妈哑口无言，想了想，也就顺了他。

绍裘今天没有要船走水路，而是顺着柳烟河岸，踏着青石板铺就的街巷去火车站。 青石板上印有独轮车留下的深深浅浅的辙痕，在弥漫着薄雾的五月清晨，人走上去很有种历史与现实、仙境与人间交融的诗意。 他之所以弃舟改乘火车，一来是他需要这种氛围，以便稀释心中的悲痛，梳理纷乱的心绪；二来是他在南洋公学学的土木专业，通俗地讲就是搞建筑的，反正时间宽裕，他想再一次去仔细看看松江火车站——这座建于清宣统元年的建筑。 良好的家教加上境遇的变故，他做任何一件事都极其专心刻苦。 南洋公学（现上海交通大学），素以悠久的历史、严格的管理、领先国内的工科教育而蜚声中外，吸引着来自全国各地有志于科学报国的青年才俊。 侯绍裘勤学苦读，"所业倾其曹"。 第一学期期末考试，无论是总分还是平均分，他都名列全班第一，尤其是他撰写的《论气》一文，观点新颖、论述精辟、文风犀利，获得全校国文大会第二名，博得国学名家唐文治校长的垂青。 侯绍裘渴望尽快学成先进的科学技术，改造中国的落后面貌，他一次又一次规划着自己的人生蓝图：大学毕业后最好能够赴洋留学，回国后做一名杰出的工程师或桃李满天下的大学教授。 他崇尚实业救国，他认为只要国人都有责任心，勤恳吃苦、踏踏实实把自己的事做好，社会面貌就能得到改变，国家就会昌盛强大起来的。 他笃信千里之行始于足下，九丈高台起于垒土，他不轻易放过任何一个观察学习的机会。 他觉得松江的那些古建筑，是中国建筑史上的翘楚，也是他学习的宝贵读本和探索研究的典藏标本。 松江火车站尽管建筑年代没有云间第一桥、云间第一楼和醉白池那样久远，却建得很别致独特，可以用玲珑精致来概括。 这火车站既不是雕花楼那样三进二庭四厢传统民宅院落式，也不像云间第一楼那样立于砖木结构的门道之上清水砖墙、翘角飞檐、古色古香，而是中西合璧式的，候车室是二层小楼，不同寻常的是那仿西洋式尖尖高高的屋顶，似钟楼又似教堂，在松江古城颇似鹤立鸡群，那么抢眼而略带几份神秘色彩。

　　此刻，他正步履坚实地朝火车站方向走去，打算利用候车的时间仔细观察探究一番，为自己将来写毕业论文积累素材。

清晨的阳光照在小站的尖屋顶上,像镀了层金,亮闪闪的。

河到车站广场前面时已是细细瘦瘦、有气无力的了,河岸的几株垂柳在晨风中懒懒地晃动着,远处的几座村落在晨雾中,若隐若现,只有轮廓。 绍裘将站里站外看了个仔细,又坐在站前广场的桥塊上,从藤箱里找出纸笔伏在桥栏的石栏上,画下火车站的素描。 这时,随着汽笛的嘶鸣,一趟火车进站了。 火车"丝棒丝棒"的喘气声、站役的叫唤站名声、下车旅客提认行李声、招呼脚夫声、摊贩叫卖早点声,使沉寂的小站也从睡眠中苏醒过来,躁动起来。

这是开往上海的一列班车。 侯绍裘提着藤箱逆着下车的人流,上了车,找了个空位坐下来。 随着汽笛的嘶鸣,火车"丝棒丝棒"驶出了松江站。 太阳冉冉升起,薄雾也轻轻揭去,湿润的风从车窗缝隙钻进来。 稀释着拥挤的车厢里早餐的葱香味和浓烈的劣质烟草味。

邻座是一位戴着高度近视眼镜的男士,正俯身聚精会神地看着报纸。 侯绍裘探过头去,一行字如闪电映入眼帘:5月4日,北京三千学生上街游行,要求政府拒绝在凡尔赛和约上签字,痛打章宗祥,火烧赵家楼……他迫不及待借来细读,平静多时的心激烈地跳动起来,满腔热血沸腾起来,他的思绪闪回到四年前松江三中发生的刻骨铭心的那一幕。

他清楚地记得,那是1915年的5月,他还在松江三中读书。 孙中山先生领导的辛亥革命,虽然推翻了帝制,创立了中华民国,但是胜利果实最终被袁世凯窃取,中国反帝反封建任务并没有完成。 1914年欧战爆发,西方帝国主义无暇东顾,日本以对德宣战的名义,乘机出兵,以武力侵占我国青岛和胶济铁路沿线,这些原为德国侵略者势力范围的地方。 第一次世界大战结束以后,英、美、法等列强在巴黎召开"和平"分赃会议。 尽管中国作为战胜国参加会议,列强们无视中国的存在,霸道地将战败国德国在我国山东的一切权利转让给日本。 窃国大盗袁世凯为了乞讨日本支持,实现他的皇帝梦,不惜卖国,冒天下之大不韪接受了日本提出的,意在鲸吞中国的"二十一条"……

消息传到松江三中，全校师生人人义愤填膺，个个切齿痛恨，学生会自动召集全校师生大会。操场上，师生们争相登台，愤怒揭露日本帝国主义亡我中华的狼子野心，声讨袁世凯的无耻卖国罪行。青年教师许栋材，拨开人群，跃上讲台，道古论今，逐条分析二十一条，高声痛诉亡国危险，讲着讲着，悲愤得声泪俱下，泣不成声；学生赵富基怒火中烧，举拳高呼口号，并当场脱下自己的白衬衫，咬破手指，血书"毋忘国耻"四个大字……全场激愤，一片哭泣，愤怒的拳头森林一般。侯绍裘，更是痛心疾首，他认为反对卖国条约，不能仅仅停留在校园里，而应该走上街头，要让社会各界更多的民众都知道"二十一条"带来的亡国危险，唤醒国民共同声讨卖国贼，抵制日本的侵略。他的想法得到同学李钧才、朱允文、钱江春的支持，几个说干就干。侯绍裘奋笔疾书，从三民主义写到袁世凯窃国、从二十一条写到日本亡我祸心、从愤怒声讨写到抵制日货，传单稿写好后，立即用钢板刻写蜡纸。钱江春捐钱买来纸张，纸张有黄有绿、五颜六色。传单很快就油印出来，他们等不及油墨干透，分成若干叠，走上街头，一边呼喊口号，一边向行人散发。街市上的群众，纷纷驻足，争相传阅。正当他们喊哑嗓子，跑累双腿，为自己的行动竟能带来群众强烈响应感到欣慰的时候，校长却派人将他们叫了回去。

校长室里的气氛凝重得让人感到窒息，校长神情严肃地威吓说："你们爱国，我坚决支持。谁让你们上街散发传单去啦？镇守使派人给学校传话，要捉拿发起这件事的人了！你们几个，谁是主谋？"

"校长，你应该问这样做对不对。"侯绍裘纠正说。

"学生就得服从管理，上街胡闹什么！"校长生气了。

"天下兴亡，匹夫有责。请问爱国何罪？"侯绍裘不依不饶。

"你们几个，快把传单交出来，否则镇守使来抓人我可管不了！"校长虽然内心喜欢这股倔劲，但是仍然这样训斥道。

剩余的传单被校长统统收缴销毁了，侯绍裘和同学们的首次爱国行动，就这样被压了下去。

那份刊载着"五四"消息的报纸,被侯绍裘紧攥手中,那条大字号标注的消息中,每一颗铅字形同跳跃的火苗,呼的一下,将他久压心中爱国的炽烈之情瞬间点燃,像战士闻听到战斗的号角,他恨不能立即飞回学校,将这个爆炸性消息告诉校园里的师生们,告诉上海滩的同胞。

二

侯绍裘无论如何都没有料到，他刚离校几日，校园里已发生翻天覆地的变化，真有"洞中方一日，世上已千年"的感觉。

跨进校门，远远看到的是"共讨卖国贼！""挽回国权！""抵制强权！""争还青岛！""废除密约！""抵制日货！"等标语口号，白底黑字的布横幅挂满楼幢树枝，红黄绿纸写的条幅贴满墙壁，铺天盖地。来来往往的同学们，个个精神饱满，神情激昂，边走边议论着，扑面而来的是高涨的滚滚爱国热潮。

往日平静的校园沸腾了。

就在这一天，全校学生集会，痛斥北洋政府的卖国行为。当大家获悉参与签订卖国条约的章宗祥，原来是南洋公学师范班毕业生后，马上一致通过开除他学籍的决议，并且通电告知全国。刚刚成立的南洋公学学生会，还与复旦大学等三十四所大中学校青年团体联名通电北洋军阀政府，要求释放被捕学生。同学们三五成群地聚集在一起，商讨着各种爱国救亡的行动措施。

侯绍裘放下行李，顾不上吃饭，第一件事就是拟了篇关于"提倡国货，抵制日货"办法的文章，抄成大字报贴在校园要道的走廊里。文章中，他倡议上海学生每人出十元钱股本，开办一个不求赚钱的国货公司，来与日货对抗。他找各年级的级长征求意见，并要求教师帮助转请全校讨论。然而，这种踌躇满志但近乎天真的想法没有得到响应。很快连他自己也感到幼稚可笑，觉得"少年不成熟的理想，无论其动机如何好法，终不免离事实很远"。不过，这毕竟是继续四年前，那次集资刻印传单受压制后的又一次爱国行动的尝试。

接下来的几天，他怀着"着实做一番有益的事业"的信念，踊跃参加各种讨论会，在全校学生大会上勇于登台演讲，他参加组织"救国十人团"，组织同学们上街游行，在游行队伍中，他始终走在队伍的前列。他的热情，他的行动和他的能力，很快使他从学生群中脱颖而出，成了全校有名的活动骨干。于是，同学们推举他为年级评议员、学生会评议部部长。全国学联成立时，他又被聘为文牍，负责起草宣言、口号和电文等文案工作。他经常通宵达旦，全身心地忘我地忙着，饿了啃几只红薯或两块大饼，渴了，就趴在水龙头下喝几口凉水，须发杂乱也顾不上修理。

"五四"学潮一浪高过一浪，以迅猛之势席卷全国，形成浩浩荡荡的群众爱国洪流。5月26日，北京学生发出倡议，实行全国总同盟罢课！上海学联立即响应，组织全上海中学以上的五十二所学校，约两万五千多名学生，在西门外公共体育场举行总罢课宣誓典礼。大会强烈要求严惩卖国贼，发出"死生以之，义无反顾"的誓言，由此拉开全市罢课斗争的序幕。

　　侯绍裘认为,爱国运动不应只停留在校园里和口号上,学生们应当走出校门搞宣传,努力在短时期内把民众唤醒,使得人民都有觉悟一起来爱国。 全国总同盟罢课开始的当晚,他同学生会的骨干们聚在一起,策划罢课后的行动计划。 大家决定将学生会分为四个方面军,这就是义勇队、演讲团、调查部和编辑印刷部,要求每人至少加入一个方面的工作;成立纠察部,负责维持上街游行、演讲的秩序和日常校园活动的纪律,并且规定罢课期间学生们的每日作息时间。 第二天,南洋公学的学生们,有组织地浩浩荡荡走上街头。 演讲团的同学们三五人一组,手执标语旗帜,走上街头,选择热闹地点,朝高处一站,先高呼几遍口号,待群众围拢过来后,立即开始演讲。 演讲时,也有较细的分工,"青岛问题""抵制日货""二十一条""亡国之惨""奋起救国"等,每人一个专题,轮换接替。 侯绍裘演讲时,声情并茂,慷慨激昂,极富感染力。 有的人为听他的演讲,不舍离去,甚至跟着演讲团跑好几个场地。 为了吸引听众,活跃现场气氛,侯绍裘还别出心裁,邀几个女同学组成演唱团,将歌曲演唱与街头演讲结合起来,他们每到一处,听众时常逾百。 与此同时,侯绍裘还以同宿室五人为基础,联系另外几名志同道合者,组成有侯绍裘、赵祖康、赵景沄、谢开庸、汤天际、江祖岐、王云、殷受宜、张延祥、窦瑞芝等十人参加的"救国十人团"。"救国十人团"的团员们相互约言,开展"不买日货,不用日币,不乘日船,不被日本人雇佣"等爱国行动。 侯绍裘认为,只要全校、全上海、全国人民都像他们这样,组织起若干个"救国十人团",那么,必将威力无穷,中国必胜。

　　北洋政府对北京学生实施大逮捕后,爱国运动的中心南移到上海,斗争矛头也由反"二十一条"转向反对军阀政府。"打倒军阀政府!""罢市罢工!""停止纳税!"等,就成为侯绍裘他们演讲的内容。演讲成了当时上海街头一道亮丽的风景,演讲为随后"三罢"的实现做了宣传准备,演讲为青年学生走上社会、接触农工商群众提供了路径。

6月5日,上海"三罢"开始。上海警察厅和各租界工部局捕房全部出动,拘捕街头演讲学生一百三十多人。侯绍裘与上海学联、全国学联的负责人,立即展开组织救援活动。侯绍裘连夜赶写事实真相,刻印传单,呼吁上海各界站出来做学生的坚强后盾。翌日,他勇敢地带领同学们到淞沪护军使署,对护军使何丰林晓之以理,动之以情,义正辞严地发问:"身为国人爱国何罪?做岳飞还是做秦桧,由你选择!"他不畏强权、正气凛然的果取行动,不仅迫使何丰林释放了被捕的南洋公学的学生,而且也在同学中树立了威信。

夜深了,南洋公学的校园内静悄悄的。

夜风中,学生宿舍区的梧桐树叶发出沙沙的声响。紧张战斗了一整天的莘莘学子们,都已进入酣睡之中。一阵沉重而急促的敲门声,将侯绍裘唤醒。他起床开了门,竟然是江苏省立第二师范一位熟识的学友。学友跑得满头大汗,一把将他拉到走廊上,压低声音急切地说,二师的学生在爱国宣传中被警察殴伤了,他们校决定明晨举行游行抗议,盼望能得到南洋的支援,只得连夜赶了过来。迎着学友渴盼的目光,侯绍裘拉着对方的手用力地摇了摇,坚定地说:"请放心,明天早晨集合地点见!"

离天亮只剩下三四个小时,而组织一次全校学生参加的大游行,有许多准备工作必须立即着手。他不愿惊动更多熟睡中的同学,就立即唤醒同寝室四位"救国十人团"的成员,大家做了具体分工后,就分头忙开了。有的拟稿书写,有的找材料做小旗,有的刻写油印……五个人紧张地一直忙到太阳从东方升起,终于一切齐备。接着,大家又分头去通知落实。早饭后,南洋的学生们齐集在学校的操场上,手持旗帜,挟着传单,精神抖擞地唱着歌,呼着口号,浩浩荡荡地走出校门,朝约定的地点去与二师的队伍汇合。

爱国运动汹涌澎湃,一天比一天高涨,一个浪头高过一个浪头。全国各地继学生罢课后,商人罢市了,紧接着工人也罢工了!到了这个时候，北洋政府慌了手脚，6月10日，不得不罢免曹汝霖、陆宗舆、章宗祥三个卖国贼；6月底，中国代表团拒绝在对德和约上签字，五四运动取得了伟大胜利。

波澜壮阔的五四爱国运动激荡着社会，同时也激起青年学生们的心潭波澜。罢课，使他们有机会从"一心只读圣贤书"的封闭书斋里走出来，在纷繁复杂的社会中开阔眼界，打开心扉，增长才智。他们从游行、演讲、抵制日货、组织"救国十人团"等简单的行动开始，慢慢地开始学会思考：为什么我们在爱国，军警却勾结租界列强捕杀我们？爱国的涵义究竟是什么？中国落后的根源在哪里？到哪里去寻找救国救民的灵丹妙药？靠谁来拯救……

侯绍裘感觉到自己像黑夜里迷路的孩子，四寻指路北斗而不得；又像是在十字路口彷徨的游子，为朝何处走，怎么走，而找不着北，他的内心感到比以往任何时候都迷茫和痛苦。但是有一个事实，给了他寻找行动目标的启迪，这个事实就是学生罢课了多时，没有结果，不但要求政府改变外交方针办不到，连罢免三个卖国贼的最小要求也办不到。但是，工人起来罢工了，商人也跟着罢市了，北洋政府就慌了手脚，曹、陆、章，三个卖国贼一起滚下了台。工人阶级的威力真伟大，要救国非依靠工人不可！但是，工人普遍苦于不识字、缺乏文化常识，要依靠工人，非使他们增进知识、提高觉悟不可……思索至此，他心中泛起喜悦的涟漪，为自己终于找寻到一个新的战场而兴奋不已。

二

侯绍裘在苦苦追寻，他要追寻一种传播思想、唤起民众的好形式。

其实，演讲这种形式自古有之，所谓"登高一呼，应者百众"，这就是演讲的效果。不过，这种形式的作用却是有限的，点燃导火索引爆的前提，是需要炸药的积累，如同春暖花开的前提，是花木在漫长寒冬里必须扎根大地汲取充分的养料。

数百场的街头演讲，激励了听众也激励着侯绍裘自己。他是个善于观察反思的人，他发现开始的演讲很动感情也很能吸引听众，但慢慢听的人少了，有的驻足听个开场白转身便走了。这是什么原因呢？于是他经常乘别的同学在演讲的当儿，到人群中找听众攀谈，特别是找那些听了开场白就转身离开的人，上前去问个究竟。有的说，听来听去就这么几句老生常谈，没啥新东西；有的告诉他，白天哪有时间呆在这里晾街，家里老老少少正等着他做工的钱过日子呢……这真是"剃头挑子一头热"。听到这些，侯绍裘起初感到很委屈，心想自己和同学们整天风里来雨里去，唇焦舌燥，嗓音嘶哑，苦口婆心地演说，竟是这样的结果。不过，静下心来细想想倒也是，整天翻来复去，"口号式的宣讲，讲来讲去就那么几句话，听得多了渐生厌感"，有的时候连自己也觉得乏味，对涉广泛及到政治、历史、地理、思维方法等许多常识的爱国言论与救国主张，因工人和劳苦大众缺少文化，并不能十分了解；更何况街头人口流动，讲的人不可能系统地讲，听的人也没机会系统地听，更何况，往往讲到半途还会遭到警察、巡捕的驱逐……看来，对这唯一能唤醒民众的露天演讲，应当进行变革。他在校学生会的会议上提出，能否尝试着将没有固定地点的肤浅的街头演讲，改为有一定地点的比较系统深入的演讲呢？提出问题，就应当切实地着手来解决。说干就干，他和赵祖康、高尔松磋商，选择了离南洋公学较近、以前很少去讲的法华乡和徐家汇镇这两处地方做试点。他们每天定点定时去宣传，边讲边收集意见边改进方式，而且每次演讲还做预告，经过一段时间，终于收到比较理想的效果，无意中创造了"露天学校"的模式。

春尽夏盛，大家都觉得罢课后的时间，真如白驹过隙，瞬息间一年一度的暑假开始了。充满浪漫色彩的暑假，在1919年仿佛失去了魅力。方兴未艾的爱国运动，令许多青年学生的注意力和兴趣还集中在演讲上。为使学生的爱国运动不致中断，侯绍裘和一批同学决定暑假期间，留在学校继续开展爱国活动。他们经过充分酝酿，成立了暑期留校服务演讲部，一致推举侯绍裘代理书记。

定点演讲在法华乡和徐家汇镇两处，开展得十分顺利，受到当地群众的欢迎和支持。 许多听者热情地称他们为老师，有的从自己家里搬来桌凳，烧来茶水，甚至还刻意为演讲的学生准备了瓜果。 年轻人在收获成功喜悦的同时，还收获了新的创意。 有次在演讲结束返校的路上，侯绍裘手舞足蹈地说着说着，突然停下脚步，带着几分神祕，对同行的袁睿昌和沈家藩说：

"哎，我们干脆办个工人义务学校，怎么样？"

"好主意！"立即得到两位同学的称赞。

行动一步，胜过理论一打。 说干就干，趁暑期学校放了假，三个人又约上赵景沄，借本校的空宿舍做教室，又添置了黑板、粉笔等必需的教学用具，就这样，"南洋义务学校"，上海学联工界的第一所真正意义上的工人义务学校就诞生了，侯绍裘被大家推任校主任，负责总理全部校务。

义务学校的开办，深得劳工大众的青睐。

首届招生，名额很快爆满。 这批学生主要是来自徐家汇一带的工人、店员、小手工业者，也有学校附近的农民子弟，共四五十人，分甲乙两个班上课，书费学费全免。 为节约经费，教员们全部都是兼职，他们身体力行，一切杂务都自己动手，不用校役。 义校每天晚上上课一个半小时，教识字、国文、常识。 教学中，特别注重爱国教育，宣传"劳工神圣"。 白手起家的义校，经常面临"无米之炊"的尴尬，侯绍裘这个主任干得真可谓呕心沥血。 然而，每当他看到辛苦劳作了一天，顾不得洗净衣服上的油渍或泥迹，草草扒几口饭菜或抓只红薯边啃边跑进课堂来的学生时；每当他站上讲台，面对着几十双渴求知识和真理的明眸时；每到散学时，当他看到那一张张洋溢着朝气、对未来充满憧憬的面庞时，他感到自己正在做着一件很有意义的大事，心里也溢满特别的欣慰。

很快，暑假结束了，学校秋季开学了。

有天，南洋公学管理校舍的负责人找到侯绍裘，告诉他说，交通部有令，不允许向义务学校提供教学用房。 言下之意是，你们学生赶紧安心复课，义务学校就不要办了吧。

开弓岂有回头箭，侯绍裘怎么肯让他们用心血创办起来的工人义务学校半途而废呢。面对突如其来的困难，他和赵祖康都表现出坚强的毅力和坚定的决心。他俩东奔西跑，终于在虹桥法华第二国民学校借了两间教室，暂时解决了燃眉之急。然而，这里地处偏僻郊区，距离法华和徐汇两地路途较远。尽管每晚推迟上课，师生们无论风霜雨雪、天寒地冻，都能克服困难准时到校，毕竟当届夜校的学生大多数居住在徐家汇一带，每晚赶到虹桥上课实有诸多不便。侯绍裘心里不安，又是数月奔波，设法租定徐家汇天钥桥南边空地作为新址，买来毛竹、杉木和稻草，师生一起动手搭建起两间草屋，终于在1920年5月，重新把夜校搬回徐家汇来。

"教本，教本，是教学的根本。"作为义校主任的侯绍裘，在张罗校舍的同时，更操心的是教本。他想，固定办学和街头演讲不同，办学这一茬接着下一茬，必须有连续通用的教材。工人义务学校本身就是新生事物，当然不可能有现成的教材。怎么办呢？侯绍裘说，我们自己来编。他就开始尝试编写了《博物常识》，由于他平时博览群书，喜读报刊杂志，知识丰富，所以这本常识编得通俗易懂，包括动物、植物、矿物和生理卫生知识，涵盖面很广。他还和高尔松两人，搜集了"五四"时期新刊物和《民国日报》副刊《觉悟》的合订本，从中选择了一百多篇文章，每一篇的内容都以有利于启发工人们的阶级觉悟、鼓舞他们的战斗精神为目的，编成《国语文选》。其他同学根据分工，分别编辑了《算术》《中国历史》《西洋史》《中西地理》《科学常识》等讲义，这些教材都由民智书局出版。南洋义校首创的这系列教材，不仅方便了本校学员的学习，而且也为全国工人义务学校和平民教育，提供了教本，促进了教学。

忽如一夜春风来，千树万树梨花开。成效卓越的南洋义校，成了五四运动后，全国大、中校学生义务办学的嚆矢之作。一时间，办义校成了一种时尚，你办我办他亦办。尚处于初级阶段的全国义务学校，其宗旨大都比较模糊。大多数都把义校办成了普及教育的识字班，或者为工人解决谋生手段的技能培训班。工人义务学校究竟应该是什么性质？随着工人运动的不断高涨，已经具有共产主义信仰的侯绍裘，旗帜鲜明地主张义务学校"所宣传的主义，应当是社会主义；所灌输的常识，应当是科学常识、人生常识和种种新思想和社会问题"，教育宗旨应当是"以教育成年之平民，灌输以人生所必需之常识，以养成其健全之人格，并使之成为劳动运动之中坚人物"。他还进一步指出，这种义校"并非以学生为最终对象，却是希望学生做一个媒介，在出校以后，将自己所得，辗转传布于劳动界中还没有受教育的机会的人，譬如，也去开设义务学校，组织工会及工人俱乐部等；务使该学生一人，能造就劳动界数十百人，应为社会主义效力，以谋阶级地位之提高"。换句话说，他希望将义务学校办成工人运动的干校，将学生培养成革命的火种或种子，去星火燎原，去生根开花结果。

为使义校学生开阔视野、活跃思维、提高观察和思辨能力，侯绍裘还同赵祖康、高尔松编辑出版了通俗读物《劳动界》，宣传爱国思想，提倡平等，普及科学知识，鼓吹阶级觉悟。《劳动界》隔日出版一期，每期印一千份。刊物除了发给义校学生，寄到各工厂、工团及订阅者外，他们还拿到上海西门到小东门的一条大街上分送给市民。从暑假开始到结束的整整两个月时间，一期不漏地出了三十期。尽管日常事务特别的琐碎和繁忙，侯绍裘仍然挤时间亲自撰文，在该刊发表了不少文章。《劳动界》成为学员和劳动群众喜爱的读物，他们有的当宝贝似的装在口袋里，随身携带，有空就读起来。

种瓜得瓜，种豆得豆。经过侯绍裘他们的辛勤耕耘，工人们在义务学校，不仅学到了文化知识，而且提高了思想觉悟。有个叫吴家林的学员，用"醒狮"的笔名，创作了题为《劳工神圣》的诗歌：

劳工，劳工，/日夜劳动，/只落得面黄肌瘦！/血汗换来的工资，/哪够吃用？/那万恶的资本家，/都靠着遗产，/施尽威风，/只知道吸别人的脂膏，/作自己享用。/哪念一旦我们劳工绝迹，/自己也会挨饿受冻？/

我们消受这"神圣",/也并不过分。/假如没有劳工,/到现在哪有什么物质文明?/我们是各物的制造者,/倒被人当作奴隶,/做人家的牺牲,/受尽了人世的惨酷!/这是反攻的呼声,/劳工的福音!/那资本家的余焰还盛,/若要他们淘汰无存,/除非是奋勇前进,/除非是奋勇前进!

这首诗,深刻而有力地控诉和揭露了资产阶级残酷剥削的本质,热情歌颂了劳工的业绩,鼓舞了工人阶级的革命斗志,反映出工人在义务学校学习后阶级觉悟提高的实况。

侯绍裘在批改学员作业时看到这首《劳工神圣》后,反复朗读,十分欣喜,顿有"稻花香里说丰年,听取蛙声一片"的成就感,特地将这首诗刊发在《劳动界》上,使其得以广泛传播,引起学员的共鸣和社会各界的强烈反响。

四

1919年的暑假,对侯绍裘来说既是忙碌的,又是收获空前的,同时,他也经历了一场思想嬗变的痛楚。

演讲,让他走出书斋走上社会,创办义务学校,使他生平第一次同工人同劳苦大众如此近距离地接触。在朝夕相处时,在教学相长中,他可以嗅得着这群人身上的汗味或烟味,握着他们布满硬茧的手,能感觉到粗犷肌肉的力量;他觉得这群人性格豪放,遇到困难从不退却,生活再苦总是乐呵呵的,对文化知识,尤其是对新思想如饥似渴,学习起来勤奋刻苦,悟性很高;对这群人,只要你尊重他与他诚恳相处,他们可以对你掏心窝,可以替你两肋插刀、在所不辞。 这是侯绍裘在松江上学的时候,从没有接触过的一群人。 侯绍裘慢慢走近他们,并且喜欢上他们。 他后来回忆说:"以前,我的环境,完全是中等阶级的社会,与第四阶级完全没有接触。 但在演讲的时候,却大大地和他们接触了。 虽不能说于他们的生活有所了解,但到底也明白了些,不像从前蒙在鼓里一般了"。 他从广泛的接触和对比中,选定了自己前行的方向,"惟有劳工阶级在我那时的心目中,是恳挚笃实,可与共事的。 于是便想投入工厂,藉以实行宣传社会主义的素愿。"以至于有段时间,他竟然萌生出中断学业,到工厂去当一名工人的念头。 他多次托工会介绍,还亲自跑到杨树浦工厂区去打听,都因他是在校学生,没有得到满意的答复。 虽然进工厂的愿望没有能实现,但是他走与工农相结合的道路,为工农利益而奋斗的方向,这时已然确定。

　　工人们也渐渐对这位下巴颏上有颗痣的老师有了好感,有了信任。 有回,侯绍裘问一位工人什么是爱国时,工人很坦率地对他说,按老师在课堂上的说法,我们国家地大物博、物产丰富、山河美丽,所以要爱国。 可是,回到现实生活中,有钱人很富,我们工人很穷。 有钱能买官,买田买厂,买法院买警察,买租界的巡捕,买外国的洋妞,那个袁世凯还能买个皇帝过把瘾,有权有钱,可以颠倒黑白,无法无天,骑到老百姓的头上作威作福! 而我们劳工干的是牛马活,吃的是猪狗食,黄汗淌黑汗流,还要时常挨冻受饿。 前阵子,当官的卖国,为了讨好列强,把银子和国土都送给人家,学生们上街游行反对,政府就抓人就开枪打死人……侯老师,你说这样坏透顶的政府,这样政府的国家有什么值得爱的? 我恨不得砸它个稀巴烂呢! 再说了,孙中山先生提出的三民主义,是真正要老百姓好,好是好,怎么去实现呢? 连孙先生本人都被那帮混蛋撵得东奔西跑的,更何况我们平头百姓呢?

原本是老师检查学生功课的,没料到反被学生考住了,工人提出的问题却难住了老师。一石激起千层浪,学生这一连串的"？"犹如高悬牛背的皮鞭,催逼他追寻答案,折磨得他寝食难安。到这个时候,他觉得自己其实懂得很少。在学校评议会上,他的学兄、土木科三年级的邵禹襄,这位被大家称为"青年理论家"的学兄,虽然演讲起来慷慨激昂,当侯绍裘带着工人的疑问与他探讨,他也感到茫然。

正值侯绍裘渴盼精神食粮的时候,《新青年》闯进了他的思想世界。

有天傍晚,他参加完上海学联的会议,来不及吃晚饭,就路过熟食摊要了两块大饼,冒着濛濛细雨,朝义务学校匆匆赶过去。他到早了,吃完饼,随意浏览包饼纸,谁知不看不知道,一看发现了新大陆。这是一张某刊物的散页,他很快就被上面的文章深深吸引住了,遗憾的是只读到个片断。他记住了页眉上"新青年"三个字。第二天,他迫不及待,特地弯到那家熟食店,把那里用作包装的旧报刊翻了个遍,花了买五块大饼的价格买走所能翻寻到的《新青年》杂志旧刊。回到住处,津津有味地看起来。《新青年》上的每篇文章,都使他有拨云见日之感,觉得用"拍案叫绝""浮一大白"这类形容词也难以表达他的感受。这一夜,他通宵未眠,接下来的几日,也是秉烛夜读至凌晨。他一篇篇、一期期,不多几日就把已搜寻到的全部读完。他像一个狼吞虎咽饱餐了一顿的饿汉,扫光了全部饭菜,仍嫌不足。他索性按杂志上的地址,顺藤摸瓜,几经周折总算把已出版的几期悉数找齐看完。读了《新青年》,他觉得犹如走在山阴道上,目不暇接:提倡"德先生"(民主)和"赛先生"(科学),反对专制与愚昧,倡导文学革命、教育改革,提倡新道德,反对旧礼教……尤其是李大钊同志的《庶民的胜利》《布尔什维主义》等文章,竭力赞扬十月革命,热烈欢呼社会主义的胜利,明确指出中国人民应沿着十月革命的道路前进。这些新思想,无不如春风化雨,滋润着他久旱的心田,生发出希望的绿苗。及至数年后,他还深情地回忆道:"我现在不得不承认《新青年》一书于我思想上、人格上的影响最大，别部书没有能够及它的"；"而且至今还信仰它，每逢没看过它的朋友，便要介绍给他看。"

之前，侯绍裘只是知道有"半部《论语》治天下，一部《三国》百万兵"的说法，怎么都没想过文学，这供人饭后茶余消遣的东西，居然与革命扯上关系。他自幼熟读经书，有扎实的文言文功底，善于写些古劲的文字，考入南洋公学不久便以文言文《论气》斩获全校国文大赛第二名，受到曾为前清进士的唐文治校长的赏识，他对桐城派和近代林纾的古文笔，也十分推崇。看了《新青年》，他开始理解文学与社会、文学与革命的关系，体会到国民文学、平民文学，对教育大众、打击敌人的作用。他认识到语言和文字是思想传播的工具、桥梁和通道，文言文艰涩难懂，不易被大众运用，成了横亘在人民大众和文化知识之间的障碍，而白话文容易表达思想，容易为大众所读懂。他改变了对白话文的偏见，自此，身体力行，所有文章一律用白话文写作。

如果把文字喻为传播思想的通道，那么道德则成了产生思想的根系。思想的形成，受道德观的左右或制约。侯绍裘虽然具有民主思想，拥护三民主义，由于从小就受旧式教育熏陶，一度很崇敬孔孟之道，想按照孔孟之道来改造社会思想。《新青年》好像是高显CT，使他看透孔孟之道维护封建剥削的本质，认识到封建伦理道德与共和制是水火不相容的，在反帝反封建的斗争中，如果不破除封建的道德观，坚持反对腐朽的封建礼教，一切革命都是换汤不换药的空谈，即使取得表面的暂时的胜利，也必然会导致死灰复燃，袁世凯称帝、张勋的辫子军复辟，就是明证。因此，要实行新文化、新思想，非废除旧道德、旧礼教不可。

侯绍裘从受《新青年》巨大影响的亲身体悟中，认识到进步报刊对青年成长的重要作用。他将《新青年》介绍给"救国十人团"的同学们，大家争相传阅，纷纷称赞说这是心中的一盏指路明灯。为让更多的同学能接触到新文化、新思想，1919年秋季开学后，"救国十人团"的王云因病休学，侯绍裘便召集其他伙伴，发起建立"九人书报推销处"。 他们自筹资金，自贴车费，轮流利用课余时间奔走于各书局报刊社，购进各种进步书报杂志，回校后不求赚钱，按批发价销售给师生们。 为了畅通销售渠道，他们还采取两项革新措施：一是对采购来的书报杂志，一律自己先行阅读，然后在校内张贴导购海报，向同学们介绍新书、新杂志的亮点要目，详述推荐理由和有价值的文章。当时销售的杂志有《新青年》《新潮》《解放与改造》《科学》《少年中国》等十余种；二是为方便购买者，侯绍裘还倡议设立"无人销售处"。 在学校上、下两院之间通道上的同学必经之处，挂一只开小口的木箱，下面放有期刊报纸，方便需要的同学自动投币购买。 此外，又在箱旁放置纸和铅笔，如有要购新书而不便亲至者，可书写纸条放入箱内，预约代购，由九人轮流值日开箱，见留条后立即代购及时将需要的新书送去。 这种尊重人格的做法，受到同学们的支持，自设立后基本没有发生短款现象。 当时《南洋公学年刊》记者感慨地说，虽"极欲表现其钦佩之私，顾不能得适当之辞"。

五

侯绍裘始终抱着"对社会着实做一番有益的事业"的满腔热情,他认为光有知识是不够的,还必须去应用知识;光有意志是不够的,还必须见诸行动,反封建是个大目标,大目标的实现,就得要求每个国人从身边的每件小事做起,积小胜为大胜。于是,他对腐朽的封建礼教,主动发起进攻,接连砍下了三板斧。

第一板斧的对象竟然是他自己的母亲。

侯绍裘兄弟姐妹四人,排行老二,上有长姐,下有弟妹。他十岁时，家中参药店倒闭，父亲悒郁去世，家道中落，母亲受刺激，神经失常。因长姐出阁较早，家庭日常料理事务的重担责无旁贷地落在他的双肩之上。他对母亲极其孝顺，凡家中大政小事都顺从母亲意愿，对弟弟妹妹无论是穿衣吃饭，还是读书上学，都关怀备至。有好吃好穿先尽弟妹，尤其对他们的学习抓得很紧，答疑解难不厌其烦，诲人不倦，深受弟妹们的敬重。

光阴荏苒，不觉妹妹侯佩莹已出落成亭亭玉立的少女，到了谈婚论嫁年龄。民国前，松江习俗，男女婚姻全凭父母之命，媒妁之言。如果发现女子自由恋爱，轻则辱骂，囚禁，重则毒打，甚至由此致残、丧生。妹妹受"五四"新思想影响，不满意之前家庭包办的婚姻，想解除婚约，又怕遭到母亲和族人的反对。俗话说"长兄为父，长嫂为母"，妹妹就把自己的想法告诉了侯绍裘，请求得到哥哥的支持，替自己去说服母亲。侯绍裘自然全力支持妹妹，只是考虑到母亲的身体状况，安慰妹妹此事急躁不得，要耐心等待时机。

说这话没多久，有次侯绍裘回松江，出了火车站月台就被站前墙上花鼓戏的戏报吸引住了。文化积淀深厚的松江是花鼓戏的主要发源地之一。约在清朝乾隆年代就有艺人流动演唱戏文，男的敲锣，女的打两头鼓，和以胡琴、笛、板，大多用本地方言小调演唱。这种土生土长的演唱形式，在松江被称做滩簧，极受农村百姓的喜爱。遇到丰收年头，各乡百姓兴高采烈，争相请戏班演滩簧，一个村接一个村地演下去，有的轮演到农历正二月，更有的甚至演到春耕开始才结束。那时演出的剧目就有《庵堂相会》《拔兰花》《西厢记》等反对封建礼教、歌颂青年男女自由恋爱、追求幸福的剧目。清末民初，滩簧戏被视作淫戏屡遭政府明令禁演。真是野火烧不尽，春风吹又生啊，侯绍裘十分感慨民间艺人对时势变化的敏感，"五四"新思想新文化运动刚兴，这里滩簧戏马上就热起来了。

侯绍裘知道母亲自幼就喜欢看滩簧，他小时候曾多次随母亲到外公外婆家去看过。车站的戏报，令他暗喜，心中有了主意。他快步回家,见了母亲,就把在车站看到戏报的事告诉母亲,并提议晚上去看滩簧。母亲也闻说了,自然高兴,连夸"鳌儿孝顺,是我肚里的蛔虫"。

晚上的滩簧连演两场,分别是《雷锋塔》和《西厢记》,很是精彩,戏迷们很有种久别重逢的心情,过足戏瘾。母亲的脸上洋溢着平日不多见的愉悦,话语也多了起来,回到家仍沉浸在剧情里。她咒骂破坏许仙和白素贞美满姻缘的老法海,她赞美张生和莺莺的执着追求,直夸红娘真是演活了。

侯绍裘看看火候已到,接过母亲的话头,说:"妈,看来封建包办婚姻着实害人。过去指腹为婚、抱牌成亲,太没人性,现在的合八字、订亲也很封建。"

母亲说:"哪家做父母的不疼自家的儿女?做父母的只是担心年轻人入世不深,眼光不准会吃亏。"

"妈,世上的事物都在朝前发展变化的,即使订了亲,双方没有感情,结了婚也难有幸福呀。不是常说强扭的瓜不甜吗?您那么疼佩莹,肯定也是希望她能幸福,请您允许她决定自己的婚姻,好么?"

"理是这个理,可怎么对那头开口呢?"母亲有了松动。

"妈,请相信您儿子,这事就包在我身上了。"绍裘趁势又下一城。

"那头没意见,就随佩莹吧。"母亲终于允诺。绍裘如释重负,他为自己初试牛刀的胜利深受鼓舞。

这第二板斧的对象,却是对侯绍裘十分欣赏的南洋公学校长唐文治。

校长唐文治是一位性格复杂的人物。他是前清进士,曾官至署理农工商部尚书。1911年10月10日,一声霹雳,辛亥革命首义在武昌爆发,各地纷起响应,风起云涌的反清浪潮席卷全国,清王朝处于风雨飘摇之中。11月3日,上海举起义旗,陈其美率商团、救火会等革命志士围攻江南制造局,南洋公学的部分师生闻讯参加战斗。当晚,上海光复，革命师生凯旋，在学校钟楼插上白旗，以示脱离清政府，拥护共和。 唐文治满腔热情支持师生的革命行动，在全校大会上当众率先剪去辫子，还劝师生们一律剪辫，同时，宣布学校改名为"南洋大学堂"。 这位前清进士的身体，虽然被汹涌的时代潮流裹挟着向前挪步，他脑袋上有形的辫子也主动剪除了，但是他无形的思想依旧迷恋着封建王国的甜美梦乡。 他一边本着"中体西用"的教育方针，注重近代科学技术教育的传播和推广；一边思想上又固守着尊孔读经的传统，并且把经学作为道德教育的教材，除了年年举行以"阐发圣道""保存国粹"为宗旨的国文大会外，每月初一和十五，都要求学生必须到大礼堂向孔子牌位行礼，每逢孔子诞辰日，全校还要举行祭孔大典。 侯绍裘曾撰文回忆："命令非常严厉，规避者须记大过。 行礼时，军乐队奏乐，童子军佾舞（不知合于古礼否），在香烟缭绕之中，大家肃肃雍雍的向孔子牌位行三鞠躬礼。 工科大学而以'尊孔为宗旨'，我本来就有些奇怪，而对于这种半古不古的古礼，也觉得有些'肉麻'。 现在却连孔道的本身也怀疑起来了。 至于注重国文的表示，是每年举行一次会课式的国文大会，——还有英文大会，是它的陪客，出些空泛不落边际的经议题，做些大言炎炎不负责任的空洞文字，算得阐明圣道、保存国粹！ 至于我也以为无意义。"

五四运动以后，唐校长别出心裁的这两项独创，仍然在学校里照常举行。

在学生会评议会上，侯绍裘、高尔松、赵祖康等进步学生认为，唐校长的这些做法有悖于新文化运动的时代潮流，学校是培养学生具有近代知识、科学观念的工科大学，不应容忍封建思想的存在。 于是，侯绍裘就提出废止祀孔和国文大会的建议。 尽管由于大部分人不赞同，这个提议没有获得通过，但是他仍然坚持自己的主张，到祀孔大典那天，就借故不去参加。

事后，一场激烈的辩论在土木专业的同学中展开了。 侯绍裘慷慨激昂，强调指出，封建伦理思想是封建制度赖以活命的土壤，与共和制、三民主义是水火不相容的，要将反帝反封建的斗争进行到底，就必须铲除！ 大家七嘴八舌，结论是只有砸烂孔家店，才能警醒梦中人。 于是，侯绍裘就带领群情激愤的大家，奔赴学校大礼堂砸烂了孔子牌位。 这一激烈举动，立即在校园内掀起轩然大波，引爆了一场轰轰烈烈的辩论风暴。 在侯绍裘他们坚持不懈的斗争下，学生会终于意见一致地通过决议，迫使校方中止了祀孔和国文大会。

第三板斧有点出人意外，竟然是他自己接连两次辞职。

侯绍裘对学生界那种官僚式、贵族式现象表现出极大的愤慨，并进行了毫不妥协的斗争。 任职全国学联文牍时，他对学联成员不求务实、只求形式的做法表示不满。 因为这些成员们聚在一块，既不关注全国各地学联动态，也不潜心讨论研究学联动态，拿出对全国学联活动有指导性的意见，"那里的情形，纯乎是官派，信纸信封都用特别大号，刻了一颗很大的印，看着渐渐有些不耐烦"，他不想在这空壳的盛名之下，无谓地消磨自己的宝贵时间，他向往着到街头巷尾去演讲，到义务学校去同工人兄弟促膝谈心，到同学群里去讨论大家所关心的问题，于是毅然辞去文牍职务。

第二次是辞去在上海学生会的任职，因为他对学生会主要负责人遇事专断、脱离实际乱指挥、经常给学生运动带来损失感到失望。 在罢课中诞生的上海学生会，随着各校陆续复课，也觉无所事事，因惯性使然，为获得自身的存在感，学生会的负责人仍然起劲地鼓动大家继续举行罢课。 经常由于理由不充分，大家的热情也远不如以前，行动时各校零零落落起来，复课时各校又零零落落静下去。 滥用"罢课"武器的结果，失掉的不仅是社会各界对学生的同情，更为严重的是全市大多数学生的热情已一落千丈，渐渐感到困倦甚至厌恶起来，"他们的态度，正和中国国民旁观政局的态度一样。 这样看来，这时的学生会，已只剩了一个躯壳，他的灵魂，早已没有了。"失却前进目标和动力的学生队伍，顿时进退维谷，有点不知所措。 正是在这种状态下，上海学生会负责人一意孤行，意欲策划一次更大规模的罢课，为学生会注射强心剂。在学生会各科的联席会上，学生会主席要求大家立刻分头出发劝告商界罢市，以呼应学生的罢课。

"诸位，绍裘以为在目前状况下，再次组织全市罢课不妥当。一是商界对于学界的同情已失，决不能收效；二是学界这一回罢课，据我看来，实在算不得牺牲，以此去鼓吹商界实质的牺牲，我们不觉得惭愧而难以启齿吗？再说发动总得有个正当的理由。请问这次罢课的原因是什么？大家又用什么理由去动员呢？"

"罢课还要原因？要原因多得很，反帝反封建、打倒反动军阀、反对校长等等都是原因！"学生会负责人有点不耐烦。

"我讲的是直接原因，是要能点燃同学们情绪的直接原因。"

"要直接原因，那很简单，就说'与南方政府接洽好，响应革命行动'，还不够刺激吗？"负责人趾高气扬，一脸的不屑。

"这是在搞欺骗！撒谎是万恶之首，失掉诚信等于自取灭亡！"侯绍裘据理力争。

"撒谎？你还不知道吧，谎言越是过头，就越是有人信！对于革命这个目的，撒谎仅仅是个小手段。"负责人一副居高临下之态。

侯绍裘寸步不让："既然是开会讨论，我建议取消这次罢课行动。无正当理由的罢课，是不会成功的。以牺牲仅剩的声誉去发动罢课，无疑于饮鸩止渴……"

"好了！罢课是昨晚各科主任所议决，现在没有讨论的余地。"侯绍裘的发言被学生会主席粗暴打断。

侯绍裘对于学生会重要分子的蛮横专断、用牺牲商界利益换取自己居功的投机心理，不觉愤怒至极。尽管自己的意见没有被采纳，他还是执行会议决定，走上街头劝告商人罢市。只是，在劝告时他很觉汗颜，心里在滴血。

果然不出所料，罢课决定发出后，响应者寥寥无几，连那些当初竭力主张者也置罢课而不顾，有的竟到闹市区听梅兰芳的戏去了，有的则干脆溜回家过逍遥日子去了。

一意孤行的恶果，毫无悬念地以惨败告终。侯绍裘深为学界的滑头行为感到可耻，不愿再呆在那里看着那帮人胡闹，愤而辞去上海学生会教育科书记之职。激愤中，他甚至滋生出"唯有自己去实行肉体的牺牲，才能在灵魂上洗刷这个耻辱"的念头。

　　当一个人在追寻的目标突然消失了的时候，他的心情是沮丧、迷茫和极其痛苦的。连续辞职，经过这一番刺激的侯绍裘，心中的迷茫和痛苦自不必说。他寝食难安，经常夜半披衣起床，苦思冥想至天明。在他看来，一边是需要解救的受苦受难的劳苦大众，一边是让他失望的已经政客化、失去目标乱折腾的学界。他觉得自己好似一只离群的孤雁，在坚持奋力飞翔，他希望能寻找到属于自己的雁群。

六

思想的极度饥渴,令他饥不择食,竟同时相信马克思主义和无政府主义。他加入王光祈的无政府主义团体"少年中国学会",他崇拜巴枯宁,主张以暴力破坏一切,提倡暗杀。

侯绍裘的情绪低落至冰点。他在宿舍慵懒地闷睡了两天后,打起精神在街上无目标地闲逛。闲逛归闲逛,他还是不由自主被旧书摊吸引了过去。无意中,他被李石曾翻译的《夜未央》所吸引。他早就闻听过有这样的一本书,真是踏破铁鞋无觅处,得来全不费功夫。这实际上是一个三幕剧的译本，原著名为《吉苏菲亚暗杀总统事件》，是波兰戏剧家廖抗夫的作品。书由广州革新书局出版，其封底标注1908年10月初版，绍裘手中的是第三版本，封面破损厉害，书的后面还缺了几页。他也不管破旧程度，就买了带回宿舍读起来。

侯绍裘读书有个习惯，拿到手的书，无论厚薄，非得一口气读完才肯罢休。他自幼养成用一只眼看书的习惯，左右两只眼交替使用，所以彻夜阅读也不觉累，他给自己发明的这种读书方法，起名叫"一目了然法"。《夜未央》讲述的是俄国民意党著名女英雄苏菲亚暗杀帝俄沙皇的故事。尤其是"序言"中的一段话，引起他的强烈共鸣："地球上必无无代价之自由。欲得之者，惟纳重价而已。自由之代价，言之可惨，不过为无量之腥血也。此之腥血又为最贤者之腥血。"对于正欲"去实行肉体的牺牲洗刷耻辱"的侯绍裘，这段话，真的是说到心坎上了。

他合上书本，浮想联翩：在中国的历史上，如苏菲亚这样的英雄俯拾即是，就《唐雎不辱使命》中所述："夫专诸之刺王僚也，慧星袭月；聂政之刺韩傀也，白虹贯日；要离之刺庆忌也，仓鹰击于殿上。"在侯绍裘心目中，荆轲之刺秦王，虽败仍不失为英雄壮举。他周身年轻的热血沸腾起来，他暗下决心要做中国的苏菲亚，做当代的专诸、聂政、要离和荆轲。他要仿照《夜未央》第一幕桦西里"血钟"的剧情，酝酿了一个武力劫杀镇压学生运动的上海警察局要人和暗杀资本家的计划，心想只要把坏头目干掉，革命就会早点成功。

通过接连几天的观察，这些军警界要人出入有专车，每到一处都有一群卫兵保护，一般人近身不得，想要劫持或者暗杀，必须设法搞到枪支才行。到哪里去搞枪支呢？他想到了租界巡捕或街头站岗的军警。他在街头跟踪数日，发现这些巡逻的军警们警惕性很高，每次出巡都是五六成群，看得出他们训练有素，队列的前、中、后，分工明确，无机可乘。他只得放弃袭击巡逻队的想法，转而琢磨袭击一些要害部门的哨兵。通过几天蹲伏，谁知哨兵的警惕性更高，面对面立在大门的两侧，不留盲区，门口行人的一举一动都难逃哨兵的视线。 有两回，他故意靠近门口，还离十多米远，就被喝令"站住！"紧接着就听见哨兵拉枪栓的"哗啦"声，意思很明显，再靠近一步，就开枪了。

有次，他听说在公共体育场，集会的群众与军警发生冲突，有个军警刺伤了学生，大伙将这家伙围起来狠揍了一顿。 他直恨这么好夺枪的机会，偏偏没有让自己碰上，否则他劫枪的计划很可能就实现了。 他耐着性子等了几个星期，最终还是没有等到这样的机会。 无法搞到枪支，侯绍裘就寻思着能搞到一枚炸弹也行。 如果有了炸弹，他就计划带着炸弹到北京去刺杀政府要员。 为了能搞到炸弹，他特地去找过工人义校的学员吴家林。 吴家林告诉他，自己只是纱厂的机修工，是修理纺织机器的，从来没有接触过枪支炸弹，或许找到制造局的人才有办法，因为制造局制造枪支呀。 这一时半会，到哪里去找制造局的工人呢？

就在这个时候，绍裘突然收到姑母和姐姐的来信。 信上说家里有要事，望他速回松江商讨。 等到绍裘赶到家后，才知道，原来是同在上海读书的胞弟砚圃获知他正在谋寻枪支炸弹的事后，悄悄写信告诉了她们。 这一下，可急坏了姑姑和姐姐，于是背着他身体不好的母亲，连忙写信借口有急事，就把他叫了回来。 为让姑姑和姐姐宽心，同时也为不刺激精神忧郁的母亲，绍裘把这些事说得全无踪影，她们才放下心来。

侯绍裘心灰意冷、百般无奈地从松江返回上海，没想到吴家林带着另一位青年工人小戴，找上门来。 说有个革命行动需要得到他的支持。 原来，他们纱厂的那个经理，吃喝嫖赌无恶不作，就在前两天，这个家伙把细纱车间的一名女工强奸了，女工的丈夫找到厂里打了他一拳。 这个经理暗中花钱收买流氓杀手，就趁女工丈夫半夜下班时，将他推进河里淹死了。 厂里工人无比愤怒，大家结伙去告他。 结果，警察局以没有证据为由，不予理睬。 在这个黑暗的社会，"八字衙门朝南开，有理无钱莫进来。"工人有冤无处申，有仇没法报。 吴家林上次听了侯绍裘的暗杀计划后，心里格外激动，就和小戴密谋了一个"替天行道"的复仇行动。他俩计划将纱厂的经理杀了，以鼓起革命的风潮，要绍裘配合支持，到时候叫辆汽车去接应，事成后好逃出来。然后，一起乘火车到他松江老家去暂避一段时间，等风头过去后，再作打算。侯绍裘听了连声说好，接下来冷静一想，他不会驾车，即使找到汽车，车夫也不一定可靠。为此事，绍裘征询了几个好友的意见，他们都觉得不可行，才打消了这个念头。

侯绍裘心里堵得慌，他真想学岳飞那样仰天长啸。这真是古人所说的"慷慨捐躯易，从容就义难"。

"你要我指点四周风景，你首先要爬上屋顶。"此时，上海共产主义小组已悄然成立，他就到渔阳里去听施存统讲社会主义，郁积心头的迷雾方才被逐渐廓清。同时他开始注意俄国革命的历史和十月革命的经验，改变社会制度的步骤成为他和"救国十人团"同学们热烈探讨的话题，这年冬天，社会主义的俄国正处在饥饿患难之中，他怀着赤诚的热情发起募捐，以援助正处困境中的新生社会主义国家。

七

俗话说，天有不测风云，人有旦夕祸福。

1920年的夏天，松江一带时疫流行。据明代《云间杂识》记载："吴俗信鬼，人病不服药，听巫赛神，费出不赀，虽至破家，甘心无悔。"面对时疫的肆虐，松江人信奉迷信，不去求医问药，而是寄希望于"神"的力量，乞求"神"的护佑。一时间什么冲喜、看鬼、圆光、笃箸、叫喜、求仙方、掼童子、献菩萨、送夜客、抱烟囱、贴红纸等等，五花八门、形形色色的迷信活动甚嚣尘上，算命打卦的摊位遍布街头巷尾,各寺院庵堂人满为患,香火鼎盛,乌烟瘴气。 在这三四十种迷信活动中,规模最大、人数众多的是迎神赛会,据说只要参加了迎神赛会、捐了钱财,就能消灾免疫、祛病康体。 而这种抬着泥菩萨巡街的迎神赛会,传闻规模愈大愈灵验,于是,松江城里隔几天就有一次,每次都在赛声势,赛规模。

这一天,学校放了暑假,侯绍裘乘火车回到松江。 他步出车站,刚行到醉白池,远远地就听到街上锣鼓喧天,人声鼎沸。 人们蜂拥前往,说是迎神赛会的队伍巡行过来了。 只见,队前,旗伞缤纷,彩龙飞舞;队中,威风凛凛的城隍老爷,坐在特制的轿子里,由八名壮汉抬着,夸张地打着号子,晃晃悠悠一路前行;尾随城隍老爷的,是成百上千执香护送的善男信女,浩浩荡荡,热闹非凡,逶逶迤迤数百米。 人们企盼着用这种形式祛散松江时疫,祈天神驱邪降福。 四方群众聚列街道两旁,相互推搡着探身争看。 更有病人让亲属搀着扶着或抬着,把一叠叠钱塞给迎神赛会募捐小组……人们深信自己的病疼和晦气,会随着捐出去的钱钞被带走。

侯绍裘异常愤怒,牙齿打战,身体发抖,热血直朝头顶涌。 他回家放下行李,顾不上擦去满头大汗,挥笔大书"迷信才是瘟神!""不要迎神赛会!"等大幅标语,急忙贴到闹市区的显眼处。 其中"不要迎神赛会"六个大字,每字足有一尺见方,就贴在松江知府衙门正对面的大照壁上,一时轰动了整个松江城,使迷信歪风不得不有所收敛。

隔日,绍裘约了钱江春、赵祖康等八位青年,登上云间第一楼,专题讨论打击迷信活动的事。 云间第一楼,原本是元明时期松江府治前的谯楼,清兵南下时毁于大火,仅存台基。 至顺治初年,地方集资在旧基上重建三楹鼓楼。 此楼共两层,立于砖木结构的门道之上,周围清水砖墙,翘角飞檐,古色古香,高达十六米,为松江城内其他楼所不及。

登临楼上,俯瞰古城。 这些外出求学,暑假如候鸟般归来的的松江学子们，一个个意气风发，英姿勃发，激扬文字，挥斥方遒。 谈及日前挑战迎神赛会之事，大家都为松江迷信势力猖獗、父老乡亲的愚昧无知愤懑和焦虑。

"我们办份报刊，来宣传科学，批判迷信！"侯绍裘胸有成竹，向各位发出倡议。

"对，就像当年刻印传单那样，散发给大家！"钱江春的话，一下子把大伙拉回到六年前的那场风波。

"好，大家轮流编辑。只是要想个响亮的刊名。"赵祖康已经进入角色。

八个人，七嘴八舌议了半天，仍然定不下刊名。

绍裘用枯树枝在楼垛的清水砖上画了个大大的"？"突发灵感，对大家说："我们办刊不就是为了提出问题、讨论问题、解答问题、探讨问题吗，干脆，就叫问题周刊。"

"哎呀，还是'猴子'的脑瓜子好使，连刊头设计都出来了，就叫《？周刊》！"钱江春指着垛砖上的那个"？"叫了起来。

8月1日，《？周刊》创刊号正式出版发行。

绍裘的《我们对于社会的贡献》，相当于发刊词，说明了办刊的目的是为了感谢工农大众的培养，要把自己知道的世界上的事情反哺给大家，"用笔墨和口舌来介绍给我们所亲爱的社会，借此谋他（她）的进步，以增进叔伯兄弟诸姑姊妹的幸福。"他在文中大力宣传社会革新，反对因循守旧："世界是天天在那里进步的"，"要知道守旧才是可怕，革新是顺着世界潮流的当然的事"。 他们大力宣传科学与民主，反对封建迷信。 第二期上，发表的赵祖康的《地狱诗》，讴歌了劳苦大众，诅咒了吃人旧社会，憎爱分明，感情炽烈。 为了宣传妇女解放，赵祖康还编写了独幕话剧《李超群的终身大事》。 短剧用松江方言演出时，不少妇女为之感动得落泪。

《？周刊》犹如一扇窗，时代的清新之风，从这扇窗吹进松江古城，古城的百姓们也从这扇窗看到了精彩的外部世界。 周刊每期围绕一个中心话题展开讨论,由于观念新、思想新、讨论热烈,期期都与人们生活息息相关,大家争相传阅,很快就成为茶楼酒肆、家庭餐桌上的热门话题。加上《? 周刊》的发行,基本是半卖半送,每期出版,会很快销售一空。松江人亲切地把它称做"耳朵周刊"。

读者的热情同样激励着编者,侯绍裘完全沉浸在办刊的忙碌与喜悦之中。一日,他正同大家讨论着出刊的事项,忽然邮差给他送来一份挂号邮件。拆开一看,竟是南洋公学校方发来的通知。

通知声称侯绍裘"举动激烈,志不在学",责令退学。这一下炸开了锅!

"卑鄙! 这是在报复!"

"谁不知晓,绍裘成绩名列前茅,什么狗屁'志不在学'!"

"找姓唐的去算账,要一个交代!"

……

群情激愤,一个个拍案而起。

绍裘捏着勒令退学的通知,沉思良久,然后冷静地对大伙说:

"他们的措辞并不错,我志在为劳苦大众奋斗,志在推翻旧制度。不过,我的意志又岂是他们所能改变得了的!"

暑假即将结束,从四面八方聚集起来的青年学子们,又纷纷飞向四面八方。脱离了南洋公学的侯绍裘难免有种难以言状的失落和寂寞。

这天,他又一次独自一人跑到城郊的醉白池来。穿过喧嚣街市来到这里,似乎进入另一个世界。这里有年代久远的古建筑,更有林木花丛中透出的那份幽静。这样的氛围很能使人忘却世俗的烦恼,整理情绪,思考问题。他穿过佳客来仲亭,进大门,经轿厅,穿过内园,信步来到雪海堂。雪海堂可以称得上是松江古典厅堂的一个典范,厅堂面阔五楹,九架梁圆作,南有双重轩廊,北有穿廊卷棚顶,大厅高敞轩昂,两侧山墙为起翘马头墙,上面屋脊为高翘哺鸡头,堂内左右二天井植金银桂花各一株,浮雕仪门等独具古代松江建筑风格。堂前蹲伏明代石狮一对。1912年12月27日，孙中山先生到松江，踏雪视察教育时，曾在雪海堂接见松江各界人士，并发表了重要演讲。虽然八年过去了，孙先生演讲时洪钟般的声音仍在厅堂回荡：

"以世界大势论，地球上只有五六强国，比较人口，我中华民国最占多数，所缺乏者教育耳。今在建设之初，吾辈亟当致力于社会，多办学校……"

此时，远在数百里外的宜兴和桥，正有位程乃猷先生，踌躇满志，立志办学。这个程乃猷，辛亥革命时期曾参加同盟会。民国初任宜兴参议员、县佐，后辞职回乡，接任彭城中学校长。为解决办学经费困难，他不惜典当家产。这个人正派耿直，严肃诚笃，治学严谨，尤其对教师的选择十分严格。他求贤若渴，谢绝官方介绍，重视延聘积学敦品之士。

1920年9月，程乃猷接受著名教育家黄炎培先生推荐，聘侯绍裘为彭城中学的首席教师。从此，侯绍裘进入更广阔的社会空间，他以教育为阵地，传播进步思想，培养革命青年，秘密从事革命活动，坚定不移地投身到为谋求大众解放的伟大事业之中。

八

说话间，又是一年过去。

1921年的暑假，松江古浦塘。塘内荷莲飘香，两岸柳荫丛丛，古朴的云间第一桥横卧其上。柳荫处泊一叶画舫，舫内有群候鸟式归来的青年学子，他们正在饮茶畅叙，热烈地交流着来自长城内外、大江南北的各种见闻。

"猴子，都说你记性好，考你一下，宋代陆蒙有首写浦塘的诗，记得否？"又是钱江春挑起话题。

"这有何难。听好：路接张泾近，塘连谷水长，一声清鹤泪，片月在沧浪。"绍裘伫立舟头，捻着下颏痣上的长须，从容吟唱后，也给江春出了一题："当年柳如是在桥头惜别陈子龙，曾诗一首，钱兄知否？"

江春搔首弄耳，答道："好像是什么草吧，小时候家父曾让我背诵过，只是时间太久，记不清了。你过目成诵，说给大家听听？"

"且慢，如果绍裘吟出，今天这茶费就由钱兄付了，怎样？"祖康的提议得到大家一致附和。

"是《戊寅草》：苍然方木白苹姻，摇落鱼龙有岁年。人私许玄登望却，客如平子学愁编。空怀神女虚无宅，近有秋风缥缈篇。日暮飘零何处所，翩翩燕翅独超前。"侯绍裘抑扬顿挫，滔滔不绝。

"陈子龙与柳如是，一位是满腹经纶的奇男子，一位是侠骨柔肠的风尘女，只可惜有情人难成眷属。当年，两人同乘兰舟，从南园送到云间第一桥，陈子龙解下腰间的祖传宝刀相赠，柳如是当场以三更挑灯和泪作成的《戊寅草》回赠。后来陈子龙起兵复明被捕，解押经此时，跳水自尽。柳如是则全身缟素，于秋风愁雨中，燃烛焚香遥祭……一个缠绵而悲壮的故事。"赵祖康不禁发出怀古的感叹。

接着他们的话题由古而今，由时政到教育。谈到丁月心和她的景贤女校时，几个青年都感慨唏嘘，为丁月心的处境，更为景贤女校的命运。

景贤女校原为姚文釜、宋占梅夫妇创办。后宋占梅因病亡故，姚文釜远走他乡，该校职员丁月心为不负兴学者的夙愿，更为松江女子有入学机会，毅然接手续办。她苦心经营，呕心沥血，千方百计为方便女学生入学创造条件；为扩展校务，筹集办学经费，不惜变卖田产四百余亩，后又将自己出嫁时的嫁奁首饰物品卖掉，以充学校经费。当年孙中山先生到松江视察教育时，对其精神及办学成果深表赞佩，亲题"怀清台竣"四字，制成匾额赠与丁月心女士，并与她合影留念。办学八年，她累计损资一万两千多银元（这在当时是一笔相当可观的财富），直至破产。后来，丁月心耗财已尽，终因经费筹措困难，且心力交瘁，便将女校转由沈瑞贤接办。眼下，沈瑞贤亦因经济告竭，景贤女校即将被迫停办。

"把它接过来，办成我们自己想办的学校！"侯绍裘眼前一亮，精神为之一振，提出一个大胆的设想。

"只要你敢接，我们几个就都来出资当校董。"大伙同样热情高涨。

翌日，侯绍裘约上赵祖康，同去造访小学时的老师朱季恂先生。朱先生刚从南洋爪哇归乡，谈及景贤女校，不谋而合，他正好也有报效乡梓的打算，愿意变卖部分家产来投资办学。接着，大家又分头四出游说，发动地方上热心教育事业的人出资，弥补经费缺口。朱叔建、钱江春、张琢成、张叔通等友人纷纷伸出援手，联袂相助，终于集腋成裘，成功实现了接办的宏愿。景贤女校更名为景贤女子中学，侯绍裘亲任校务主任。

这年秋季，重获新生的景贤女中隆重开学。

景贤女中的校园坐落在小仓桥弄内。校门朝南，走进校门是三幢两进式的楼房，连接楼房的是前后两个大天井，天井里阳光充足，花草繁茂。楼房的上面是寝室，下面是教室，教室里窗明几净，桌椅整齐，学生上课和住宿的地方可算是很舒服的。然而，教务室却设在一间狭小的平房里，满满当当地挤着五六张办公桌，几乎连旋个身的空隙都没有。很显然，窝在这间平房里的人所做的事，实在和这间平房的体积成反比，见微知著，这一细节体现出办学者努力给学生以最大空间和最优条件的初衷，彰显了他们爱护学生、以学生利益为重的办学理念。

舞台有了，锣鼓也已敲响。拉开大幕演什么戏，就看总导演——校务主任侯绍裘的了。

景贤女中，顾名思义，这所学校定位于女子学校。

我们为什么要办女校？这是每个办学者都必然遇到的首要问题，也是一个越不过、绕不开、必须作答的问题。侯绍裘在深思，当初，丁月心是受"鉴湖女侠"秋瑾的影响，感到女子也应该有所作为，冲破女子不能在社会工作的封建樊笼，到松筠女子刺绣学堂任教的。后来，毁家办学，为的是挑战女孩不必读书的封建旧俗，她获得了成功，建树了"怀清台竣"的丰碑。 如今，我们来接办景贤女中，仅仅是为着造就贤妻良母，抑或仅仅是为女子读书后便于谋个职业吗？ 显然不是。 他认定自己心目中所办的景贤女中，应该坚持提倡妇女解放、婚姻自由，批判封建道德观，因此，"培养女学生具有健全的人格，完备的知识，促进妇女解放和社会改造"，才是景贤女中的办学宗旨。

目标焕发热情，围绕这个宗旨，侯绍裘踌躇满志，从办学方针、教学内容到教学方法等各个方面，对旧有的一套进行了系统改革，规划出一张崭新的蓝图。

开学第一天的第一课，就上得别开生面。 全校师生自带坐凳集中在校园门前的操场上，校务主任侯绍裘主持会议，他向学生们逐一介绍了各位老师，接着就讲起景贤的历史，从丁月心毁家办学，讲到孙中山题赠"怀清台竣"匾额；从封建势力合围、经济枯竭、濒临停办，到松江诸贤集腋成裘、获得新生；从女娲补天，讲到黄道婆发明纺织术；从"衣被天下"，讲到松江妇女的历史贡献；从花木兰替父从军，讲到"鉴湖女侠"秋瑾；从宋朝李清照讲到法国居里夫人……接着，话锋一转说，同学们，自古英豪多女子，"女子也是人，为什么要受压迫？ 为什么没有自由？ 我们要勇敢地站起来，打倒封建制度！"侯绍裘宣布，景贤女中将实行民主办学，实行校务、教务、经济三大民主，学校的经济账目公开，接受大家监督评议；今后学校召开校务会，将吸收学生代表参加，学校凡遇重大事情或实行什么变革，都事先与学生商量，征询意见；平时欢迎学生对教务提出改进意见。 总之，景贤是我们自己的，办好景贤也得要靠我们全校师生共同努力。

一石激起千层浪。 这开学第一课的消息不胫而走，在松江掀起不小的冲击波。 哪有这样办学的，学生老师板凳桌子一样高，师道尊严呢？ 女孩子上学不就为识两个字，什么反封建做主人，造反啦？ 有的赞称，有的觉得新鲜好奇，当然也引来一群封建卫道士们的指责攻击，说什么乱了祖宗规矩等等。 当然，更多的人则是观望等待，看看侯绍裘倒底想做什么。

九

侯绍裘熟知，不积跬步，无以至千里，不积小流，无以成江海。景贤的革新要的是脚踏实地的推进，是积小胜而成大胜。

他的第一步瞄准教学改革，既重视文化教育，又注重革新内容，更致力于能力培养。当时一般学校教的是文言文，景贤女中却以白话文为主，所选教材要求文法谨严、论理精确、富有思想性。开设史地、博物、理化等课程，要求学生通过学习"能养成因果观念，就以往而推来者，能了解自然界及进化原理，养成观察力及判断力"，毕业以后能以科学的态度应付各种问题。

他坚持教学结合实际,教博物课时,针对松江地区封建迷信影响深、女学生胆子小的特点,就领着学生到城隍庙看泥菩萨。

城隍庙里,供奉着一排排青面獠牙、面目狰狞的泥塑像,加上信徒们焚烧纸钱供品的烟雾,显得格外阴森恐怖。学生们来到门口,都吓得止步不前,一个个你推我我推你不敢进去,更有胆小的则躲到别人的背后连大气都不敢喘一口。侯绍裘领着几个胆子大点的学生走在前面,跨进门后,他上前一步用手锁住堂中央泥塑的脖子,对学生们说:"有什么可怕的,如果它真会显灵的话,怎么不挣扎呢?"转身过去,又将一个小鬼的头颅扭下,捏得粉碎:"都看见了吧,泥巴的。"

学生们见了,胆子渐渐大了起来,也敢上去用手摸了,逐渐消除了恐惧感。

"同学们,有谁知道,既然都是用泥巴做的,那么,为什么还有人要将它们供在这里呢?"侯绍裘进一步引导学生思考。

"用来吓唬人。""为了骗取钱财!""搞封建迷信!"学生们活跃起来,一个个争着回答。

"对,这是封建迷信,用来吓人骗财的。大家有没有再往深里想想它的危害呢?"侯绍裘进一步启发他的学生:"透过表象看本质,这是禁锢人们精神的封建枷锁。它用狰狞恐怖的表象,来吓唬人们,要人们认命、逆来受顺,服服帖帖甘受压迫和剥削。我们要想改变命运,改造社会,就必须从破除封建迷信开始。"

这一番话,像清风吹散雾霾,使学生们心中豁然开朗;又如引领学生们登高望远,令学生们看到了更远更美的风景。

树叶黄了,秋天来了。侯绍裘又别出心裁地给学生们安排了一次秋游活动。不过与往次博物课不同的是,秋游前,他就要求学生们按照各自的想象,先写一篇题为《我想象中的秋游》的作文。对于这样一道作文题,学生们叽叽喳喳议论开了。大家纷纷打开了思绪的鸟笼,放飞心情,任思绪在想象的秋空中翱翔。

想象和期盼中的秋游终于来到了。郊外，黄灿灿的稻田，一望无垠伸展到远方的天地连接处。"荷尽已无擎雨盖，菊残犹有傲霜枝"，河塘里的水格外清澈，落满秋阳的水面，微风拂过，泛起道道涟漪。近岸是一丛丛荷莲，荷花早谢，莲蓬也枯萎了，肥硕的鱼儿成群地在水中嬉戏，皆若空游无所依。水岸上的野菊零零星星散落四处，给萧瑟的秋天增添了一抹色彩、一丝希望。

不远处有一座不高的石塔，秋风中，寄生在石塔上的几株荆棘，枯黄稀疏，好似老者的头发。草丛中可见成片的瓦砾，能推想得出这里曾经有过的繁华。

女中的学生有着她们的兴趣和雅致，有的在岸边写生，有的在草丛中采撷野花，还有的坐在岸边呼吸着带有泥土气息的芬芳，观赏着迷人的秋景。侯绍裘俯下身去，拾起一块碎瓦片，随手朝水面撒去。

"唷！水宝塔！"一声惊呼，将众人四散的视线统统收拢起来，聚集在宽阔的水面上。

"哪里？在哪里呀？"几个好奇的同学，将搜寻落空的目光聚焦在发出惊呼的范志超身上。

"喏，在水里呀，刚才侯老师撒的。"范志超指着宽阔的水面，目光扫了下侯绍裘，求证似的说。

"呀，又一座！"

"有几十层，那么远！"

说话间，绍裘又连着撒了两片，岸上一阵惊喜。

"应当说那样高，才准确。"范志超纠正道。

"水宝塔，这名称真形象！"侯绍裘又俯身拣了几块，存在左手心里，接着两片齐发。

"双塔，快看双塔！"

"一、二、三……二十九！"有人跟着统计，发出惊叹。

"同学们，谁能说得出这瓦片飞于水面的道理？"绍裘停下来，问大家。

大家面面相觑，接着七嘴八舌猜了起来。有的说老师拣的瓦片薄，有的说老师拣的瓦片轻，还有的索性说老师手上有轻功，答案五花八门。

侯绍裘听了大家的回答不置可否，笑着俯身又拣了半截砖块，用劲朝水面撇去，水面上照样出现几层水宝塔。

"如果我现在用的不是砖瓦片，而是石头，能让它在水上漂起来吗？"

又是一阵沉默，接着有的说能，有的说不能。

"同学们，其实这个答案早在两千多年前就有啦！"绍裘解开谜底："《孙子兵法》上有此一说，'激水之疾，至于漂石者，势也。'就是说，只要给它足够的速度，石头就能在水面上漂起来。这同弓能让铁制的箭飞起来的道理一样。"接着话锋一转，说："速度在时代变迁、历史沧桑过程中，起着决定性的作用。速度来源于动力。好比，我们要想让社会发生变革，就得给予动力，孙中山先生领导的三民主义革命，就是社会变革的动力。"

"哎呀——"说话间，有位学生发出尖叫。原来她埋头寻找打水漂的瓦片时，陡然碰着了荒草丛的骷髅。绍裘拨开人群，将骷髅从草丛的泥土中刨出来，吓得学生们纷纷避开。她们看着侯老师从容不迫地捧起骷髅头骨，到河边洗得干干净净，然后从口袋里掏出手帕将骷髅包好，并且举起来说："正好带回学校作为博物课教具。"又问道："谁敢来捧？"这时，大家的胆子都大了起来，有几个同学还举手争着来捧。

这样结合实际的教学，不仅丰富了课本内容，使学生受到生动的唯物主义和无神论教育，而且锻练了她们的胆量和气魄。

一日，上课铃响后，侯绍裘默不作声，专心致志地在黑板上画了一口井，井底蹲着一只青蛙。学生们叽叽喳喳，说老师搞错课表了，这堂不是美术课呀。更让人摸不着头脑的还在后面，画好了，侯老师竟转过身来问大家："谁能回答，天有多大？"一阵哄堂大笑后，大家都争着回答。有的说天像一口玻璃锅罩在我们头上，有的说有十万八千里吧，还有的说你想多大就有多大。侯绍裘指着那只青蛙："它说就只有井口这么大。"又是一阵大笑。

"同学们，请别忙着笑话它，因为它从出生到长大都没离开过井底，所以在它眼里，天就是只有井口大。就好像我们有的同学，长这么大都没离开过松江，不知道松江以外的世界有多大一样。"这一下，大家不笑了，都陷入了认真的思考。

"谁有法子帮这只可怜的青蛙，看看井口之外的世界呢？"侯绍裘连着发问。

大家又七嘴八舌地议论开了，有的说系根绳把它提上来，有的说装张梯让它跳上来，还有的说安装一只潜水艇上的望远镜，让它看看井口以外的世界。

"同学们，对我们来说，这口井好比是松江，而阅读报纸刊物、请外面的人来演讲等等，就是开阔我们视野和心胸的梯子、绳索和望远镜。学校里有阅览室，里面有多种报刊、图书，不想做井底之蛙，就应当去读书看报，或者去听演讲。我们提倡养成'学生无一人无一日不看报'的风气习惯。"自此，景贤女中的阅览室内，经常人头攒动，座无虚席。

学生们觉得这位衣着朴素、不修边幅的老师很特别，不仅学识渊博，会画画会篆刻印章，还喜欢吹箫，并且对经济困难的学生常常倾囊相助。在学生们的心目中，侯老师的耐性特别好，只要有问题找他，他总是不厌其烦地讲解，直到你弄懂了为止。有时，明明是学生没有认真听讲或者是理解能力跟不上来，他不但不责怪，反而搔搔自己的头皮，谦逊地说："哦，我还是没讲清楚。"

善歌者使人继其声，善教者使人继其志。为了让学生了解各种社会新思潮，努力使学生走在时代的前列，侯绍裘连续几年邀请当时政治界、文化界、教育界的知名人士来校演讲，宣传进步思想和社会主义。先后应邀前来的有共产党人恽代英、萧楚女、杨贤江、沈雁冰、施存统等,国民党人汪精卫、于右任、吴稚辉、邵力子等,著名学者柳亚子、陈望道、杨杏佛、周建人、吴研因、叶圣陶等,还有美国教育家杜威博士。他们中有的宣传社会主义,有的宣传三民主义;有的讲工人运动,也有的讲妇女解放、婚姻自由、妇女运动与工人运动的关系;还有的讲自然科学,总之,涉及到政治、经济、文化、教育等广泛内容,扩大并提高了学生的视野和思想。此外,学校里每两个星期,还自行组织举办一次星期日演讲会,围绕学生们共同关心的社会现实问题或自然科学问题,各抒己见,同时请教师作专题辅导,锻炼和提高了学生的才干。特别在暑假期间,景贤女中每年都举办大型演讲会,有时还把讲坛设在醉白池大厅,扩大吸收松江各校青年和各界进步人士来听讲。

景贤女中的改革,使学校面貌焕然一新,师生关系融洽,学生们学习勤奋刻苦,在新思想、新观念的熏陶下,纷纷剪发髻,梳短发,开朗活泼,英姿飒爽,走上街头演讲,号召群众讲科学反迷信……一时慕名来松江求学的有江浙两省七个县的女学生。

树欲静而风不止。松江地方的封建势力却对此大为恼火,诬蔑景贤女中鼓励学生"放荡不羁""有伤风化"。这些人还化名"牛先生"在《松江旬刊》上造谣攻击,把社会上的淫荡行为归咎于提倡妇女解放;其他学校男生中的不良分子和社会上一些淫荡青年,也乘机对景贤女中学生进行挑衅。

事实胜于雄辩。侯绍裘一面适时邀请学生家长和社会各界人士,来校参观访问;一面组织学生向家长和社会公演《终身大事》和《女性之敌》等新剧,反击各种歧视、侮辱和压迫妇女的恶势力,既教育鼓舞了学生,也赢得了社会广泛的同情和支持,发扬了正气,压倒了邪风。

一切落后的反动势力,在打压、攻击、污蔑进步力量上,是无需事前结盟相约的。《民国日报》未曾调查,也任人在报上胡说,对景贤女中的教育革新指手划脚,说三道四,起到很坏的作用。侯绍裘毫不妥协,理直气壮地进行反击。他在《民国日报》上连续发表《一个革新途程中的女校》和他《在景贤女中学生维持会上的讲话》。他这样写道:"我们这些担负教务的人,虽是大部分尽义务的,然而这是为我们的自觉性所驱使,所以对于职务的尽力,自问丝毫不让于领到十足薪水的人们。非但对于正课不肯丝毫放弃,而且还在课外提倡课外运动及演讲会等;对于功课欠缺的学生们,还每天有补课。""我们学生的活动能力、进取精神,诚有可使一般死教育者惊诧的,然而内部风纪的整饬,也非此辈所梦想得到的。""至于少数学生家属的反对,那是实有其事的,一因我们教授白话文,一因我们师生间的接近。然而那种顽固的反对,本是我们革新途中的意中事。"侯绍裘也毫不客气地批评了《民国日报》犯了"助顽固者张目,而损同志之同情"的错误。

《民国日报》在做调查后,公开刊登了侯绍裘的批评,同时刊载反映景贤女中真实情况的文章,作为虚心纠正的诚意。沈雁冰更是实地考察,在《一个女校给我的印象》一文中,称侯绍裘等人"是思想新而热心的人","他们的新设施,虽极温和,不免也惹起四周的惊视吧。我很佩服他们有勇气排斥一切冷淡的、固拒的、没有抵抗力的压迫的空气,而火刺刺地做自己的事。""写到这里,愈加感到在松江维持景贤的那几位朋友的奋斗精神,实在令人可敬!"

十

围绕着景贤女中教育革新的较量,可谓是大获全胜。

但是,侯绍裘清醒意识到,景贤女中只是松江这片土地上生长出来的一株年轻的树,是在冲破了层层板结的封建僵土、丛丛旧势力藤蔓围剿后生长出来的。她的茁壮生长,鼓舞了一切反封建力量的复苏和壮大。这次粉碎谣言、洗刷污蔑、反击挑衅,仅仅是一场初战。同时也预示着,自己将要与各种封建、旧恶势力在更大范围、更多层面上,进行殊死的较量和搏斗。要使这棵年轻的树能枝繁叶茂、要想在松江土地上生长出众多的新树，形成一片森林，就必须铲除这片土地上的封建根系、肃清流毒、改善土壤结构，就必须主动出击，去占领思想意识高地。 于是，他与朱季恂、张企留、黄正广、高尔松、姜长林等人，以"批评地方时事，唤起革命精神，介绍新的思想，提高民众常识"为宗旨，创办了《松江评论》。

凭借《松江评论》这块舆论阵地，他们打了两场漂亮仗。

第一仗，唤醒昏睡的青年。

松江的特殊地理位置，决定了这座美丽富饶的水乡古城，依靠农村经济的繁荣而著名。 城乡的居民，除少数大地主和官僚世家以外，半数以上是中小地主。 他们依赖田租收入，足以温饱。 因此，近百年来，松江青年大多安于小康的家庭生活，缺少创立事业的雄心壮志。生于斯长于斯的侯绍裘，走出古城到新兴商埠上海求学后，经受五四运动的洗礼，如今他返回故乡，以新思想、新观点观照松江，觉得这座古城仍于昏睡之中。

他通过观察分析，对当时青年的状况，做了这样的描述："当五四运动以前，我们中国的青年，真是奄无生气。 上等者有机会有力量的，就希望大学毕业、出洋、回来做官，做大学教授，得商工界优美的位置。 那些机会不很好、力量不很足的呢，也至少要学一种高等职业，谋一高等位置。 当他们未达目的以前，兢兢业业，以求达他们的目的。 既达目的以后，便兢兢业业以保持他们的位置，这固然不能算差，然看人生只为生活而生活，除谋生之职业外无他事，也未免太鄙陋了。 次等者毫无目的，在学时终日昏昏沉沉念死书，要分数，骗文凭，出校后，一无所能，或坐在家里吃老米饭，等于废人，或只得托人修八行书，去钻谋请托，谋一个闲散的或力不胜任而姑且敷衍的位置糊口。 至于那些下等的，在学校是挂名，或者索性连挂名也免了，靠着祖父遗下几个钱，或竟连此也无，只够一时穿吃，便昏天黑地，嫖赌吃着，无所不为，结果不是流氓，便是乞丐，至少总成为一个在社会上无益而有害的人。"

他还看到，在五四运动霹雳声中，虽然许多人被震醒了，他们慷慨激昂、勇往直前，一片蓬勃景象，很是令人振奋。可是，当他到宜兴彭城去了一年后，再次回到松江，发觉先前的景象消失了，一切又毫无生气，归于沉寂，令他失望和寒心。"是的，思想是行动的基础，它把青年拉向一方面去，而生活和利益的实际要求把他们拉向另一方面去。在大多数情况下，生活总是占上风，于是，大多数受教育的青年人经过了一段热烈的青春迷恋时期之后，就走上了已经踏平的道路，而渐渐地走得习惯了。"

侯绍裘想，青年理应是社会中最富理想、最具活力、最勇于牺牲奉献的力量，青年是改革社会的中坚和希望，唤起民众，首先就要唤醒青年，唤醒全国的青年，就应当扎扎实实从唤醒松江的青年做起。基于这样的想法，他联络赵景沄、高尔松、高尔柏、陈广沅、沈昌、凌其恺、赵祖康、杨贤江等九人，组织了"青年问题讨论会"。他们就青年的人生、学术和其他有关的切要问题，采用通讯的方式进行讨论和探讨，讨论的情况汇集整理后，发表在《松江评论》上，对教育青年、唤醒青年、武装青年，起到了积极作用。他们还经常到青年中去演讲，诚挚地号召大家，做革命青年首要先确立正确的人生观，"要认定一个人不是为一己而生，是为社会、为人类而生，以最大幸福为人生的最终目的、最大责任，而以尽此责任为乐"，要为革命勤俭耐苦，不避艰险，百折不回，要做好长期奋斗的准备，他坚定地指出，"这万恶的社会，终有一天被我们或被我们的子孙改造过来！"许多松江青年又重新振奋起来，行动起来，积极参加街头演讲、文娱演出、义务教育等活动，成为推进松江社会进步的生力军。

第二仗，是破除封建迷信仗。

这一仗是杨了公挑起的。对于杨了公，侯绍裘有着复杂的情感，可以说是既敬重又憎恶。敬重的是，这位前清秀才、南社耆老，因告松江知府被革职回乡后，耗尽家产创办孤儿院，收养贫苦孤儿，五四运动中，他又怀爱国热忱，鼓励民众爱国雪耻；憎恶的是，他竟然在宅中设立盛德坛，举行大祭典礼，大张旗鼓地搞扶乩这种迷信活动。

扶乩是盛行于松江一带的迷信陋俗。

《辞源》载称："扶乩，〔扶箕、扶鸾〕旧时迷信，假借神鬼名义，两人合作以箕插笔，在沙盘上划字，以卜吉凶，或与人唱和，籍以诈钱。因传说神仙来时均驾凤乘鸾，故名。起于唐代，明清盛行于士大夫间。"

扶乩，在民间通俗地称做"请仙姑"。扶乩要准备带有细沙的木盘，没有细沙，可用米粒、面粉或灰土代替。乩笔，可用笔或者细的筷子、树枝，插在一个筲箕上，有的地区是用一个竹圈或铁圈，圈上固定一支乩笔。扶乩时，乩人拿着乩笔不停地在沙盘上写字，口中念某某神灵附降在身。术士制丁字形木架，其直端顶部悬锥下垂，架放在沙盘上，由两人各以食指分扶横木两端，依法请神，木架的下垂部分即在沙上画成文字，作为神的启示，或与人唱和，或示人吉凶，或与人处方。旧时民间常于农历正月十五夜迎紫姑扶乩，有的地区则于每年农历六月至七月初七的这段时间扶乩，所请仙姑也有"坑头姑娘""甓里姑娘""壁角姑娘""田头姑娘"等不同。

杨了公这次在宅中设坛扶乩、举行典礼，声势浩大，规模空前，连松江新任教育局长、市教育会长、县署科长、县常委委员等不少政界、教育界的头面人物，也趋之若鹜，纷纷争相跪拜。当有人批评这种迷信行为时，他们竟泰然处之，美其名曰"文人游戏"，弄得当地一时扶乩盛行，妖言四起。

侯绍裘闻之，当即写了《荒谬绝伦之教育领袖》一文，刊发在新出的《松江评论》的"辟邪号"专栏上。文章批判这伙人搞封建迷信有伤风化，毫不客气地把他们的姓名、职务逐一公开，痛斥这伙人口喊"科学教育"，却在搞"提倡迷信"的丑恶行径。责问他们"何不把教科书上破除迷信的话头一律除去？"否则，小学生一面听他们的先生在讲破除迷信，一面眼见地方教育界的领袖在提倡迷信，叫做先生的如何去应付呢"，表示"我们还要把这事在上海各报上发表，求全国教育界的公论,并且还要上书省教育会和教育厅,请问他们这种事是不是教育界所该做的",批得这些人狼狈不堪、如坐针毡。

这件事,立即成了松江城街头巷尾的热议焦点。当然,也有长者劝告侯绍裘,你讲的"理由并不错,而措词太无礼,何苦去得罪人"。对此,侯绍裘在稍后刊于《松江评论》的《我所希望于教育界领袖的》一文中说,"几位教育界的领袖中有的是自己的父辈,平日里对他们一向是诚意敬仰的。正是平日敬仰他们,看见他们去参加这种与他们身份和学识极其不符的迷信活动,就由失望而变为愤懑而难自已",因为"现在的事,太重要了,所以不能再事缄默"。

接着,侯绍裘又接连在《松江评论》上发表了《什么是迷信》《迷信的起源》《鬼神与下意识并非一物》等读者喜闻乐见的文章,有效地宣传了科学真理,打击了封建迷信势力。一时间,《松江评论》洛阳纸贵,老百姓不但踊跃订阅,而且还收藏,甚至有人愿意以重金相换自己所缺的刊期。

十一

早两天,学校来了几个二三十岁的女子,指名要找侯先生说点儿事。

开始,绍裘还以为是学生的家长,待她们进得办公室来,细一打量又觉过于年轻不似家长。正纳闷间,经过一番谦让,其中一位泼辣者开了腔。先是自我介绍,说她们几个的家就住在景贤女中附近,每天看着进进出出的学生那股子活泼劲,听着她们的笑声和读书声,心里一直痒痒的,真是羡慕!她们时常聚在一起,都怨恨自己年少时没机会读书,现在成了"睁眼瞎"。

不要说读书看报，就是出门上街也是两眼一抹黑，她们现在最想的就是识字了。

绍裘听明白了来意，就解释说："要识字学文化，当然是好。 只是学校收学生是有年纪规定的呀。"

"照先生这样说，我们这辈子就活该倒霉了？"其中一个心直嘴快，并不死心。

"都说先生是开明人，办法特别多，所以我们才兴冲冲找来的。原来先生也保守呀？"领头的那位女子，小心翼翼地表达出心中的失望。

"我家姑子说，先生在上海读书时，就办过不管年岁大小的学校。"心直嘴快的亮出底牌。

"她家姑子就在你们学校读书，是听一个沈什么春的同学说的。"为证消息的可靠，另一个赶紧补充道。

"噢，还有人证呀。 不过，南洋义校招收的都是男的呀。"绍裘随口答道。

"重男轻女！ 先生不是说过男女平等的嘛？"领头女子毫不客气将了一军。

绍裘听了这话，喜忧参半。 喜的是五四运动后，在他们的宣传努力下，男女平等的意识正在深入人心，觉醒的妇女们，正在追求解放、追求自身价值的道路上迅跑；忧的是，面对这股热流，又怎么能忍心让她们失望呢？ 连忙解释道："我们哪敢重男轻女呢，只是一时还没想到办法而已，还望谅解。"略作停顿，转问道：

"如果我们设法办个成人女子补习班，你们愿意先报名吗？"

听了这话，几个你瞅瞅我，我瞅瞅你。 还是心直口快的那位答道：

"有人报了，我就报。"

"对，有人报了，我们就报！"其余几个异口同声。

绍裘听了哈哈笑起来，说道："为什么你们就不能先报呢？ 如果大家都这么想,这补习班恐怕难办起来,即使办起来了,恐怕也无人报名的。"

"我报!我报!"听了这话,几个急了起来。

最后,侯绍裘对她们说:"这事容我们商量一下,倘若定了,就出告示。你们可要带头报名哦。"接着又特地对那位心直口快的女子说:"定下来,就让沈蔼春告诉你姑子,让她通知你。"

几个女子高高兴兴地回家去等告示了。

"难道我真的有'重男轻女'的思想?"侯绍裘习惯地搔了搔头上的短发,自我发问。是啊,虽然自己从事着女中的教育工作,演讲时一次又一次地讲着男女平等,然而实际工作起来却又忽略了男女平等。那位心直口快的女子没有批评错呀,为什么成年男子能够上义校,成年女子就不能呢?女人也是人,深受几千年封建礼教压迫、被"女子无才便是德"剥夺了受教育权的女子,我们怎么就不能为她们办个补习班呢?唤醒民众当然包括唤醒妇女,妇女没文化、不识字阻碍着新思想新观念的接受,自然是唤醒的障碍,这障碍必须排除!

他把自己的想法对朱季恂说了。朱季恂觉得有道理,认为景贤女中完全有条件,可以办个"年长失学妇女补习班"。他俩又找来陈贵三等人商议,大家都乐意参加这项义务活动,并确定由陈贵三具体负责。

没过两天,景贤成年女子补习班就出了招生告示。办补习班的消息,像一阵风似的吹遍松江古城。吹得失学妇女心旌摇曳,跃跃欲试;吹得一班老顽固直骂景贤教坏了少的,现在又教唆大的了。不管别人叫好还是叫骂,先前来找侯绍裘的那几个女子,果不失其言,率先领头报了名。大概中国人一直有着喜欢扎热闹的习惯,很快就有许多人来报名,大有人满为患之势,跟着补习班就热热闹闹开了学。

冬去夏又来,很快成年女子补习班就开办一年了。

蓦然回头,背后一片黄金。陈贵三将这一年经过写了篇题为《松江景贤女子中学附设成年补习班一年的经过》的文章,被《民国日报》

抢先刊发。 陈贵三在文中写道："这种学生比平常学校里的学生，容易造就得多。……课程有国文、算学、英文、常识、体操、音乐等八门……常识一科是侯先生担任的，每天一小时，现已读完了三本南洋义务学校的常识讲义，一本是侯君自编的《自然科学常识讲义》，一本是恽震编的《历史讲义》，一本是茅以新编的《常识讲义》，都是民智书局出版的。 其中《自然科学常识讲义》包含动植矿和生理卫生等常识，编得最通俗，内容亦多事实而少议论，侯君又讲得格外通俗，并且多用日常生活所习见的事情来做例证，还附以图画模型标本和显微镜观察等，所以学生最感兴味。《历史讲义》因恽君能插入有趣味的故事，所以也不寂寞……成年学生的容易造就，已经由我的实验证明了。"

《民国日报》在刊载陈贵三文章的同时，还摘要刊发了侯绍裘的荐稿信："我常常抱着这个意见，以为现在要收速效的教育，莫如成人教育。但成年男子之未受教育，大都是限于经济……至于女子，那全是习俗使然，尽有求学的能力，而幼时竟错过了求学的机会，现在伊们有多数感到这个苦痛了，都没有相当学校可入，这在《觉悟》等刊物上常常见到伊们的呼声。 为了这个缘故，我们在去年附设了一个成年补习班，起初只是试验性质，并无一定把握，岂知一学年下来，成绩很堪自慰，这些都是伊们自知向上的心理所致，我们不敢居功；不过我们却敢大胆地宣布我们试验的成功，指出失学的成年女子一条道路，让伊们可以壮壮胆量；现在一学年将告结束，该科主任陈贵三先生做了一篇报告，提出于校务会议。 我因为这或者可以给有志办此种学校者以参考，和做失学者的指导，所以请你在贵刊发表。"

十二

"暮春三月，江南草长……"朱季恂从躺椅上站起身来，去撕挂在板壁上的日历，不料，一阵剧烈的咳嗽，令他去撕日历的手久久按着板壁放不下来。

"季师，上回配的药服了么？有些事，你放着我来吧。"绍裘将目光从案头学生的作业本上收回来，抬起头关切地询问。他知道，连日操劳，加上天气冷热无常，朱季恂的咳血病又犯了。

"也没怎么累着，我这是老毛病了。"等平静下来，朱季恂笑笑，倒安慰起绍裘来，扬了扬四月的最后一张日历:"五月又到了,今年演讲不?"

"讲呀! 五月的纪念日扎堆了,我正琢磨着怎样把五一、五四、五五、五七、五九这几个纪念日联系起来讲。 你看噢,一日是劳动纪念节,四日是学生救国运动和新文化运动的纪念节,五日是孙中山就任广东非常大总统的纪念节,七日和九日都算是国耻纪念节,这几个纪念节有什么关联呢? 要知道任何一件事情,决不是偶然发生的,只要从中寻出内在的根本原因来,其他问题便能迎刃而解了。"绍裘屈着手指侃侃而谈。

"这个想法好,那么就这几个纪念节来说,根本原因是什么呢,有怎样的关联呢?"朱季恂呷了口茶,来了兴趣,想听听绍裘怎么说。 他们遇到问题,总喜欢这样,说出来让大家听听。

"我也洗耳恭听。"前校长沈瑞贤也搁下手头的杂务,转过身来。

"好,我来说。"绍裘起身,拎起墙角的竹壳热水瓶,给季恂的茶壶续满水,又朝自己和沈瑞贤的茶杯倒了水,放下水瓶,便打开了话匣子:

"五九国耻是 1915 年的事,八年过去了,现在十多岁的学生,很少清楚。 要说明白五九国耻的原因,就得先把历史说一说。 起因是青岛问题,这青岛是在甲午中日之战以后,租给德国的。 那时,满清政府因甲午战败,痛恨日本,而自己又无力抵抗,就想了条以邪制邪的计策,把东三省的权利许给俄国,引俄国来制约日本。 不料,引入一条狼,来了一群狼。 欧州各国眼红俄国在东方捞到好处,也就纷纷来吃中国这块唐僧肉,德国首先占了青岛和胶州湾,英国占据威海卫,法国占据广州湾。 到了民国三年,欧州大战狼烟四起,所谓'叫花子容不得讨饭'的了,在侵略主义与侵略主义相互间忙着狗咬狗的时候,东洋日本趁火打劫,以帮助英法打德国的名义,把青岛从德国手中抢过去,又以交还青岛为名,向中国提出了亡国的"二十一条"。 欧战结束,战胜方的英法等列强分赃,无视中国也属战胜方的地位,不惜牺牲中国取媚日本,竟然承认"二十一条"。 消息传来,全国愤怒了！ 人们呼着口号，涌向街头，反对二十一条，誓争国权……"

"这些事就像发生在昨天，我还记得当年绍裘、江春几个，募款刻印传单，校长威吓说镇守使要捉拿的事呢。"沈瑞贤感慨时光如水。

"当年，南洋的华人同胞都行动了起来，支持祖国的斗争。 那热情，那声势，真是令人热血沸腾。"朱季恂也忆起自己在南洋爪哇的岁月。

"我们的演讲，不能只讲历史，重要的在于揭示原因。 我认为，二十一条不单单是个日本的问题，而是个列强侵略主义的问题。 现在有些人很天真，企图亲英亲法亲美来抵制日本。 英美法就真比日本好么？ 非也，它们都是一丘之貉！ 所以，我们要取消二十一条，单在这二十一条上着想，不把根扒掉，难保明天不有四十二条、八十四条出现。 唯有打倒外国帝国主义，才是根本的解决。"

"如果这样讲，学生们自然会提出，这帝国主义如何才能打倒呢？"沈瑞贤提醒道。

"是的，这正是演讲的第二个话题，即打倒帝国主义的方法。 由此，不能不讲到五一劳动纪念节了。 尽管五一纪念节源于美国芝加哥工人为争取八小时工作制罢工，但是这已成为全世界劳动者的节日。 侵略主义者除了压迫剥削本国劳动者，还想最大范围最大程度地去统治、压榨其他国家的劳动者。 如果全世界的劳动者都觉醒了，不分国界，不问语言肤色，只问阶级，联合起来进行斗争，才能打破国际侵略主义心。 五九国耻是国际侵略主义的结果，五一劳动节是全世界劳动者大联合的发端，要彻底洗雪五九国耻，就必须纪念五一劳动节。"

"为什么外国列强敢于欺侮中国呢？ 这就是'柿子专挑软的捏'。中国软弱无能的根本原因，是政治腐败。 袁世凯想当皇帝，不惜卖国求日本支持；北洋派官僚武人政府，心目中只有自己的富贵权势，对内镇压进步力量，对外卑躬屈膝，北平的外国公使团，实际上是中国的'太上政府'，反动军阀与帝国主义合穿一条裤子。 因此，打倒外国侵略主义就必须打倒封建军阀！ 讲到这里，我便联想到双五节的纪念来了。孙中山是中国革命的元勋、民主主义的先行者。他自开始即和北洋派毁法卖国的反动政府斗争,去年5月5日在广东就任非常大总统,期望讨平内贼,统一中国,把反帝反封建的斗争进行到底。他为革命呕心沥血,抱病奋斗,进一步说,即使他终身不能成功,然而他的主义,他的精神,必能有成功的一日。五一是中国腐败政治毁灭的先兆,五五是拉开了殊死决斗的序幕,必须纪念双五节。"

"好!接下来自然要讲到五四了。"朱季恂的一壶茶正喝得有滋味。

"季师所言极是,五四运动一声霹雳,震醒了大多数国民。对于国事,大家知道自已负责了,从此大家才明白了自己主人翁的地位,就成了所谓学生和市民的救国运动。同时,对于旧思想旧风俗等,也能勇敢地怀疑起来了,思想自由了,凡事都要自己判断,不肯盲从了。对于强权和一向支配人心的旧礼教旧学说,是不肯无条件地屈服的。于是,就为新文化和社会改造运动。这两大方面的运动,便是中国国民觉醒的动机。这不但使中国腐败的政府见了不寒而栗,连国际侵略主义也瑟瑟地抖起来。打破国际侵略主义和国内军阀官僚政府的原动力,就在此了,所以……"

"所以,这几个纪念节的内在关联,就十分明白地展现在学生们的面前了!"沈瑞贤十分钦佩侯绍裘的严密思维和妙趣横生的演讲风格。

"建议演讲时,把松江第一高小的学生也邀过来,一起听听。"朱季恂提议。

"好!"侯绍裘、沈瑞贤异口同声。

十三

五月,槐花盛开了。景贤女中校园四周那深深浅浅的巷陌、长长的堤岸上的槐树枝头,挂满了一串串白白的、黄黄的、亮闪闪的花儿。那洁白如雪的槐花,怒放得那样的恣意张扬,那沁人心脾的清香,既不像梅花暗香浮动那般矜持,也不像桂花那样需要借风远扬,槐花是豪放浓烈的,在属于自己的季节里,始终令她那特有的芬芳处于饱和状态。

暮春带给人们的除了莺飞草长、槐花飘香,还有时疫伤寒的蔓延。开始只是个别学生有高烧、腹痛、腹泻等状况，总以为只是受了凉或者吃了不洁食物，以为休息两天就会痊愈。哪料，不到一周时间，一下子就有三四个学生发生同样症状。侯绍裘意识到发生时疫了，赶紧找朱季恂和校医商议。校医仔细检查后说，目前松江城里正流行伤寒症，这几个学生的症状很像，需要立即隔离治疗。

当天下午，全校师生集合在操场上，由侯绍裘给大家上了堂特殊的"博物"课。侯绍裘先是通报了几位同学患病的情况和校医的诊断，接着给大家普及了有关预防伤寒的常识。他要求大家不必恐慌，对于时疫流行不要相信谣言，更不要相信迷信，要相信科学。他说，伤寒是由伤寒杆菌引起的急性肠道传染病，是完全能够预防和控制的。大家要养成良好的卫生习惯，坚持做到饭前便后洗手，积极参加体育活动，接受日光照射，勤晒衣服被褥，经常打开教室和宿舍的窗户通风，呼吸新鲜空气。一旦有了症状，要服从校医的治疗，坚持饮食清淡，以流质食物为主。

会后，全校开展了卫生大扫除，灭除蚊蝇、蟑螂，并且在教室、宿舍、走道和墙脚等地方撒了生石灰粉，用以消毒灭虫。

很快，伤寒这病魔就被击退在景贤女中校园之外，原先感染的同学也陆续痊愈了。然而，令人想不到的是，唯独范志超的病情非但不见好转，反倒日渐严重，偏偏这个时候先前的咳血病又复发起来，体弱得还有两次不省人事，经校医针灸急救后才苏醒过来。校医数次提议，让其家人接回，听天由命。侯绍裘和朱季恂心急如焚，他俩知道范志超兄弟姐妹众多，家庭经济条件并不宽裕，只怕送回家凶多吉少，要校医不惜代价，竭力救治。校医理会二位的善意，只是提出谁来担责的问题。朱季恂噙泪说道："你只管放心救治，一切由我担全责！"

侯绍裘和朱季恂都十分清楚这位躺在病床上学生的处境，她多舛的命运和顽强的求学精神实在令人感动。范志超的家在松江乡下的范家滩，初小毕业后，她冲破家庭阻力，靠母亲卖掉一只金戒指，进城读松筠女子职业学校。后来，因家庭经济困难付不起学费，加上母亲病重卧床，被迫辍学。父亲要将她配给一个素不相识的富贵人家当媳妇，让她十分愤怒，激起离家出逃的念头。在母亲再次变卖首饰后，通过插班考试终于重回松筠女校复读。就在她行将毕业的那年，又起意外风波。深受学生们拥戴的国文教员，因受校长亲戚的排挤妒忌，被迫离职。她和另外一位高二同学，代表大家出面找校长论理，并用小刀划破手指写下血书，希望能挽留国文老师。老师感动得双泪长流，但去志已坚，毅然离校。激愤的范志超就联合同学罢课抗议，要求校长辞退他的亲戚。在没有任何结果的情况下，她和几位同学弃毕业文凭而离校。就在这走投无路的困境中，景贤女中接受了她。

范志超跨进景贤女中，就像闯进春天的杉树林，新绿里满是希望，新鲜中朝气蓬勃。新的办学理念，新型师生关系，新文化的教育，让她这个以往受了相当多封建教育的女孩，打开了心灵的窗扉，用她自己的话来说，"真像沙漠里获得了水饮"。更加令她感动的是，为了办学，侯绍裘和朱季恂倾囊而出，亲自兼任教员，却概不支薪。在他们影响下，其他教员也都只领一半薪水，勤俭办学之风可见一斑。有几次，处于捉襟见肘尴尬境地，还是他俩悄悄拿出家里的田契来做抵押贷款，方才解了燃眉之急。尽管办学经费如此拮据，对于家境贫困的学生，他俩一概施予援手，像她这样享受减免学费乃至膳宿费的，还有其他几位。尽管办学经费时常短缺，但是阅览室里的书报却琳琅满目，有《新青年》《向导周报》《学生杂志》《松江评论》等好多种报刊。晚自习时，十分忙碌的朱校长和侯主任，还经常到阅览室来领导大家阅读，有时还提出问题来，与同学们讨论。

范志超喜欢这种大家庭式的环境，她尊爱朴实诚恳、爽直乐观、吃得起苦、负得起重任、判断事情非常理智的侯绍裘老师；她特别爱怜毅力超群然却体弱多病的朱季恂老师。朱老师的太太死后没有再娶，儿子不在身边，女儿又太幼小需要有人照顾，而他整日里一心一意忙于办学和负责国民党县党部的工作。她敬爱这两位老师超过了自己的家长，她和一般同学一样，都把这个学校当做自己的第二家庭。所以，当朱季恂老师因劳累过度咯血大发时，毅然常去帮助他料理家务，照顾幼女，替他打针，给他服药……

如此师生情谊，自然令朱季恂在她命悬一弦的危急关头，挺身而出，包揽全责了。

校医果断开出"夺命散"：用人参一两，加水两杯煎至一杯，置于井水中浸冷后，让人扶起范志超，给她缓缓服下后继续躺下。校医坐在床沿把着脉，目不转睛地观察她的面部反应。其余人全都屏气息声，一步不离地守候在床前，期待奇迹的出现。约摸过了一袋烟工夫，只见范志超鼻翼渗出细汗，校医如释重负，倦怠的脸上有了笑意，轻轻放下她的手腕，缓缓站起身来，在药方上写下："白芷一两、生甘草半两、姜三片、葱白三寸、枣一枚、鼓五十粒。"交给陪伴的学生，嘱其到街上药房抓两副，同时对侯绍裘、朱季恂道："请二位宽心，已无大碍。再服两帖即可愈。伤寒并不是受了风寒，室内气闷，可以开窗透气。"

朱季恂轻松地打开楼上的窗户，夕阳将金灿灿的余辉从西窗洒进来，浓烈的槐花香味霎时溢满房间。侯绍裘像是对校医更像是对在场的众人说："又是一场科学的胜利！"

一场大病，让范志超对人生有了进一步思考，她觉得人的一生应当有个追求的目标，这样生命才有意义。不久，她在侯绍裘、朱季恂的介绍下，加入了中国国民党。再后来，她在武汉由何宝珍介绍加入了中国共产党。

十四

　　寻求真理而思考需要胆识和勇气，而当寻求到的真理，遭到邪说和谬见的污蔑攻击时，更需要追求者挺身而出的反击，因为只有使邪说和谬见崩溃，才能让真理闪光。

　　侯绍裘认为"贤者以其昭昭使人昭昭"，要给学生一碗水，自己得有一桶水。譬如什么是社会主义？人们对社会主义都有哪些误解？这些问题不搞清楚怎么能使人昭昭，又怎么能战胜对手呢？他决定邀约七八位持不同观点者，开一个各抒自见的"神仙会"，来一次唇枪舌剑的实战演习，以便把这些问题搞搞清楚。

这次"神仙会"没有在室内,而是别出心裁,仿照历史上的文人骚客,泛舟三泖。

松江河网密布,湖塘星罗,处处都是风景佳绝地。侯绍裘独选三泖,恐是为其美景所迷。松江三泖是长泖、大泖、圆泖的统称。历史上的泖,随着海岸线的东移和江河水系的变化而变化。据南宋绍熙《云间志》记:"谷柳,县西三十五里,周围一顷三十九亩。古泖,县西四十里,周围四顷三十九亩。今泖,西北抵山泾,南自泖桥,出东南至广陈,又东至当湖,又东至瀚海塘而止。"晋武帝时被称为"冬暖夏凉"避暑胜地的三泖,到唐宋时期已成游览胜地,骚人墨客多有诗作吟诵,其中元代陈继儒的渡泖诗,很美:"秋老江苹漾夕空,萧萧枫叶挂疏红。那知三泖清秋思,偏寄芦花一寺中。泖上定波叠乱沙,寺门桥断半蒹葭。何从一借风帆力,醉挟飞鸥拍浪花。斜阳约略水西头,余景还能上竹楼,天际蘼芜半中绿,钓蓑归处起双鸥。"

船在泖中缓行,船上的会议果然热烈。大弦嘈嘈,小弦切切,银瓶乍破,铁骑突出……侯绍裘综合大家的讨论意见,在景贤女中做了一场题为《释一般人对于社会主义的误解》的演讲,在青年学生中引起强烈反响,随后就将演讲稿刊发在《松江评论》上。

针对有人认为社会主义就是均贫富主义,侯绍裘从"要把种种生产要素,如土地、工场、机器、资本等,一概归之公众"这个生产资料公有制的根本出发,讲述了"按劳分配"的基本原则,指出社会主义并不是简单粗暴的劫富济贫,而是推翻反动政权,消灭压迫和剥削,建立人民当家做主的新政权,这样,人人都来为社会尽责尽力,人人都能过上好日子;针对"社会主义提倡公妻共产"的恶毒污蔑,他没有简单地作是与否的驳斥,而是高屋建瓴,指出问题的实质在于人权,他说"要知社会主义者,主张一律平等,妇女也是人,不是物,既不是物,便不能说为什么所有,既不能说为什么所有,便哪里可以说公不公和国有不国有呢",同时,引用陈独秀所言"说公妻一语,只有蔑视女子人格的狎妓的人才说得出,而且正在实行","流言止于智者,劝大家不要太没有常识的相信这种话";对于"盗贼就是社会主义者"的诽谤,指出"现在经济制度的全部"才是产生盗贼的万恶之源,"社会主义者所主张的,是努力把现经济制度全部推翻,却不是以为被这种制度剥削穷了的人,便有权利去'打劫木匠的家财,诱拐裁缝的妻子'……社会主义与盗贼是不可并为一谈的";对于"社会主义是很危险的,是专从事于破坏的,是以手枪炸弹为前提的"等陈词滥调,侯绍裘愤怒指出,历古以来,一切反动的政权都是不肯自动退出历史舞台的,对于进步势力总是血腥屠杀和镇压的,社会主义者只有以牙还牙,只有破坏旧世界才能建设一个新世界。

列宁逝世后,侯绍裘怀着崇敬的心情,在《松江评论》上发表《列宁传略》,向读者介绍了俄国十月社会主义革命的胜利,热情地歌颂"列宁是古今中外空前的大伟人,终身为全世界的被压迫阶级奋斗而底卒于成功的大英雄"。文章介绍了俄国革命前后的国情、十月革命的道路和成功经验,期盼中国人民去研究和学习俄国、研究和学习列宁,在比较参考中"得到一个救中国的办法,而青年们或且得到一个立身的模范和指针",表达了只有以马克思列宁主义为指导,走十月革命的道路,才能救中国的思想。

侯绍裘在文章中特别难能可贵地叙述道,所谓二月革命的领袖"克伦斯基,却不是一个彻底的社会革命者。他一面虽推翻了俄皇政府,一面却和资产阶级相勾结,组织有产阶级的政府,而漠视一般无产阶级的利益,俄人民在革命前所要求,而且也是他所认可的,在他握权以后,一些也不曾照办,甚至还加以压迫",镇压工农革命,于是在列宁领导下爆发了"十月革命"。极其可惜的是,侯绍裘这种极具前瞻性的预示,并未能引起中共党内右倾领导者的注视。历史又是何等惊人的相似,就在侯绍裘发表此文整整三年后的1927年4月,蒋介石,这个中国的"克伦斯基",果真血腥屠杀共产党人和革命志士!

《松江评论》如号角嘹亮,松江民众的革命运动如火如荼。萧楚女曾专门撰写《新刊评论》，向青年们推荐，称她能"以唯物的经济的背景说明革命之物理的因果性，很透彻"。

侯绍裘的革命思想和革命活动，引起了军阀们的密切注视和仇恨。军阀孙传芳进驻淞沪后，扬言以两千块银元重金悬赏，要拿侯绍裘和朱季恂的人头示众，顿时风声很紧。一天，范志超闻讯后，着急地跑来问老师怎么办？

侯绍裘听了，哈哈大笑："他要我们的人头，全国民众还要他孙传芳的人头呐！"接着严肃地对范志超说："不要怕，尽量不被抓着，万一不幸，就为革命挺身就义！"

十五

雁啼红叶天，人醉黄花地。1922年的金秋，松江城内丰乐桥东堍的侯宅，窗明几净，喜气洋洋，宾客盈门。堂厅中央两张红漆八仙方桌并列放置，桌上铺着蓝印台布，几盘描金礼盒里摆满各式甜果糕点，茶盘里一杯杯刚沏的香茗，升腾着袅袅热气，满屋弥漫着茶香，有一对恋人将要在这里许下山盟海誓，定下美好姻缘。

男主人公不是别人，正是侯绍裘的好友赵祖康，女主人公则是景贤女中的学生张家惠。两人的订婚仪式选择在此举行，恰恰就是宅主、景贤女中教务主任侯绍裘的主意。 因为这段姻缘离不开侯绍裘和松江的景贤女中。

张家惠虽然出生于松江一个平民家庭,但张家父母却格外看重儿女的教育,并不受封建思想影响,按时送女儿上学读书。 张家惠与赵祖康的堂妹赵振华是同窗好友。 两人于1920年已从本县的高小毕业。

1921年夏天,侯绍裘在赵祖康的帮助下,与朱季恂、钱江春接办景贤女中。 赵祖康热心介绍他的堂妹赵振华入景贤女中深造,赵振华当然不会忘记带上自己的同窗闺蜜张家惠了。 于是,赵祖康与张家惠两人由此结识。

有年暑假前,学校打算排演一部帮助青年树立正确人生观、婚恋观的话剧,苦于一时找不到现成的剧本,侯绍裘就把这个任务交给正在南洋公学读书、喜爱文艺创作的赵祖康。 才思敏捷的赵祖康,苦熬几天几夜,终于写成了独幕话剧《李超群的终身大事》。 该剧的剧情是:青年女学生李超群是个思想解放、追求自由进步的新女性,而封建思想严重的母亲偏偏要她早婚。 她觉得,自己的终身大事不是年纪轻轻就结婚生子,做个围着灶台转的家庭妇女,而是应当趁学生的大好时光,多读书多学知识,增长才干,将来能有大的作为,为社会和民众多做贡献。 为此,她和母亲之间发生了激烈的争执。 李超群经过痛苦的思想斗争,最后毅然决然,给母亲留下一封肺腑之言的书信,离家出走,投身于社会进步的生活潮流,做自己认为有意义的事情去了。 事有凑巧,这个独幕话剧排演的时候,选中赵振华演李母,张家惠演李超群。 由于剧本采用松江方言,观众看了感到很是亲切,演出大获成功,不少女观众被剧情深深打动,禁不住泪流满面,收到很好的宣传效果。

侯绍裘大加赞赏,直夸赵祖康的剧本写得好,张家惠和赵振华演得出色,说着说着陡生灵感:一个才子,一个佳人,这不是天作之合的一对么! 更重要的是他了解赵祖康和张家惠,两人都很追求进步,人也忠厚本分,有发展感情的基础。 再说按松江当地习俗,二人也该到谈婚论嫁的年纪了。 于是,他分别找两个人,谈了自己的想法,建议相互间先通信交流,等瓜熟蒂落,再确定关系,二人欣然同意。 寒暑往复,春华秋实,今天这对恋人要在这里举行订亲仪式了。

按照松江的风俗,订亲之日,男、女家各设酒宴,亲友毕集。 上午男家将聘金、手饰、礼物送至女家,称"求允"。 女家收下彩礼,回赠"允吉",意为同意。 男女双方家将各自收到的脂粉、香皂、茶叶等分送亲友,告知儿子或女儿已定亲。

不过,今天这场订亲仪式别开生面,这是一个简朴、新颖的订亲仪式。 与众不同的是,满堂宾客中,除了男女双方的家长亲友,还有青年问题讨论会、《？ 周刊》《松江评论》的朋友,以及景贤女中的许多同学。

订亲仪式由侯绍裘主持。 他率先介绍了这对恋人相识、相知、相爱的经过,对两个人的学识品行赞不绝口。 侯绍裘亲手为他俩交换订亲戒指后,两人互诉衷肠,向大家宣布情定终身,携手共创美好未来。 大家报以热烈的掌声。

接着,赵祖康和张家惠共同向每位来宾,送上了一份特殊礼物:一张亲手制作的精美卡片。 卡片红底白字,正面是"真善美"三个大字和两个人的签名,表达自己对生活真谛的理解和追求;背面是一段宣传文字,提倡新式婚姻,男方不送金银手饰、衣服彩礼,女方不办嫁妆,以实际行动与陈规陋习决裂。

来参加仪式的几位景贤同学,则用欢快的歌声将全场的气氛推向高潮。 到场宾客,纷纷以茶代酒,频频举杯,向这对志同道合的青年送上真诚的祝福。

侯绍裘举起茶杯走向朱季恂,同他轻轻碰了下,说:"有播种就有收获,最先开花的果子总是最先成熟。"两人会意地笑了。

十六

1923年深秋的一个午后，坐落在上海环龙路上的梅村茶楼。

和煦的秋阳从临街的落地式大玻璃窗斜射进来，落在侯绍裘的灰长袍上，给人一种温馨惬意的感觉。他在等人，而等人的时间，感觉过得特别慢。尤其是在等一个心仪已久、自己急着想见到的人，那就更觉得慢了。侯绍裘也不知道自己这是第几次抬头看茶馆墙壁上那座大挂钟了，反正有两次他甚至怀疑这钟坏了。可是那只不紧不慢左右摇晃着的长长钟摆，分明告诉他，自己正在分秒不差地忠于职守。

茶馆的对面是渔阳里二号，一幢老式的石库门房子。房子砖木结构，二层楼房，楼前是个大天井，堂后还有个小天井。侯绍裘对这一带并不陌生。他知道那座小楼，正是《新青年》编辑部所在地。当初，他就是按照刊物上标示的地址，寻找到这里，如愿以偿地搜集齐了已经出版的整套《新青年》杂志，"九人书报贩卖处"成立后，每逢出版日期，他总是最先来此批购新刊。后来，他又经常到这里来听施存统讲社会主义，两人逐渐熟识起来。有次施存统含蓄提及党组织的事，他如同独飞已久的孤雁，忽然寻觅到雁群之踪影，心头漫过热流。岂料，施存统突然去了日本，而且一走就是好几年。眼看近在咫尺，却又失之交臂，苦于无人引领，他一直在党外徘徊。

去年秋季，侯绍裘把自己蘸着心血写成的那篇《我的参与学生运动的回顾》，试探性地寄给上海《学生杂志》，没想到很快就在今年的一月号上刊发了。一万三千字的篇幅居然全文照登。文章真实记叙了他以五四运动为起点，"从爆发的时候起，直到烟消云散的时候止"参加全过程的经过和感悟。文章发表后，引起社会的广泛关注，尤其在青年群体中引起强烈共鸣。

今年4月，经邵力子介绍，侯绍裘与朱季恂一起重新登记加入改组中的国民党。5月，他和朱季恂在松江的醉白池，联合各界爱国人士组织成立松江救国同志会，提出"打倒军阀，打倒国际帝国主义，铲除官僚政治，提倡社会服务"四项信条，并在《松江评论》上发布宣言，声讨直系军阀曹锟驱走在任总统黎元洪，及其以重金贿选的丑闻，严正表明，"惟孙中山先生手创民国，其所主张之三民主义五权宪法均为共和国家之根本，其一再护法，期打倒北洋军阀而实现民治，流连颠沛，百折不挠，尤为我国民所敬佩。其个人人格，亦全无缺点，足为全国人民之模范，其所组织之广东政府，虽经变出非常，而纲纪仍维持不坠，非若北京政府之徒拥虚名，一朝变故而全体瓦解也。使我国民早日一致拥护，不为鼠首两端之主张，中国统一当早已实现。如此之人，付以中兴民国之重任，实属名正言顺。"

几乎是与此同时,《学生杂志》主编杨贤江,也设法与他取得联系,开始了两个人之间的友谊。后来,他与赵祖康、高尔松、高尔柏发起组织"青年问题讨论会",邀请杨贤江参加,每次探讨的情况都在《学生杂志》上刊出。直到有次会员活动,泛舟三泖,侯绍裘与杨贤江零距离畅谈,惺惺相惜,很快两人的友谊就达到互称知己的程度。在中共上海地委召开的会议上,杨贤江详细介绍了侯绍裘的情况,会议研究决定,由地委书记邓中夏和王荷波两人直接负责松江地区发展工作。接着,邓中夏数次来到景贤女中,同侯绍裘作多次长谈,7月,侯绍裘成为松江第一名共产党员。

两天前,他收到杨贤江信函,约定今天下午在梅村茶馆会面,说要介绍一位新朋友。

今天,他早早就来到约定的茶馆,特意选了一个楼上靠近窗口的包厢,并且对跑堂的伙计声明,等会儿还将有两个朋友要来。起初,他自作聪明地认为,靠窗口方便他等的人容易发现他,随即自嘲着否定了。外面进来的人是不会伫足从窗外朝里找人的,只有坐在窗口的才方便看到进进出出的人。

当侯绍裘抬头瞄了眼挂钟,转过身贴着窗玻璃朝下看时,猛然惊呆了。他不相信这世上会有如此巧合的事。他看到杨贤江同一个人说笑着跨进院门,细瞅那人,竟然同自己长得如此相像:身材高挑,脸庞清癯,一头浓发,前额丰满,双眼炯炯,竟然连身上穿的灰布长袍的款式和新旧程度都那么相同。

疑惑间,二人已在跑堂引领下,快步上楼朝他走过来。

绍裘连忙站起身来,迎了过去。

"介绍一下,这位是松江的侯绍裘,这位是《中国青年》的新任主编、团中央负责人,恽代英!"

"久仰,久仰!"

"很高兴认识你!"

两双手使劲地握在一起。

"嘿,我早就想说,你俩真像双胞胎,果真不差!"杨贤江站在一旁,瞧着一见如故的两个青年人,发表自己的观察结论。杨贤江的直觉没错,听过他俩课的学生沈霭春就曾写道:"侯先生和恽先生的人生非常相似,我常把这两个印象合在一起。我想到侯先生,就会即刻想到恽先生,想到恽先生也会马上想到侯先生。"

三人落座,跑堂的伙计迅速将手中夹着的玻璃茶杯,均匀置于桌上,远远将另一只手中的长咀铜茶壶提起来,不偏不倚,不盈不溢,已斟满三只茶杯:"三杯秋碧螺——"高声唱诺着退了出去。

三人没有过多寒暄,很快直奔主题。

原来,为了贯彻党的三大精神,中共上海地委以沈雁冰为首,建立了国民运动委员会,积极开展以国共合作为中心的统战工作,一批革命者以共产党员的身份加入了国民党组织。党组织要求侯绍裘和朱季恂一起,在松江积极发展国民党员,组建国民党松江党部;同时,以办学为掩护,秘密从事地方上共产党和青年团的筹建工作。

共同的信仰,相似的人生经历,短暂的交流已令两个年轻人彼此走近。初次会晤,相互需要深谈的话题很多,侯绍裘邀约恽代英到松江再叙。

十七

　　1923年的初冬，侯绍裘接到恽代英来松江的信件，信上说，同来的还有中共中央局秘书罗章龙。他们此行的任务非常明确，就是从上海到松江、嘉兴一带开展宣传和建党、建团工作。侯绍裘十分激动，决定亲赴上海去迎接。

　　从上海到松江，水陆交通都十分便捷。陆路可乘火车或汽车，水路可搭轮船也可乘坐小汽艇。

　　这次到松江选择水路乘坐汽艇，是罗章龙的主张。这位才子诗人很富浪漫情怀，他曾经从1912年12月28日《申报》第六版上，读到

《孙中山莅松记》的消息,并且随手抄录了下来,原打算用作新闻写作授课时的范例,这次到松江,他特地随身带了。在办公室,见到绍裘时,他便从衣兜掏出,还朗声读起来:

"孙中山先生于二十六号下午三时乘安靖小轮莅松,松江水路军队城内外商团均荷枪实弹在南外大涨泾口排队迎接,及小轮抵埠燃放礼炮二十一门,先生旋偕随员登岸,与欢迎诸人一一通殷勤毕。即乘马走竹竿汇,过西门大街迤逦入陈公祠暂憩,入晚由国民党筵宴,二十七日晨因雪花飞舞,偕陈、戴诸随员乘舆至共和党本部,经该党全体欢迎如仪,旋至清华女学校,由校主夏君接入,先生演说数语,学生唱歌欢迎并摄影纪念毕。即赴醉白池应县教育会、城市公所、县议事会、松江商会四团体之宴。定是日下午一时乘专车返沪云。"

"看来章龙兄是有备而来了,到时可别忘了赠诗呵!"恽代英呵呵笑着说。

"只是二位莅松,绍裘既无礼炮相迎,也无舆马代步,仅奉四鳃鲈鱼品尝。"

上海外白渡桥的水码头。侯绍裘、恽代英和罗章龙,说说笑笑登上小汽艇,他们三人的公开身份都是国民党领导成员。

小汽艇鸣笛三声,驶离繁忙的水码头,沿苏州河上行,顺水路仅个把钟头就到达松江。

当晚,侯绍裘依着罗章龙的兴致,在杜家滩北龙梢里"万岁亭"旁,紧挨陈公祠寻了家旅馆,安排了住宿。

晚饭后,侯绍裘热心地给两位客人介绍着松江的风景名胜、人文古迹、趣闻轶事。从春申君的封地到"衣被天下、税赋半天下"的松江府,从魏晋的陆机、陆云,元代的黄道婆,到明代的董其昌、徐光启等等,如数家珍。当罗章龙问他,心目中最崇敬的松江历史人物是谁时,他脱口答道:"夏完淳!"

接着,他就很动感情地给两位客人讲述起夏完淳的故事:

我小的时候,听家父讲岳飞,讲文天祥时,讲过夏完淳。 只是现在,松江人倒把他忘记了。 夏完谆,字存古,是明末清初抗清英雄夏允彝的儿子,生于明崇祯四年,天资特高又早慧,五岁就读完五经,七岁便能吟诗作文,九岁时已写出诗集《代乳集》,至十一二岁时,被称已"博极群书,为文千言立就,如风发泉诵;谈军国事,凿凿奇中"。 十三岁时,清兵下江南,夏完淳跟随父亲和老师陈子龙在松江起义抗击。 十五岁时,他继承父亲遗志,变卖家产,捐作军饷,继续投入抗清战斗,他在义军中,担任参谋职务,制定作战计划,并亲自临阵作战。 后来兵败,因叛徒出卖被捕。 被捕时,他慷慨地说:"天下岂有畏人避祸的夏存古!"从容辞别了母亲和姐姐。 被解押离开松江时,赋诗《别云间》一首:"三年羁旅客,今日又南冠。 无限河山泪,谁言天地宽? 已知泉路近,欲别故乡难。 毅魄归来日,灵旗空际看。"解到南京,总督军务洪承畴亲自审讯并劝降。 夏完淳昂首挺立,坚决不肯跪下。 洪承畴知道夏完淳有"云间才子、江左神童"之称,在江南读书人中深孚众望,想从他身上打开缺口,劝说道:"童子何知,岂能称兵叛逆? 误堕贼中耳? 归顺当不失官。"夏完淳假装不知面前这个人,就是臭名昭著的大汉奸洪承畴,高声答道:"我闻亨九(洪承畴)先生本朝人杰,松山、杏山之战,血溅章渠,先皇帝震悼褒恤,感动华夷,吾常慕其忠烈,年虽少,杀身报国,岂可以让之!"当左右差役告诉他,堂上的这位正是洪承畴时,他更声色俱厉地斥责:"汝何等逆徒,敢伪托其名,以污忠魂!"洪承畴在这位一身正气、大义凛然的少年面前,面红耳赤、色沮气夺、哑口无言。 夏完淳在南京狱中被囚禁了八十多天,写下不少激动人心的诗文。 他在《土室余论》里写道:"家仇未报,臣功未成,赍志重泉,流恨千古;今生已矣,来世为期;万岁千秋,不销义魂;九天八表,永厉英魂!"他在《狱中上母书》里,悲痛地陈述自己"不得以身报母"的心愿,表白"人生孰无死,贵得死所耳"的壮志。 当他与抗清复明志士刘曙、顾咸正等人,被押向南京西市刑场时,他牵着刘曙的手从容自如,昂首挺胸走在前列。 遭杀害那年，夏完淳年仅十六岁……

侯绍裘讲述完夏元淳的故事，沉浸其中许久不能自拔，最后说："万一哪天，我被捕了，也会像他那样，会说：把头颅拿去吧！"

"生当为人杰，死亦为鬼雄。如果我被捕了，会说：愿我身上的磷做成洋火，点燃干柴，烧掉过老的中国，诞生一个新中国！"显然，恽代英也被感动了。

夜深了，虽然每人都有独立的房间，但侯绍裘与恽代英意犹未尽，两人抵足作彻夜长谈。绍裘与代英，诚挚坦荡，两人的性格和经历惊人相似，两人都是从当初信仰无政府主义，到信仰马列主义的；生活上都推崇墨子，只求温饱不讲究衣着，更不贪求珍肴美味。你听他俩，一个说仰不愧于天、俯不怍于人，得天下英才而教育之，这是君子之乐也；一个说天将降大任于斯人也，必先苦其心志，劳其筋骨，饿其体肤，空乏其身……至鸡鸣天晓时分，方才熄了灯，和衣睡了个囫囵觉。

十八

翌日,是个晴天。听说恽代英、罗章龙要做演讲,松江党、团员和国民党左派人士都来参加,附近各中等学校的师生也要求参加。演讲原定在景贤女中校内举行,随着报名参加人数的增加,打算改在省立第三中学,最后,干脆决定到醉白池的雪海堂。

这一天下午,醉白池雪海堂。堂上堂下,人声鼎沸,比肩继踵。及至侯绍裘登高一呼,宣布欢迎罗章龙、恽代英莅临松江大会开始,则掌声雷动。很快数百人的会场,又鸦雀无声。

会上，罗章龙、恽代英分别就近代欧洲法国革命、巴黎公社、十月革命等作了精彩报告，听众都为之动容。接着侯绍裘讲述了松江少年英雄夏完淳起义抗清、英勇就义的故事，他最后号召在场的每位松江人，立即行动起来，以夏完淳的英雄形象激励自己，投入到反帝反封建的斗争中去！在场的人无不被他声情并茂、慷慨激昂的演讲所感动，口号声此起彼伏，会场的气氛被推向高潮。

演讲结束后，大家依然不舍离开，特别是一群年轻人将恽代英里三层外三层地围住了。这些青年都是《中国青年》的忠实读者，听说恽代英就是该杂志的主编，他们甚是惊讶，无法将眼前这位脚穿布鞋、身着蓝色布袍的瘦高个儿，同自己心目中才贯中西、学富五车、文擅雕龙的大学者联系起来，纷纷提出自己思索已久的疑问，盼望着能从偶像这里得到满意的解答。

冬日，太阳落山得早，天色渐渐暗了下来。大家虽然意犹未尽，但是他们相信今后遇有疑问，只要写信到杂志编辑部去，就能得到解答，因为恽主编给他们留了通讯地点和联络人名单。他们还获得一个意外惊喜，只要他们组织发行的杂志销售数达到一定额度，就能享受低价订阅和一定数量的免费赠阅。

望着三五成群陆续离去的松江青年，恽代英觉得自己的激情也被点燃了，他习惯性地推了推架在鼻梁上的深度近视眼镜，像是对绍裘又似乎自语道："我们常说青年是革命的力量，因为青年的感情丰富，气性热烈，他们不知道隐忍羞辱，他们不知道躲避危险，所以他们见到应该革命，便会勇猛地为革命而奋斗。"

"是的，一茬茬觉悟的又被先进思想武装了的青年，就是中国的希望！"绍裘想到自己肩负的重任，接过代英话头说。

罗章龙在一旁听了，接口吟道："大辂推轮从此启，愿将明策付群英。"

三人会意地笑起来，爽朗的笑声在雪海堂回荡。

西北风一阵紧似一阵，乳白色的雾霭悄悄弥漫开来，松江古城渐渐浸淫其中，只剩下影影绰绰的模糊轮廓。

夜深了，景贤女中的学生们大都进了甜美的梦乡。后进楼下的一间教室里仍然亮着灯。侯绍裘将那盏白磁罩的台摆煤油灯，挪到自己跟前，用张废纸包住灯罩倾斜着露了条月牙形的缺口，用钢针将结了花的灯芯朝上拨了拨，室内顿时亮了许多。接着，他将亮了的灯推近正在做记录的恽代英面前。

这是临时召集的小型秘密会议。

侯绍裘详细汇报了松江的情况。他们认真贯彻中共三大精神，积极在松江发展国民党员，至1923年9月已达三十四人；他们以景贤女中为活动据点，取三民主义、五权宪法之意，成立了三五社进行公开活动，三五社实际是国民党县部机关，他和朱季恂二人是这些活动的组织者和负责人；同时，侯绍裘还在景贤女中校务工作的掩护下，秘密地从事松江的共产党和共青团的筹建工作，已在景贤女中、松江中学师生中发展了一批青年团员，并吸收了个别优秀分子加入共产党。

当晚的会议研究确定了松江地区党组织的建立问题，并且选举了负责人，讨论了松江当地的知识青年问题、妇女问题、工会组织与农民问题。侯绍裘还专题分析了江浙地区人口多、土地少、租税负担重的现状，提出农村是片广阔天地，农民是反帝反封建不可忽视的革命力量，党组织应当深入农村，发动和组织农民开展减租减息斗争。

真可谓："有缘千里能相会，无缘对面不相逢。"侯绍裘、恽代英、罗章龙三人，很快结为"三友"。论年龄，恽代英出生于1895年，侯绍裘与罗章龙都出生于1896年，三人的生日相差不出一年，可以说是同年宝。罗章龙是湖南浏阳人，恽代英则出生在湖北武昌，是什么样的缘分，让三个素昧平生的青年相会于松江的呢？罗章龙幽默地说："是马列主义这根红丝线，是五四革命之缘。"

是啊，千千万万的中国热血青年，都是受马列主义新思潮的影响，而在五四运动中觉醒奋起的。这三个青年，尽管起步有先后，然而却是殊途同归。当时,共产国际文献和马列主义原著多以德文为主,罗章龙如饥似渴地研读,更觉其博大精深,有"皓首穷经"之感,于是,他和一些志同道合的青年发起组织了"北京大学马克思学说研究会",不久,又在李大钊的指导下,参加创建了北京共产主义组织,成为中共最早的党员之一;恽代英自幼追求真理,较早就在《新青年》《东方杂志》上发表文章,成为新文化运动中冲锋陷阵的猛士,他发起组织进步团体"互助社",在五四运动中,掀起武汉三镇学生罢课、工人罢工、商人罢市的浪潮,随后又与志同道合者成立"共存社","以积极切实的预备,企求阶级斗争,劳农政治的实现,以达到圆满的人类共存的目的",1921年加入中国共产党;侯绍裘接触马列主义比较晚,他一直在探究中国贫穷落后的原因,孜孜不倦地求索救国救民之道,他尊崇孙中山,拥戴三民主义,在五四运动中,《新青年》成为他最早的启蒙老师,受其影响,他的思想发生了深刻变化,由爱国上升到推翻反动政权,由民主主义转向社会主义,成为松江第一位共产党员……三人相见恨晚,遂结为"三友"。

离开松江前,"三友"游览了松江府城隍庙。

松江府城隍庙是明洪武三年,在元代兴圣教寺的荒基上新建的。古代的人认为每一座城池,上天都会派一个神来管理,这个神就被称做城隍爷。城隍庙则是用来祭祀城隍神的庙宇,庙里被供奉的城隍神,各地有所不同,大多由历史上有功于地方民众的名臣英雄来充当。各地城隍庙的格局则大抵相同,正殿供有城隍爷、文昌君、财神爷、火神、雷神,另有文武判官、二十四司,两侧偏殿供十殿阎罗并塑有地狱场景等。松江府城隍庙与众不同的还有庙前所立的砖雕照壁。

照壁面阔三停,中高侧低,飞檐结顶。整幅中壁由七十块方砖相拼成宽一丈八尺三、高一丈四尺三的大型浮雕。东西两侧为粉墙,粉墙中央为圆形青龙、白虎砖雕图案。整幅照壁气势恢宏、风格古雅、雍容肃穆。占据中壁浮雕中央的是一头巨硕无比的吉祥兽。此兽龙头狮尾,鹿身牛蹄,全身披鳞挂甲,威严无比,这就是传说中的麒麟。

麒麟脚踩元宝、如意、犀角、珊瑚，身旁有灵芝、摇钱树等，上方雕有中天旭日。麒麟的四方是四组景物：左下角，一只花瓶内插三支戟及莲花，瓶旁有一只笙；左上方是一只展翅飞翔的凤凰，喙衔一卷书；右下方有鹿两只；右上方的松树上有一只猴子，正欲伸臂摘挂在树枝上的一颗官印。

"照壁的四角，谐了几句吉语？"绍裘故意要考一考两位好友。

"四句。"没等罗章龙开口，恽代英抢先答了："这四句分别是，奉（凤）献天书、封侯（猴）挂印、福禄（复鹿）双至、平（瓶）升（笙）三级（戟）或连（莲）升（笙）三级（戟）。"

"这原意是一幅吉祥图案，不知何故，在松江民间，却说成是'贪的下场'。明明是麒麟，老百姓却叫它'犭贪'。"绍裘介绍说。

"理由呢？"罗章龙到底是学哲学的，遇到问题总喜欢从理论层面来探究。

"根据民间的说法，这叫'犭贪'的怪兽，贪得无厌，吃遍了人间的金银财宝、飞禽走兽、山珍海味，仍然不知饱足，最后来到东海边，望见海内升起的太阳，妄想吞日，结果蹈海而溺亡。"绍裘讲述了民间传说。

"言为心声，这是老百姓的智慧！"罗章龙一语道出事物的本质。

"老百姓借用民间故事，表达了对贪官污吏的深恶痛绝，并且对反动统治者发出警告，压迫剥削的结果是自取灭亡！"恽代英从文艺的角度深入剖析。

"这块照壁立在这里已有五百多年，见证了三十位帝王的更替和明清王朝的覆灭，有哪代统治者读懂了蕴含其中的道理了呢？现在军阀混战，黎民百姓复遭兵劫，连路边的茅舍也遭五次抢掠，广大民众深陷水深火热之中。每当思念及此，真令人寝食难安！"绍裘无限感慨。

"失天下者，失其民也；失其民者，失其心也。我党的目标，众望所归，人心所向，定能成功。"恽代英说。

"看来,革命确实是篇很长的文章,我们现在仅仅是开头。即便哪天我们推翻了反动政权,赶走了帝国列强,建立起新政权,还有贪污腐败的大仗要打。"罗章龙历数中国历史上无数次农民起义的成败、封建王朝的更替后,作出假设式预言。

"我相信到那个时候,总能找到解决贪官污吏的办法的。"恽代英用右手向上推了推眼镜,信心满怀地说。

他们从城隍庙出来后,又登上云间第一楼,凭栏眺望,确有"登高一望民风厚,楼阁重重烟雨中"的诗情画意。

"三友"离开松江以后,又去巡视嘉兴,泛舟南湖,将自己的脚印留在船户的渔船上,留在通往当地村庄的田埂上。

相见时难别亦难,紧张的松江之行就要结束了。

罗章龙觉得侯绍裘这位新结识的同志,"丰仪俊秀,很能干,富有才华,雄辩滔滔,文章也写得出众",欣然赋诗三首作为留念,题为《松江三人行》:

一

风雨连朝会议忙,
苏南决策费周章。
为求计划无遗误,
辩论通宵也不妨。

二

松江鲈脍素知名,
到眼疮痍四座惊。
大辂椎轮从此启,
愿将明策付群英。

三

> 江南赋重田租恶，
> 到处乡村有斗争。
> 革故鼎新千载事，
> 照人肝胆是侯生。

松江三人行，进一步增强了侯绍裘与恽代英的友谊。

侯绍裘后来在给沈选千的信中多次提及："代英实在是值得做模范的""总之，他实在是实事求是的人，一些没有空架子""汉口诸烈士之死，使我从前的浪漫的热血几乎又涌起来，然而不久便平静下去了。我们只有沉毅的进行我们所力所能及的工作，只须遇到了烈士他们的境遇时，能和他们一样的死就好，感情作用是无所用的。我最服膺代英的话，暗杀等事，都属浪漫，虽则极美极壮烈，然而不是办法。所以我们对于这几位烈士，固然抱热烈的钦仰，却已不因此而生浪漫的报复等念头，只更加努力于所从事的工作而已。"

有历史资料佐证"三友"情谊：在一份"北平马克思主义研究会"会员名录中，恽代英和侯绍裘两人为联号，而罗章龙正是此研究会的发起者。

十九

1925年3月12日,孙中山先生在北京逝世。

闻噩耗,侯绍裘断肠恸哭:

"四十年来领导着我们努力于革命事业,直至最终的呼吸,还以须发斑白的六十老翁,率领我们与国际帝国主义及国内军阀奋斗的我们的领袖孙先生,竟弃我们而长逝了。 我们瞻望他的遗容,捧着他的遗嘱,一面想着他的努力,四十年而还未成功的革命事业,怎能不痛哭流涕呢?'革命尚未成功,同志仍须努力'。 这是孙先生的遗言,时刻像春雷般在我们的耳边震响着……

我们的父亲是死了,我们弟兄们可不时时刻刻瞻望着父亲的遗容,捧读着父亲的遗嘱,想到父亲所未竟的事业而合力以继承先志吗?"

绍裘真是悔恨,肆虐自已的哮喘病令他与孙中山先生擦肩而过,永远地失去了能当面聆听先生教诲的机会。

那是去年11月17日,孙中山先生应冯玉祥等人之邀,由广州北上谈判,通电全国,主张召开国民会议。侯绍裘获知孙先生将途经上海时,意欲面陈国民党应当始终贯彻反帝反封建和坚持三大政策的诉求,他还要向孙先生建议,如果谈判成功成立新政府的话,勿再建都北平。无奈他哮喘病发,卧床在松江不能亲至,便委托省党部秘书长姜长林,代表江苏省临时党部和松江县党部去上海迎接,面呈建议和决心。令他欣慰的是孙中山亲自接见了姜长林,热情支持他们的意见,明确表示反帝反封建的宗旨不变、坚持三大政策的决心不变。孙先生还十分信任地当场拿出一份说帖,对姜长林说:"这是松江县党部个别人背着侯绍裘送来的,他们要求取消三大政策,像这样的党员就应该严格予以教育!"

姜长林回到松江,向侯绍裘做了详细的汇报。侯绍裘心里好激动,他虽然没有能当面聆听孙中山先生的教诲,但是更加坚定了自己的斗志。不禁回忆起那天朱季恂先生介绍自己加入国民党的情景。

那是1922年金秋的一个傍晚,当朱季恂家厅前那两棵超出屋檐的桂花树冠,被夕阳的金辉染成橘红色的时侯,朱季恂晚饭后刚沏的那壶碧螺春也溢出了香气。朱季恂和侯绍裘,这师生二人,常常喜欢以茶代酒,品茗叙怀。

朱宅坐落在松江华阳桥华阳街,面南,阔五间,四进,依次为厅、三面走马楼、二埭平房,整个院落古老斑驳。天井铺青石,植桂树两株,取"双桂抱厅"之意。

此时,朱季恂从书房里取出一本牛皮纸包裹着的书。打开包装,从书的夹页中抽出几页纸来,说要请绍裘欣赏一篇文稿。

绍裘呷了口香茗,接过稿纸展开,是一份用毛笔抄录的文稿,也就细读起来：

"今天，全舰队军人集体加入我党，革命热血沸腾，令我非常赞赏。回忆辛亥革命以后，我在南京任临时大总统的时候，人们要求加入本党的气氛非常高涨，要求入党的人纷至沓来，连从前反对本党的人都来请求入党，应接不暇，其热情与今天各位之热情大致相同。但分析起来，性质就不同了。我是以天下为公的。但当时大多数的人具有旧官僚作风，可能是看风头，趋炎势，求得志，谋官位，俗话说锦上添花。而今天，正在炮轰总统府，总统脱险出来的时候，你们怀着革命的意志请求入党，正是雪中送炭。这是革命的新鲜血液，将来革命的成功，有赖于这股新生力量。

"国民党原来就是革命党，革命是救国救民的事，是为人民谋幸福的事。你们入党，就要做一个革命党员，努力奋斗，不怕牺牲。辛亥革命以前，我们党员前赴后继，直到推翻清政府，建立民国。后来，我们很多党员就不革命了。至今11年来，国家不但没有达到富强，反而各省发生战事，人民处在水深火热之中，地方没有太平，国家建设更无谈起。想起今日的形势，就因为我们很多党员不肯奋斗牺牲，与辛亥革命以前的党员努力奋斗的意志大不相同。所以我们今天说，革命党的革命不是成功，而是失败。

"各位同志，你们今天既是军人，又是党员，进行革命应该拿起两件武器，一是枪杆子，一是三民主义。枪杆子用来摧毁障碍，三民主义用来建设国家。我们党今后的工作要大大改善，我打算做三件事。第一件，以党治国，就是以党的主义来治国。整理党务，淘汰那些以革命谋私利的党员。第二件，大量吸收富于革命性的新党员，增加新鲜血液。第三件，要枪杆子与党的主义并用，使一些优秀党员在革命成功之后，能运用三民主义，巩固革命成果，保证我党革命的成功……"

朱季恂替侯绍裘斟满茶盅，问道："如何？"

"好文章！"侯绍裘击节叹赏，热血沸腾，他从深深的感动中缓过神来，十分肯定地说："我猜这应是孙中山广州蒙难时，在中山舰上演讲的记录稿。"

"说的对！这是广州的一个朋友抄了寄给我的。"朱季恂顿了下，接着问绍裘："如果我介绍你加入国民党，你愿意吗？"

"当然愿意啦！"看来绍裘早已猜着老师今天邀他到家里来品茗的真实意图了："孙先生的这份演讲记录，把国民党的宗旨、方针、路线、政策都讲透彻了。孙先生真乃伟人也！"

从此，他俩以半公开的身份在松江开展国民革命活动。从1922年到1925年，每年都在景贤女中举办暑期讲习会，吸收松江各校青年和各界进步人士到校听讲。景贤女中，成为共产党和国民党在松江的活动据点，被誉为"反封建的堡垒，革命者的摇篮"。

1924年1月，国民党一大决定在上海、北京等五个地区，分别设立国民党地区执部以代行中央职权，其中上海执行部是国民党在广东根据地以外最重要的机构，统辖江苏、浙江、安徽、江西、上海等地工作。经孙中山亲自提名，毛泽东成为国民党上海执行部的中心人物。毛泽东到任后，针对上海地区党组织涣散、成分不纯的状况，首先帮助国民党整顿组织，开展党员登记，发展国民党组织。毛泽东还和罗章龙，邀请侯绍裘一道，到松江县指导当地国民党组织的工作，国民党松江县党部建立起来了，江苏省临时党部也在松江景贤女中建立。

……

眼看着国民革命运动蓬勃发展，怎料到，伟大的孙中山先生"竟弃我们而长逝了"呢！

侯绍裘怀着悲痛，写下《哭孙先生并告同志》，他以一名共产党员和国民党员的双重身份，四处演讲，大力宣传新三民主义和"联俄，联共，扶助农工"的三大政策。他手中的那份演讲稿，数次被泪水打湿，他的演讲感动和唤醒了无数热血青年，即使今天读来，仍感人肺腑，令人热血奔涌，不妨抄录如下：

"先生之功业。先生之奔走革命，力排众议，推翻两千余年之专制，创造远东第一之共和，斯固尽人皆知矣。然先生之最大功业，岂徒是哉。以先生一生经营，共和之形式虽成，离革命之真谛尚远。外人之帝国主义,正在蚕食,故先生主张先从民族主义入手,以免外人侵略。 近年来更极力主张打破帝国主义,废止不平等条约。 先生常曰,我国对外条约,如卖身文契,非打破不可。 斯事也,功虽未成,但近今民气渐伸,已成公众之信条。 可信不久当有实现之希望。 非先生之功而何。

"先生之道德。 国人最重私德。 私德不良,主义不行。 言行一辙,人乐为用矣。 先生可为帝而不为。 以政策不行,并总统亦弃如敝履。 可见其私德之厚。 先生曾两任大总统,两任大元帅,顾其身后仅有屋数椽,书数架而已。 道德之高尚,实堪作万世之模范焉。

"先生之人格。 先生刚而不畏死,革命十次失败而不惧。 在广东时,备受曹吴陈之中伤。 虽屡濒于危而不馁,仍再接再厉,至死不易。 先生去年至上海时,外人以先生主张打破帝国主义,废止不平等条约,拟禁止先生登岸。 先生谓上海为中国之领土,我为中国之主人,有何不可登岸之理由,外人亦无可如何。 可知其刚直不挠矣。 虽然,先生固亦大慈大悲之人也,终身奔波,日夜救国,不愿独善,不愿独福,牺牲生命而不惜,席不暇暖者,救国救民而已。 先生之人格,何等伟大。

"先生既有此不磨之功,高尚之功德,伟大之人格,而先生之学问,人反鲜知矣。 先生对于政治经济之书,靡不阅览。 其三民主义,即参酌各种最新学说而成者,凡我同志,其知勉乎。

"先生自身,固尽善矣,然事业未竟。 正待我等努力,如外人以经济政策侵略我国,致使我国力日衰。 供给军械,致命我军匪不清,乱源愈多,兹二事者,实为我国最可悲最可痛心之事也。 欲脱此苦,舍从先生民族民权民生三主义行之而未由。 今日追悼诸公,归去以后,务宜各遵先生之遗嘱。 研究其学说,仿效其人格,努力而为之,若是,则灿烂之中华民国,庶有望乎。"

侯绍裘连着多日奔走在川沙、黎里、浦东等地演讲,眼睛红了,嗓子哑了,席不暇暖,马不停蹄。

二十

　　1924年8月,齐卢战争爆发。直系军阀江苏省督军齐燮元,与皖系军阀浙江督军卢永祥,为争夺上海兵刃相见。 富裕的松江,自然也就成了军阀们垂涎已久的肥肉,谁都奢望着攫为自己的盘中餐。 战火很快就烧到松江,匪军们凭着手中的枪炮,进行着拉锯式的侵占和掠夺,占领者烧杀抢掠,奸淫妇女,无恶不作。 松江城的居民惶惶如惊弓之鸟,大户人家早就雇车船将贵重物品运到上海安置好,听到枪声立马携着家小逃之夭夭;一般富户,也早就做好了坚壁藏匿准备,有了动静便背着包袱，扶老携幼逃到乡下亲戚家躲避；剩下贫苦人家，则用坚固物什顶住大门，呆在家里听天由命。 学校是无法正常开课的了，尤其是女校。 侯绍裘与朱季恂斟酌再三，决定迁校。

1924年秋，侯绍裘和朱季恂率领景贤女中和松江中学的师生把学校搬迁到上海。 一所学校的搬迁，不像一个家庭那么简单容易，校址、教室、教学设备等等，繁琐复杂自不必说。 很快，侯绍裘通过努力，将松江中学并入上海大学附中开了课。 忙完了松江中学，侯绍裘才回过头来忙景贤女中。 当他了解到，同样因避战祸，迁到上海宝山路宝通里的苏州乐益中学，房屋比较宽裕时，就去协商，看看能否暂时借用一下。

苏州乐益女中的校主张冀牖，是一位长绍裘七八岁的慈祥大哥，高鼻梁、瘦下巴、谢顶早、戴副近视眼镜，然而却目光敏锐、神采奕奕、气质高贵。 校主得知眼前这位朝气蓬勃的青年就是景贤女中的侯绍裘时，犹如异乡遇故知，立即将客人迎到自己的办公室让座。 而对张冀牖变卖家产、独资办学的义举，侯绍裘也早有所闻，没想到竟在上海不期而遇。 他环顾张校主的办公室，吃惊于这里简直就是图书馆和阅览室。 书架被塞得满满的，桌几上尽是各类报刊，上海店面摊头上所能购到的大报大刊、小报小刊在这里都能见到，《申报》《民国日报》《新青年》《劳动界》就置于案头。 景贤女中的教育革新久负盛名，张校主自然对绍裘多了几分敬重。 缘于两位神交已久，见面虽未有过多交谈，却已是心心相印。 听绍裘说明来意，张冀牖自然乐于雪中送炭，立即拍板，答应挤出教室给予援助。 这样，景贤女中的师生，在乐益女中支援下，总算开了课。

没过多久，侯绍裘在上海老靶子路租到房屋，景贤女中也就搬了过去。 在旧房整修期间，张冀牖曾去看过，有两次，他是从整修旧房的劳工人群里找到侯绍裘的，见面都快认不出来了。 侯绍裘正单衣薄裳、满脸灰汗地指挥着工匠。 他从这位年轻的教务主任身上，能找到自己建造乐益女中时的身影。 这位思想新潮、充满活力、作风踏实，办事能力和活动能力都非常强的年轻教务主任，给张冀牖留下了深刻印象。

　　景贤女中由松江迁到上海，侯绍裘的工作任务更重了。为腾出时间从事革命工作，他与朱季恂商量，请沈联壁出任校长，不过，自已仍然与董亦湘、赵景沄、王芝九、孙宗堡、陈贵三、陈秋实等一起担任教员。

　　景贤女中迁校上海开课没有多久，1925年5月，上海就发生了震惊中外的"五卅"惨案。

　　外国资本家枪杀中国工人，是整个事件的导火索。1925年5月15日，上海日商内外棉七厂为最大限度榨取工人血汗，借口存纱不敷，故意关闭工厂，停发工人工资。被生活逼迫得走投无路的群众，在工人顾正红的带领下冲进厂内，与资本家理论，要求复工和发放工资。蛮横不讲理的日本资本家，非但不予理睬，还凶恶地向赤手空拳的工人开枪射击，打死顾正红，打伤工人十余名。消息传开，上海市民群情激愤。消息被帝国主义者严密封锁，事实真相被严重歪曲。愤怒的上海大学等校青年学生勇敢地走向街头，向市民宣传、揭露惨案真相，控诉日本帝国主义的暴行，并且募捐援助被难工人。手无寸铁的学生们，竟然又遭到外国巡捕逮捕。在我们中国的土地上竟然发生这种事，真是太猖狂无道了！

　　为反击帝国主义罪行，发动群众，把斗争推向高潮，5日28日，中共中央召开紧急会议，决定发动群众于30日在上海租界，举行大规模的反对帝国主义的爱国示威游行。

　　上海望志路永吉里34号是国民党江苏临时省党部所在地，这次大游行的学生指挥部就设在这里。兼任国民党上海执行部宣传委员和教育委员的侯绍裘，在党的统一领导下，被分派和恽代英共同负责指挥全市各校的学生游行队伍。

　　5月29日。学生指挥部里忙碌一片。各校联络处、学联与指挥部之间在热线联系中，担负着递送信息的同学，来来往往，进进出出，络绎不绝。各校集合的地点、游行时的注意事项、游行线路的确定、学生队伍与工人队伍的配合、负责维护游行秩序的童子军的部署……各方情报纷纷向指挥部涌来,各项指令又从指挥部发向全上海参加游行学校的学生会。

绍裘和代英忙得没时间去吃饭,现在,他俩正一边啃着烤山芋一边讨论修订着《打倒帝国主义》的传单文稿。侯绍裘要求传单稿必须"一看就明白,一听就记住",事先大家一起讨论,列出提纲,交由上海大学附中的教师高尔柏和黄正庵分头起草,两位教师很快就拿出了初稿。

这份传单,采用问答形式:

列位:

你们觉得生活困苦吗?

你们知道为什么比以前苦吗?

这是因为:

英、美、法、日帝国主义占据海关,把入口税弄得比出口税轻,所以国货不振兴,外国人把洋货来换了洋钿去,因而弄得我们一天穷一天了。

英、美、法、日帝国主义常常借钱给军阀,拿了铁路、矿产种种权利去,军阀借了债,又向他们的流氓买军械来打仗,打得我们生命都难保。

日本人杀我们的工人同胞,巡捕房反捕了工人去。学生要募捐去救济……捕房又捕了去。我们去追悼被杀的顾正红,又被捕房捉了去。他们在牢里又饿又冷,不但衣服食品拿不进去,连望望都不准。但是上海是上海人的上海呀!

最近工部局越界筑路,侵占中国领土,又要实行什么印刷附律、码头捐,处处压迫我们。鸦片之毒,人人皆知,但卖鸦片大本营是在租界。这样的压迫是要压迫死的,我们起来同他们争生活呀!大家团结起来,打倒帝国主义!

另一份传单,则是告诉大家工人顾正红被害事实真相的,文稿深刻揭露和愤怒控诉了帝国主义罪行。

两份传单都按事先讨论的要求，用事实说话，朴质无华，委婉动人，一听就懂，使人激愤。 传单定稿后，立马交给等待已久的其他同学去刻写、油印、分发，以备演讲、游行时使用。

一切准备工作，都在他俩安排下，紧张而有序地展开着。

城市的夜灯常常会使忙碌者模糊了深夜的概念。 忙完明天游行的事务，已是凌晨了。 侯绍裘全无睡意，索性给自己泡了杯绿茶，享受这释放重负后的轻松一刻。 看着窗外房檐下的路灯，绍裘忆起十二年前，头次来上海的情景。 那时，他在松江府中学堂读书，学校组织到上海参观。 他们列队经徐家汇，进入法租界，竟然遭到外国巡捕的厉声呵斥和粗暴阻拦。 当时，他怎么也想不通，中国人在中国的土地上行路，怎么要获得外国人的允许？ 接着，他又看到炎炎烈日下，中国苦力们赤膊流汗挽着大石磙压路，外国人却佩着手枪在一旁监视。 这幅中国人备受欺凌、外国人作威作福的场景，深深烙印在他脑中，刺痛他的心。 后来，他随同学们一起参观了博物馆，回校后，他在作文中写道："我中国物产之富，亦可见一斑，乃贫若斯！ 其故当别有在。"十多年来，他上下求索，追寻着救国救民之道。 三民主义、无政府主义、社会主义，是他在追寻真理的长途跋涉中，留下的一个又一个深深的脚印。 帝国主义的嚣张气焰有增无减，同胞的鲜血在唤起愈来愈多中国人的觉醒……天亮后的大游行，又是一次正义与邪恶的较量，更是一场战斗。 想到这里，他直觉得热血沸腾起来。

二十一

　　5月30日早晨。侯绍裘推开窗户做着扩胸深呼吸,恽代英也刚用冷水冲过头,两人正在逐项议着准备工作落实的情况。忽然,有个学生冲进来,报告说是由于个别传达指令者的口误,有几所学校的学生已陆续到达预定地点。按总指挥部的命令,全市大游行的统一时间是下午3时。现在这些学校提前行动,打乱了全局部署。怎么办?两人短暂交换意见后,立刻派出指挥部工作人员迅速奔赴现场,传达了"原地演讲,避免冲突,伺机汇合"的指令。

还是有意外发生了。 上午8时半,南洋公学及其附中四百多人,分十七个演讲队,从徐家汇步行到闸北华界,在北火车站到海宁路一带演讲、散发传单,被海宁路捕房捕走百余人。 恽代英和侯绍裘闻讯后,火速赶到捕房据理交涉,经过艰巨斗争,至下午2时许,被捕学生终于全部获释。

下午3时,上海市学生、工人群众大游行开始。 恽代英、侯绍裘轮流高擎红旗,昂首挺胸走在学生队伍的前列。

帝国主义气急败坏,租界当局大肆拘捕爱国学生,仅南京路的老闸捕房就拘捕百余人。 万余名愤怒的群众聚集在老闸捕房门口,高呼"上海是中国人的上海!""打倒帝国主义!""收回外国租界!"等口号,要求立即释放被捕学生。 英国捕头爱伏生竟调集通班巡捕,公然丧心病狂开枪屠杀手无寸铁的群众,当场打死爱国学生有何秉彝等十二人,重伤十五人,逮捕一百五十余人;学生陈虞钦中弹,血染南京路,肚肠七处穿孔,于5月31日去世;6月1日又有三人被枪毙,十八人受伤……帝国主义在中国土地上,制造了震惊中外的"五卅惨案"。

当夜,中共中央再次召开紧急会议,决定成立行动委员会,具体领导这次斗争,组织全上海民众罢工、罢市、罢课,抗议帝国主义屠杀中国人民。

中国人民郁积已久的对帝国主义侵略的仇恨怒火,被帝国主义自己的屠杀行径所点燃。 6月1日起,上海全市开始了声势浩大的反对帝国主义的总罢工、总罢课、总罢市。 后来,帝国主义者又多次开枪,打死打伤群众数十人。 英、美、意、法等国军舰上的海军陆战队也荷枪实弹,全部上岸,并且占领上海大学、大夏大学等学校。 具有光荣革命斗争精神的上海人民,面对武力镇压,斗志更坚,相继有二十余万工人罢工,五万多学生罢课,公共租界的商人全体罢市,连租界雇佣的中国巡捕也响应号召宣布罢岗。 五卅运动狂飙般席卷全国,从工人发展到学生、商人、市民、农民等社会各阶层,并从上海发展到全国各地……6月11日,在汉口公共租界,英国水兵向参加游行示威的群众开枪射击,打死数十人,重伤三十余人,酿成"汉口惨案",进一步激起全国民众的愤怒。长城内外,大江南北,到处响起"打倒帝国主义!""废除不平等条约!""撤退外国驻华的海陆空军!""为死难同胞报仇!"的怒吼声,掀起全国范围的反帝怒潮。在这次反帝运动中,工人成了反帝运动的主力,充分显示了中国工人阶级的伟大力量和作用。

中国人民反帝斗争,得到了国际革命组织、海外华侨和各国人民的广泛同情和支援:在莫斯科,五十万人举行声势浩大的示威游行,声援中国人民的五卅运动,并为中国工人捐款;在日本,三十多个工人团体举行盛大演讲会,声援中国工人团体,同时向日本政府和资本家提出抗议;在英国,工人阶级行动起来,阻止船、舰、车辆运输军火到中国;有近一百个国家和地区的华人华侨,举行集会和发起募捐,声援五卅运动……五卅运动成为具有广泛国际影响的反对帝国主义的斗争。

"五卅运动以后,革命高潮,一泻汪洋,于是构成1925至1927年的中国大革命。"

二十二

"五卅"惨案的枪声和鲜血，激怒了上海整座城市。学生罢课！工人罢工！商人罢市！

顾正红被日本资本家枪杀的血迹未干，青年学生陈虞钦又被英国巡捕枪杀了！陈虞钦，这位年仅十六岁的少年，5月30日清晨就赶到学校大操场，总领队因其年纪太小，不同意他参加游行。他说："帝国主义残杀工人，残忍已极，国势不振如此，我等岂能坐视不救耶！"岂料，当这位出生于婆罗洲山口洋文岛的海外游子，和同学们并肩走到南京路同昌车行样子间门口时，英国巡捕丧心病狂地向学生开枪，陈虞钦身中七弹，壮烈牺牲。

枪声和鲜血，震醒了埋头教书、不问政治的教职员们，他们纷纷行动起来，走上街头，加入反帝斗争的行列。侯绍裘立即与沈雁冰、杨贤江、董亦湘等上大附中、景贤女中的教员，发起建立上海教职员救国团体的倡议。6月2日，复旦、南洋、暨南大学、景贤女中等三十五所学校就成立了上海各校教职员联合会。

"三罢"斗争开始后，英、美、日等帝国主义国家一边调集武装，继续屠杀群众，制造血案，进行武力恫吓，一边施展种种阴谋分化瓦解工商学联合阵线。在威胁利诱面前，资产阶级首先由动摇而妥协。紧接着，商界、学界的右派势力抬头，企图转移群众视线，使运动偏离斗争方向。连刚刚建立的教职员联合会，也被右派势力把持了。他们将进步势力排斥在领导机构之外，改变反帝爱国的宗旨，企图把会员们的注意力引向处理受害者问题上来，并且规定参加教职员联合会必须以学校为单位，企图控制运动、熄灭广大教职员的爱国热情。

面对右派势力的阴谋挑战，6月4日下午，侯绍裘与韩觉民、沈联璧、沈雁冰、周越然、丁晓先、杨贤江、董亦湘、刘薰宇等三十余人发起成立"上海教职员救国同志会"。参加筹备工作的人员中许多是共产党员，也有其他爱国人士。新组织的救国同志会，欢迎教职员以个人名义参加，旗帜鲜明地坚持反帝爱国宗旨，明确宣布："我们今后要和学生及各界一同起来救国。"救国同志会发表宣言，批判所谓在学言学、教育救国等错误论调，开诚布公地提出：救国应先于教育，教育本身应是救国的教育。他们主张"教育者应以国民资格参加救国运动；以教育者资格领导学生为救国运动；反对北京政府取缔学生参加政治运动之命令；永远不得藉口在学言学，以遏止学生之救国运动。"

"思想走在行动之前，就像闪电走在雷鸣之前一样。"侯绍裘已记不起来是谁讲了这话，却认为是千真万确的，因为这句话同他多次思考的结果不谋而合。就说眼前的事实吧，长期以来，教育救国、实业救国的思想牢牢盘踞在教育界很多知识分子的头脑中。"五卅"的枪声将他们惊醒了，并不等于说他们就放弃了原先的思想，如果不趁势破除影响，他们很可能又落入旧的巢穴，很快归于平静。

侯绍裘坚持在教师中做个别细致的思想工作，他曾对张作人说："你想救国是好的，但你一个人搞科学再好，也救不了国。"给这位著名的知识分子留下深刻的启迪和终生难忘的印象。

他还经常在教职员救国同志会里做演讲。他的演讲从不空洞，而是用事实说话。有次他演讲《政治与实业》时，就是讲了三个真实的故事。第一个讲的是他的同学赵祖康的亲身经历：赵祖康在南洋大学毕业后曾在青岛胶济商埠工程局服务，正当他学以致用，庆幸自己找到用武之地，可以施展才能时，不料军阀专权，人事易帜，旧人全部被辞。有位唐姓道路科长不舍放弃呕心沥血革新即将成功的工程，虽未交辞呈也被开缺，哀叹报国无门。第二个讲的是河海工程毕业的某君，也在青岛做事，有次回来，说起胶济铁路刚由我国赎回时，收不抵支。经过主管人员勤勉整顿、艰苦奋斗，终于收支相抵，接着有了积蓄，正当他们打算备着将来扩充等用，岂料吴佩孚以该路为饷源，一下子把存储全部掳个精光，数年心血，顿成画饼。第三个同样是讲有位在北洋大学矿科毕业的同学，正当他踌躇满志、展现抱负之际，没想到东南东北到处打仗，矿业萧条，毕业即失业……三个故事讲完了，侯绍裘话锋一转说："你不问政治，政治要干涉你！"政治决定着经济，经济又反过来决定实业的命运。我们只有"一手持改革政治旗帜，一手持发展实业的工具，才可造成灿烂的中华民国"。

面对敌人的血腥屠杀，上海教职员救国同志会毫不畏惧退却，他们站在国际斗争的高度，发表了《告国人书》，主张与世界主持正义公道之民众携起手来，共同反对各帝国主义国家的侵略政策。侯绍裘代表上海教职员救国同志会，出席上海全市工、商、学联合会，他在会上远见卓识地提出"武装民众"的主张，号召组织大规模的商团军、工人军、学生军，并建立"有宗旨有组织有系统之机关主持之"。

侯绍裘还与沈雁冰、沈联璧、钱江春、杨贤江、叶圣陶、陈贵三等，组织教师演讲团，不顾敌人恫吓，正气凛然地走上街头去演讲。仅在陆家浜中华职业学校，他就连续演讲了八天，还先后为同济大学、商务印书馆的学生和工人作了《外交与内政》《帝国主义者侵略中国的各种手法》等专题讲座。

这年暑假，侯绍裘没有回松江，而是和恽代英一起，以国民党上海执行部的名义，沿京沪线到苏州、无锡、常州、丹阳等地边宣传演讲，边推进地方组织发展，先后吸收了钱正表、夏霖等一批同志加入共产党，使爱国运动在江苏尤其是京沪沿线城市蓬勃开展起来。

1925年入夏，江浙军阀混战暂停。周边城市为避战乱暂迁上海的学校，开始陆续离沪返乡。此时，景贤女中分为松、沪两部分，本部迁回松江，分部留在上海。因革命工作需要，侯绍裘留在上海，但景贤女中重大的方针性决策、教员的招聘等事，仍由他负责。为增强上海景贤女中分部的教学力量，他先后增聘了沈雁冰、丁晓先、叶圣陶、郑振铎等不少党内外知名人士任教。

二十三

来一趟黎里，还真不容易。从上海坐火车到苏州，从苏州到黎里当然是乘船最便捷的了。因为乘船就没有必要像乘汽车那样先到吴江，再从吴江行六十多华里才能到达黎里。船可以不必按照由市到县，由县到镇的思维行走，船可以在密如蛛网的河道里，按照连接两点最近的线路自由切换行进，比起习惯思维来，不仅要近得多快得多，而且在盛夏的水乡河网里，还能欣赏到久违的遍地荷花飘香的美景。

虽然侯绍裘的家乡松江，也是

水乡古城，但是在他眼里似乎黎里更为小桥流水，更趋精致玲珑。 平时，柳亚子对他讲得最多的是黎里的堂和弄。 黎里历来有"周陈李蒯汝陆徐蔡"八大姓氏之说，这些殷实之家在黎里修建了许多风格各异的庭院和弄堂。 那些厅堂凭着精美华丽的砖雕技艺、古朴细腻的木刻神韵、新颖别致的布局设计，散发着独特的诱人魅力。 和一座座厅堂紧密关联的是被称为天下一绝的弄堂。 据粗略估计，古镇约有百余条各式明暗弄堂，其中大部分为暗弄，而最有特色的也是暗弄。 有两条暗弄相连的双弄，也有明暗并排的双弄，还有弄中之弄。 其中单弄超过百米的就有五条，最长的深达一百三十五米，最狭的仅有两尺。 侯绍裘虽然来过几次黎里，可惜皆是来去匆匆。 还没来得及去悠闲地穿梭弄堂，流连厅堂。

　　这次他和姜长林冒着高温酷暑，特地从上海赶来，绝非是为探寻古镇风貌，而是急着找柳亚子商议正式建立省党部的人选之事。 去年5月，经上海执行部批准，国民党江苏省临时党部在松江景贤女中成立，7月迁沪后，中共上海地委曾召开会议，研究省党部的组建问题，并且提出了包括柳亚子、侯绍裘和朱季恂在内的十三名执委的建议名单，6月12日，侯绍裘曾就执委人选等事宜，写信给柳亚子征求意见。 眼看着预定召开代表会的日期迫在眉睫，而妇女部长的人选还未敲定。 全省各县部，女党员最多的要推吴江和松江。 松江有位范志超，思想进步，工作能力也很强，无奈身患咳血病，体质太弱，所以希望能在吴江物色。

　　柳亚子的家在一排排普通民房中特别显眼。 这是一座清前中期的建筑，原为清乾隆工部尚书周元理私邸，共五进，呈纵深型推进状，每进门墙高大坚固，并饰有精巧细致的砖雕门楼。 院落内树木葱茏，窗棂上的雕刻清雅飘逸。

　　柳亚子对这两位不速之客，先是惊讶，接着，一边说"有朋自远方来，不亦乐乎"，一面吩咐家人赶紧弄几只小菜，把他珍藏的花雕也抬出来，在堂厅设座迎客。 绍裘和长林慌忙制止，说随粥便饭即行，议事要紧。 柳亚子则说客随主便，边吃边叙，不耽搁议事。

不一会儿，就有白米虾、白水鱼、白斩鸡、老虎豆四样冷盘上桌。柳亚子略带歉意地说，都是本地家常下酒菜，乞谅，乞谅。 于是，三人就边饮边聊起来。

"我先不报姓名，就说些有关情况，由你们拍板。"柳亚子打开话匣子："此人出自书香门第，自幼就读于私塾，后随父入高小，由于勤奋刻苦，各门功课颇为出众，于上海两红女子体育师范学校毕业后就在中学任教。 她少年时代就决心'要争取女权，要以天下为己任'，受五四新思潮影响，带头剪短发，向封建势力挑战。 她的这一举动，连具有一定民主意识的父亲亦不理解，为此大动肝火，写信严加责备。 她见一次次写信耐心解释说服无效，干脆向父亲下了最后通谍，'大人苟终勿儿谅者，儿且远走北国，终身不复宁家矣!'父亲见她态度坚决，也就不多干涉了。 她把剪除长发当作挑战封建的突破口，回乡后说服了两个胞妹和两个堂妹也剪了发辫。 几个姐妹英姿勃发、活力四射地走在黎里古镇上，掀起轩然大波，有人骂她们"尼姑"，她们调皮地回击，'做尼姑给你念经!'后来，你道怎么？ 她在《新黎里》上愤怒驳斥'女子剪发不美观'的悖论，指出美观的标准应重在精神和身心上，用长发来束缚，实质是要妇女去'求她们的丈夫和世俗的宠爱，是要牺牲妇女的人格变成牛马奴隶'，多深刻！ 接着，她又发表文章，呼吁革除女子束胸陋习，提倡男女正常社交。 她批判'女子无才便是德'，创办暑期妇女学习班。 尤其是那次吴江民众追悼孙中山大会……"

说话间，家人送上一盆菜来，由于刚刚淋上热油，瞬间"滋滋"作响，撒上胡椒，顿时香气四溢。"尝尝，黎里的响油鳝糊!"好客的柳亚子，唯恐怠慢了客人，边招呼大家品菜边继续说：

"那回绍袭作为省临时党部代表，应邀参加了。 我的报告是《孙中山先生的历史》，绍袭作了《如何竟孙先生之功》的演讲。 没想到，担任大会司仪的她竟也登台演讲。 更没想到，她的演讲却是那么鞭辟入里,一番话把一个深奥复杂的问题,讲得那么条理分明,透彻悟人。 她说,孙先生致力国民革命四十年,主张实现三民主义,这就必须实行三大政策。 如果没有共产党协力同心,国民革命就不可能成功;如果抛弃三大政策,就意味着背叛了孙先生的三民主义。 她号召大家时刻不忘、忠实执行三大政策。 嘿! 旗帜鲜明,慷慨激昂,全场尽惊。 下午的游行,她更是不顾落后势力的攻击,与女党员瞿双成捧着中山先生遗像,镇定自若,满脸肃穆,两目炯炯直视前方。 不由人暗自称赞:好一个思想健全的进步分子!

"五卅惨案令黎里群情震骇,她拍案而起,立即联合各公团发表通电,集会声援,四处奔走演讲,使外交声援会如雨后春笋,三罢斗争如火如荼,她率三千余众臂缠黑纱游行示威,带领二十余人的学生别动队,走村串镇处处演讲,穿巷入户散发传单,组织募捐救助死难烈士家属。 她还撰文疾呼:努力的革命! 努力的宣传! 新社会就在目前了,大家起来吧! 过去吧! 进! 进! 向前冲锋猛进啊! 此人名叫……"

"张应春!"三人异口同声。

"亚师,好眼力! 早在7月14日,我来参加吴江县二大时,就想提出要调她到省党部帮忙工作,因怕亚师责怪我挖墙角拆台子,才没开口。"绍裘终于说出久藏于胸的心里话。

"亚师如此欣赏,这么得力的栋梁舍得荐出?"姜长林赶紧跟进一城,急于坐实此建议。

"哈哈,此言谬矣! 天高任鸟飞,海阔凭鱼跃。 黎里飞了张应春,还有毛啸岑。"柳亚子捋须大笑,举杯邀道:"干杯!"

"亚师真伯乐也! 来,'相逢拼一醉,莫放酒樽空'!"绍裘端起酒盅,吟了亚师的两句旧诗。

三人碰了下:"干杯!"

1925年8月23日,上海闸北景贤女中分校,国民党江苏省党部在此举行成立典礼。 柳亚子(宣传部长)、朱季恂(组织部长)、侯绍裘(宣传部副部长)、宛希俨(青年部长)、刘重民(工人部、调查部长)、黄竞西(商人部长)、戴盆天(农民部长)、张应春(妇女部长)和董亦湘等九人为省党部执行委员,柳亚子、朱季恂和侯绍裘为常委,张曙时、姜长林、黄麟书、姚尔觉和杨明暄为候补执委。省党部设立秘书处,姜长林兼任秘书长。省党部部址仍在法租界望志路永吉里三十四号。国民党江苏省党部从成立之日起,就是全国左派力量较强的一个党部。在二十名执行监委员中,就有十四名共产党员。其中九名执行委员中有七名共产党员,三名监察委员中有两名共产党员;其余都是国民党左派,没让一个右派分子当选。

国共合作的国民党江苏省党部,堪称国民党人和共产党人亲密合作的典范。在这里,柳亚子与朱季恂有师生之谊,侯绍裘又是朱季恂的高足,张应春则是朱、侯两位在松江景贤女中时的部下。因而,柳、朱、侯、张被戏呼为"四世同堂"。

柳亚子于这年年初结束了吴江、上海的两地奔波,留沪主持省党部工作。他一介书生,平时不善料理日常生活,张应春在生活上给予照料,柳亚子则在工作上给予张应春指点和协助。此时斗争紧张激烈,柳亚子竭尽全力协助妇女部工作,一时檄文都出自他的手笔。侯绍裘戏称柳亚子为"妇女部秘书"。

张应春在省党部是一道亮丽的风景。她圆脸阔额,一头短发,穿一件蓝印旗袍,走路和动作总是那么风风火火、干练利落,跟人一见面总是那么热情大方,整天忙于跟各市县党部妇女干部联系,部署全省妇女运动。她一边到苏州、南京等地调查研究,一边积极协助组织部审查重新登记的党员,做好发证工作。她深刻认识到革命舆论的重要,计划办一份《江苏妇女》,为取得经验,想先试着办份《吴江妇女》探路。侯绍裘和柳亚子不仅热情鼓励,而且带头分担办刊所需经费。很快《吴江妇女》就创刊发行了。张应春承担着繁琐的编辑发行工作,她热情非凡,毅力特强,亲自撰稿、编辑、发行、筹集经费,每天工作十六七个小时,常常深夜不眠,真可谓呕心沥血。

侯绍裘对张应春的工作十分满意,对亚师的伯乐精神更是佩服。

艰险的斗争环境考验着人的立场斗志,同时也在锻炼增强着人的才干。 这年秋季,张应春由侯绍裘、姜长林介绍,经中共江浙地委批准,加入了中国共产党。 她怀着激动的心情给正在黎里的柳亚子写信说:"我以为入了党,当然以此为提前了,一切都可以牺牲的。 至于使命呢? 我们恐怕无异吧——革命——孙先生遗给我们的使命吧。"

二十四

残暑蝉催尽，新秋雁带来。

江浙军阀混战的硝烟散去，乐益女中已从上海搬回苏州。眼看新学期即将开学了，张冀牖又一次来到上海。一般人以为他又到上海买书来了，因为大凡他到上海，十有八九是为买书。他买书可算传奇。在苏州，观前街上大书店的老板都熟识这位大主顾，凡他进店，老板伙计一律尾随他身后，陪着他挑选，跟着他记书目，然后照单打包送到张府。如果是到上海买书，则有佣人跟随，每到一家书店，负责拎他挑中的书，拎不动了就一一寄存,全部买好后,再雇车一家家去收取。

然而,他这次专程赶到上海,没有进书店,而是径直去了老靶子路附近的景贤女中上海分部,是特为邀请侯绍裘担纲乐益女中而来的。他懂得盼之愈切失之愈痛,见了面并没有急着讲明来意。

他兴致勃勃地同绍裘谈孙中山先生的"人生教育,尤重蒙童",谈五四运动和《新青年》杂志,还拿出自己写于1919年12月的新诗,说是要绍裘点石:

一间黑屋子,
这里面,伸手不见五指。
一直关闭了几千年,
在懵懵懂懂中,生生死死。
呀!前面渐渐光明起来,
原来门渐渐开了;
——刚宽一指。
齐心!协力!
大家跑出这黑屋子。
不要怕门开得窄,
这光明已透进黑屋里。
离开黑暗,向前去吧,
决心要走到光明里。

接着又从新诗谈到自己"决意打开一扇小窗",开始着手办学,谈首选苏州憩桥巷到迁址宋衙弄,谈蔡元培曾对他说过的教育理念:"知教育者,与其守成法,毋宁尚自然;与其求划一,毋宁展个性。""思想自由,兼容并包,发展学生个性,沟通文理。""依靠既懂得教育,又有学问的专家实行民主治校",谈到以民主思想和科学精神办学……直谈得两人相见恨晚。张冀牖估摸已到火候,便诚意邀请侯绍裘到乐益女中看看。

隔了两天，侯绍裘如约乘火车抵达姑苏，张冀牖亲自到车站迎接。

真是百闻不如一见。 学校的大门为罗马立柱式辅以拱门，高高的门楼有西洋浮雕，中间一颗大大的五角星，映衬着一行书法小字：乐益女子中学校。 偌大的校园规划分明，办公、宿舍、活动场所分离。进门有传达室和会客室。 一棵高大的雪松耸立在校园中央，校园内，宿舍和教室就有四十多间，与图书馆、实验室相连的是供学生课间休息的休闲凉亭，亭子周围遍植白梅和绿柳。 花巨资购置的理化仪器、钢琴图书、运动器械等先进教学设备，在姑苏绝无仅有。 校园里，占地面积最大的是篮球场、网球场和排球场，还有一个可供任何天气进行比赛活动的"晴雨操场"。 在二十世纪二十年代，即使上海大学附中的老师，每月收入也不过 80 元，而张冀牖却为这座占地 20 亩在废墟上建起的新校园，花费了 2 万余元！ 侯绍裘暗自算了笔账，照乐益当前的标准，一年教职员薪金达 5000 余元，其他校工伙食、办公费用等每年需 2000 余元，合计年需 7000 余元。 但是学费年收入却不到 2000 元，收支太悬殊，如要确保学校正常运行，每年至少要贴 5000 元！ 此外，张校主对家境贫寒有志学习的学生，除减免学费外，并在毕业后资助深造……侯绍裘的心被深深震撼了！

在阅报栏的一个宣传窗口，侯绍裘被栏内的宣传图片吸引住了，画面上：郊外，蓝天下，看得出张冀牖的心情很好。 他戴着近视眼镜，拎着礼帽，手抚乐益女中校旗，举目远眺，不远处就是他带出来郊游的学生们，一群对周围充满新鲜好奇且朝气蓬勃的小天使。 绍裘忆起，两天前张冀牖曾说过，自己有一种天生的责任，要把学生们带得更远一些，更高一些。 侯绍裘还听说，他面前的这位仁兄，平时生活中热衷于购买新兴产品，如照相机、唱片机，还买了一台电影放映机，当时，这在全国来说都是稀罕物。 电影放映机，只需配备一台小型直流发电机，携带起来很方便。 他经常带着机器和喜剧明星卓别林、滑稽演员洛克的默片，跑到长江边的偏僻乡里，对着农民厅堂的白粉墙,亲自操作,向当地乡民传播科学和艺术。那些乡民看到异国喜剧的演出,一个个都乐得开怀大笑起来。而此时,正是张冀牖最为满足和享受的时候。

"到乐益来吧,我再到三多巷办一所平林男子初中,一起交给你,可好?"张冀牖和盘托出。

侯绍裘慨然应允,坚定地点点头,并建议可以组织一个实力强的教学班子,一起来乐益任教。张冀牖欣然赞同,两双手紧紧握在一起,传递了相互的感知认同和诚挚信任。

与此同时,原先口碑很差的教务主任陈德徵被校主张冀牖辞退。

1925年8月,中共上海地委改组为中共上海区委后,仍领导江浙沪地区党的工作,正值酝酿派人到苏州组建直属区委领导的独立支部,获悉侯绍裘应聘乐益女中,组建的重任自然就落在他的肩上了。

开学前两天,侯绍裘带着他的团队来到乐益。这个班子果真实力雄厚,其中有共产党员张闻天、叶天底、王芝九和团员张世瑜、徐诚美,连在景贤女中读书的团员沈蔼春、沈联春姐妹也随他们转学到乐益女中。张闻天任教务主任兼教高一、二年级语文,叶天底教图画兼三年级语文,徐诚美是舍务主任。他们到校后,改革了不合理的规章制度,使学校出现了生机勃勃的新景象。

9月5日,在乐益女中的开学典礼上,侯绍裘作了热情洋溢的讲话,开诚布公地提出了办现代女子中学的崭新主张:"女子教育应以现代思潮作基础,要培养学生达到以下几条,第一要有精确的思想与理智,第二要能自谋正当的生活,第三要能改造社会,第四要能享受高尚的艺术生活。"

真是高山流水,听了侯绍裘在开学典礼上的讲话,张冀牖心头不胜喜悦,学伯牙叹曰:"相识满天下,知心能几人。"那么复杂深奥的办学之理,经侯君寥寥数语便豁然开朗。做人,做怎样的人,怎样做人,这才是所有教育的真谛。此后,更是将学校各项事务放心交与侯绍裘和他的团队了。

9月7日，乐益女中和平林中学同日开课。这一天正逢列强强迫清廷签订《辛丑条约》的国耻纪念日，学校决定停课一天，将两校学生集合起来开演讲会，对学生进行爱国主义教育。演讲会由侯绍裘主持，历史教员王芝九讲"'九七'国耻之经过"，国文教员张闻天讲"帝国主义与辛丑条约"，女教师徐诚美讲"反帝国主义运动"，美术教员叶天底讲"'九七'与'五卅'"。别开生面的开学第一课，使全校师生的反帝爱国精神大为振奋，苏州《明报》以大标题加边框的处理手法，对此作了引人注目的特别报道。

当然，张冀牖并不知道，他专程到上海去请来的这个年轻人是一个共产党员；更不知道，就在开学典礼的这一天，一个非常重要的秘密会议也悄然在他的乐益女中校园里进行：中共苏州独立支部正式建立了。

二十五

有个规律,每年暑假开学,如果学校里来了位新老师,那么,这位老师必定会成为全校学生议论的焦点人物,更何况是女中来了位年轻的男校长呢!

"这人肯定像孙悟空有三头六臂,你想呵,上大附中教务主任、景贤女中教务主任,乐益,还有平林的教务主任,还兼我们的国文老师!"

"唷,他每个月赚的钱海了!"

"他肯定是肥头大耳,大腹便便,西装革履!"

"他呀,一定是戴副金丝眼镜,秃脑袋,一脸凶相……"

"千万不要再来个陈德徵啊！"

对于同学们喊喊喳喳的议论，王遗珠没有理由赞同或是否定，只是对陈德徵，这个大家恨之入骨的国民党党棍，有所了解。这个家伙在任校务主任期间，贪污、骗取了校方好多钱财，把校风搞得乱七八糟，还拐骗了她同班同学陆企罗姐妹俩为妾。

及至开学后，让所有学生感到惊讶的是，开学前她们的所有猜测议论全错了。

新来校务主任是位高高身材、瘦瘦脸庞、面颊上有颗黑痣的青年人，穿一件旧的小袖口布长袍，穿一双元宝口的黑布鞋。待人很和蔼可亲，一点没有架子。

王遗珠还注意到，这位侯先生每天下午四五时或晚饭后，总要到图书馆去看报或会会同学。他非常关心学生们的学习和生活，问寒问暖，还问家庭情况，生活上有什么困难，对学校有什么建议？同学们见了他没了拘束，渐渐就像见了亲人无话不谈了。侯先生有时也会提出"男女平等""三从四德"等一些问题，同大家讨论。

这一天，王遗珠走进图书馆，发现已经来了好多人，侯先生，还有那位剪短发的沈蔼春都在，就找了个偏角的位置坐了下来。只听得侯先生在说：

"目前男女还远远谈不上平等。一般家庭都是重男轻女，女儿没有继承权，女子除做教师外，就很少有就业机会；即使有个别单位有女孩子就业，也是受人欺侮，受人歧视，称她们为'花瓶'，意思是只能看，不能做。女子真的除了生孩子就什么都不能干吗？非也。造成现在这样的社会现象，都是几千年来的封建制度造成的。难道这合理吗？"

这时沈蔼春说"这是几千年来束缚我们妇女的枷锁，是剥夺我们妇女在社会上应有地位的谎言，我们这一代妇女决不能接受这种封建礼教了。"

坐在一角的王遗珠没有料到，侯先生会向她投来关注的目光："你就叫王遗珠吧？ 你生下来就没有见过自己的父亲是吧？ 你也没有哥哥对吧？ 你这个名字太消极，太凄惨，我来给你改一下行吗？ 把'遗'改成单人旁的'伊'好吗？ 女孩子照样应当是父母的掌上明珠呀！"

虽然只改了一个谐音字，却使王遗珠立刻有了种超凡脱俗之感，她很高兴地接受了"王伊珠"这个高雅而富自信的新名字。 不过，她很奇怪，自己家庭情况只有教美术的叶天底先生了解呀，刚来的侯主任怎么这样清楚呢？

正在纳闷中，又听侯先生说：你们要团结起来与封建礼教和不合理的制度斗争。 一根筷子与一把筷子的道理十分好懂，一根筷子一折就断，将一把筷子捆起来，就谁也别想折得了！ 怎么团结呢？ 他指教大家，今后有事要多和张先生、徐先生、沈蔼春同学商议商议，她们会有主张的。

身兼多职的侯绍裘，不停地在上海、苏州、松江之间来回奔波忙碌着。 这期间，国民党江苏省党部正式成立了，他与柳亚子、朱季恂三人当选为省党部常委；接着，他又受上海区委委派任省党部中共党团书记。 他在军阀白色恐怖中，以在乐益办学为掩护，秘密地以两党双重身份领导着苏州的革命活动，真可谓箪食瓢饮，暇不暖席。

街头演讲一场接着一场在皇废基的空旷广场上举行。 恽代英、萧楚女、施存统、安东晚……一个又一个演讲者的名字，被苏州社会各界所熟悉。 演讲的内容如春风化雨，滋润着人们干旱的心田，生发着新思想的幼苗，一片一片地将人们思想的荒原润绿。

在新思想雨露的影响下，乐益女中出现了前所未有的新气象。 剪着漂亮短发的沈家姐妹和徐诚美、张世瑜两位女教师，给二十年代相对封闭的苏州女性，带来巨大的冲击波，她们的精神为之一振，解放思想的步履首先从剪去长发迈开。 很快，她们就酝酿着组织成立妇女联合会，拉开自己解放自己的序幕。 经过酝酿和协商，她们推选出张世瑜、徐诚美、沈蔼春、葛琴、杨锦文、祝兰英、王伊珠等七人为筹备委员会委员,确定以"拯救妇女,解放妇女"为宗旨,草拟了章程。她们的行动,争取到了苏州《明报》馆主编的妻子、女编辑项坚白的支持。 女编辑自身就是一位妇女解放的先驱,她原是女师附小的教师,受"五四"新思想的影响,为了婚姻自由,她勇敢地与封建家庭决裂,走上社会。 在项坚白的努力下,《明报》不仅报道了筹委会的活动情况,刊载了妇联章程,还帮助姐妹们在报上公开征集同道。 与此同时,她们分头行动,与省立第二女子师范、职业中学、振华中学,以及景海、英华、慧灵三个教会女中取得联系,宣传自己的主张,促使这几个学校先后改组了学生会,并且成立了妇联会。 在这个基础上,苏州市妇女联合会应运而生,各项妇女活动蓬勃开展,在姑苏城乡产生了极大影响。

侯绍裘了解到,早在五四运动时期,苏州就曾有一批青年学生首先觉醒,自发组织了一个名为"人社"的进步团体。 于是,他联系上当时的积极分子沈味之,通过他联络各校,向青年们提供《新青年》《劳动界》等进步书刊。 青年学生们如饥似渴般阅读着革命读物,一些同学接受新思潮,积极参与革命活动,成立了苏州市学生联合会。他们热情高涨地开办工人夜校,宣传反帝反封建,进行马克思主义启蒙教育,在当地民众中产生了很大影响。

古城在悄然变化着,人们走上街头会发觉出异样来。 这种异样首先发生在被称做城市精灵的年轻女子身上,不知从哪天开始她们头上的辫子不见了,一式的短发,显得那样的轻盈灵动、英姿飒爽,三五成群的女学生,一改往昔的羞涩,从容大方地向行人散发着手中的传单,更有干练者在雄辩滔滔地对着人群演讲。 仔细看看传单或伫足听会演讲,更觉这些年轻人突然间有了学问,有了朝气,令人刮目相看。

"钱塘一望浪波连,顷刻狂澜横眼前;看似平常江水里,蕴藏能量可惊天。"如瞬间呼啸而至的钱塘江潮,轰轰烈烈的妇女运动和学生运动,给苏州古城注入青春的气息和活力,民众在觉醒,工人在行动。一场反对帝国主义、支援上海罢工工人的募捐活动,在苏州轰轰烈烈开展起来了!

罢课、街头宣传、集会游行,一浪高过一浪。

乐益女中还另辟蹊径,决定发起演戏募捐活动。张冀牖闻讯,慷慨激昂,表示演戏募捐活动的一切开支由他负责。全校沸腾了起来!叶天底自告奋勇,选定王伊珠为助手,日夜赶制演出所需的布景;师生联袂合璧,同台排演《风尘三侠》,张冀牖令其子女参加演出了《红拂传》《昭君出塞》《空城计》,还有杨锦文同学的《火棍》,尤其是葛琴的大朴刀、史碧梧和张雪梅合作的齐眉棍等女子武术表演,在当时社会上是极其少见的。受师生们高涨爱国热情的感染,著名京剧演员马连良带人来助阵,提供道具,帮助学生化妆,并且亲自登台演出折子戏《新化子拾金》,戏剧界名人于伶也赶来与乐益学生同台演出。女学生演戏,当时在苏州可是件破天荒的大事,轰动一时,三天演出,场场爆满。

募捐活动在苏州持续进行了十天,全部捐款悉数寄给上海总工会。上海《申报》报道称:"在组织募捐中,乐益女中成绩最优。"

工人罢工结束后,上海总工会把没有用完的捐款退回到苏州。这笔钱怎样使用呢?大家一合计,决定来之于民用之于民,乐益女中学生和工人一起,将乐益东边一条仅能行走一辆黄包车的小巷,拓宽成为大马路,方便路人和车辆通行。为了让后人永远记住"五卅"运动,大家特地将这条路命名为"五卅路"。全校师生还乘兴,齐心合力将学校旁的皇废基荒场平整为广场,供人们集会休憩。

二十六

晌午时分,师生们都在午休,校园里静悄悄的。

办公室里,侯绍裘正一手抓着大饼,一手执笔,边啃着饼边埋头写文章。显然,他刚从外面回校又错过了吃饭时间。全神贯注让他对沈蕙春进屋竟毫无察觉,直到他伸手取茶缸时才发现。

"哎,快坐,快坐!"

"侯先生,有件事要急着报告。"看得出她已来找过多次。

沈蕙春要报告的事,发生在苏州女子师范学校。在苏州并不是所有女校的学生都能像在乐益这么幸运。 其他女校封建意识还相当浓厚，千方百计制定出许多条规，企图束缚学生手脚，限制学生对外自由联系。 其中，苏州女师管束得特别苛刻和厉害。 该校规定平时学生不得出校门，如须外出，要先得到舍监先生的批准，然后填写出入本，写明外出原因、外出地点、何时去、何时回。 如果迟归了，一定要说出经过原因，舍监信了便罢，不信就要调查，有不符合处，轻则要罚，重则受处分。 该校学生仇昆安聪颖勤奋，学习成绩优异，具有正义感，深得同学们的拥戴，是市妇联委员。 她对于学校的不合理制度曾向校长提出意见，校方不仅没有采纳修改，反以"冲撞校长先生"为由，不准她外出。 仇昆安坚持认为自己没有错误，并多次揭露校方克扣学生膳费等见不得人的丑事。 校方十分恼怒，说她目无师长、捣乱滋事，后来干脆扣上"赤化"等莫须有的罪名，要将她开除出校。

侯绍裘闻知后，曾让沈霭春联系沈味之，代表市妇联和市学联与该校交涉。 他正想知晓交涉的结果如何。

"唉，那个老顽固说什么没有规矩，哪来方圆，坏了规矩则'礼坏乐崩'；什么长幼之序是千年美德，犯上作乱则是大逆不道。 我和王先生给他讲，封建礼教是吃人的制度，男女平等才是美德。 仇同学揭露克扣学生膳费的事是义举，校方理应查处贪腐者才是，怎能扣以'赤化'而行报复？"沈霭春显得十分义愤。

"目前情况呢？"

"我们说，如果校方执意要开除仇同学，那么妇联和学联就把这件事登上《明报》，让大家来议议谁是谁非！ 你料那顽固怎说，他说《明报》泥菩萨过河，自身难保，要让它关门跟当官的使个眼色就行。 最后，校方说只要仇昆安愿意当着全校师生的面，承认克扣膳费的事属子虚乌有，保证今后遵章守纪，可以考虑不开除……"

"无耻流氓！"绍裘怒不可遏，接着关切地问道："仇昆安什么态度？"

"当然不服，说即使被开除也不会钻校方的圈套。 只是父母亲那头不好交待,全家省吃俭用供她上学,盼的是她好好读书,能早日工作,挣钱补贴家用……"见侯先生陷入沉思,沈霭春也停了言语。

仇昆安的遭遇,令绍裘忆起自己在南洋大学被勒令退学的往事,他从这个不屈的女孩身上找回自己当年的影子。他觉得自己有责任帮助她,要让她相信正义一定能战胜邪恶,让她锻练成长为一名反帝反封建的战士:"明天正巧是礼拜天,你陪我到仇昆安家里去一趟。"

沈霭春知道,在仇昆安问题上侯先生已经有了主张。

仇昆安的家在苏州城郊外、太湖边的一个半农半渔的村落。这个村落崇尚读书识字,家家户户无论经济富裕还是拮据,都供自己的孩子上学,以便将来能图谋到好点的职业谋生。仇昆安在众多兄弟姐妹中排行老大,家里巴望着她毕业后能够教书挣钱补贴家用。了解了事情真相后,父母并没有过多责怪她,只是在突如其来的变故面前,显得惊慌失措,不知如何是好。

侯绍裘对这对质朴的夫妇,讲出了自己的打算:送仇昆安到上大附中去读高中,高中毕业后就进上大继续读书,这一切费用全由他资助解决。

仇昆安父母起先怀疑自己听错了,等到弄明白这是真的后,感动得要跪下来磕头。沈霭春赶忙扶起两位老人,说侯先生是景贤女中、乐益女中和上大附中的教务主任,不少贫寒人家子女都是他资助读书的,有的毕业后还资助深造呢。侯先生薪水的绝大部分都用来接济别人了。

两位老人硬是拽着昆安,执意要女儿向面前的这位活菩萨磕个头。仇昆安挣脱开父母的手,站直身子,正了衣襟,扑通一声,朝恩师磕了一个响头,说道:"昆安,愿跟随恩师革命到底!"

侯绍裘慌忙拉起仇昆安,对她也是对她父母说:"不兴这样,我们都是平等的人,谁有困难都应该帮扶一下的。"

村上人闻讯后围过来看热闹,都说仇家烧了高香交上好运,都夸赞绍裘是救人出苦难的活菩萨。

然而，在苏州却有人视绍裘为眼中钉肉中刺。进步势力觉醒壮大的同时，反动顽固势力也在集结反扑，他们指责乐益女中已被"赤化"，并且说乐益女中有"赤化分子"。有次，侯绍裘邀请施存统在苏州公园的东斋演讲，被当地的地主豪绅发现，视为洪水猛兽，地方官绅大为震惊，一致对乐益校主提出警告。军阀当局毫不客气地对张冀牖放出狠话："要么走人，要么关门！"

二十七

古城苏州，1925年的第一场雪来得特别早。学校里的寒假刚开始，就纷纷扬扬飘了两天两夜的大雪。郊外早已茫茫一片，分不清哪是河流哪是道路，连京沪线上的火车也被迫停了下来。

张冀牖约侯绍裘在乐益女中校园里踏雪赏梅，侯绍裘应约而至。

往日像翻了喜鹊船似的乐益女中，此刻出奇的静谧。偌大的校园，在白雪覆盖下显得格外的空旷。侯绍裘知道这里原先是一片草木丛生、坟茔间杂的荒凉之地。这片荒地是张冀牖极善当家理财的夫人陆英买来准备种桑养蚕用的。为成全丈夫决意办学的心愿，陆英只好改变用途，建了校舍。

近半年的交道，对这位外界似乎难读懂、猜不透的奇人张冀牖，侯绍裘曾像剥笋般层层深入地剖析过。张冀牖可称得上是一个名门贵族，他的祖父、声名显赫的淮军将领张树声，曾任两广总督。光阴荏苒，到了他这一代，张家在安微合肥已是拥有万亩良田的大地主。他喜读书、爱看报纸杂志，因此，眼界和胸襟都较族中其他人开阔。受近代新思潮的影响，他嫌自己原来武龄的名字太封建，就自改名为冀牖，又叫吉有。他看到家乡圩子里（清末淮军将领建造的庄园称"圩子"），家族的风气很不好，人们基本上都是吃喝嫖赌、娶小妾、抽大烟，花天酒地，碌碌无为，一事无成。他感觉人的一生不应当如此酒肉饭囊、行尸走肉地无聊虚度，人活着总应当有点作为。于是，仿效孟母三迁，带着家人开始了张家的第三次"出走"。这时，距离他父辈的"出走"已有二十四年，距离他祖父辈的"出走"已经大半个世纪了。上海，这座中西文化交汇的城市，是他迁徙的首选之地。可是，到了上海，他才发现这座纸醉金迷、灯红酒绿的城市，并非是自己心中的芳草地，加上军阀混战，政局动荡，丝毫没有安全感。在他夫人陆英的主张下，又举家搬到古城苏州。到了苏州，最初，他想投资办实业，可是不知如何经营，思来想去，从自己得益于知识文化的开启，就想到了教育，他觉得在所有一切有益于人类的事业中，首要的一件，即教育人的事业。他认为中国的妇女受压迫最深重，没有办法翻身，他要提倡女权，所以要办女学。他是一个不喝酒、不抽烟、不打麻将、不纳妾的"四不"士绅，他不接受外界捐款，几乎倾其所有，坚持独资办学，为的是希望自己的办学理念和所聘教师，不受制于任何组织和任何人。对于何以取"乐益"为校名，有张冀牖自撰的校歌为释：

乐土是吴中，开化早，文明隆。/泰伯虞仲，孝友仁让，化俗久成风。/宅校斯土，讲肄弦咏，多士乐融融。/愿吾同校，益人益己，与世近大同。

乐益女中是他实现人生抱负的实践基地，也是他全部精神寄托的载体。

校园里，通往茅亭的路径上已有一行深深的脚印。

绍裘知道冀牖已早他一步到了茅亭旁的梅林。所谓梅林，原先并无一株梅树，而是张冀牖在什么地方看中了一株，就花高价从人家花园买来，年年添植，不经意间成了梅林。绍裘在想，这位仁兄说是赏梅，恐怕是约他谈事。谈什么呢？关于教务，张校主是完全放手，从来不加过问的；学校里组织演讲、上街游行、散发传单，他都称好，五卅募捐义演不但包了全部费用，而且令自已五六个子女全都登台演出；平时无论市学联、妇联，还是市党部的骨干在他眼皮底下进进出出，他那么关心时事，怎么可能不知道他侯绍裘在干些什么呢，恐怕也只是揣着明白装糊涂罢了。一位无党派人士顶着种种压力能做到这个份上，是在秉持着自己心中的那份坚守。绍裘很感激这半年来张冀牖对自已的信任和支持，也做好了各种准备，无论什么时候，只要他开了口，那就立即撤出乐益女中。

"有梅无雪不精神，有雪无梅俗了人。日暮诗成天又雪，与梅并作十分香。"见了冀牖，绍裘吟了宋朝卢梅坡的《雪梅》。

"雪压江村阵作寒，园林俱是玉英攒。急须沽酒浇清冻，亦有疏梅唤客看。"冀牖接口吟道。

"这是唐寅的。我吟一首松江夏完淳的：逢花却忆故园梅，雪掩寒山径不开。明月愁心两相似，一枝素影待人来。"

"无事不寻梅，得梅归去来。雪深春尚浅，一半到家开。"冀牖吟着，邀绍裘进屋品茗："侯先生难得有闲，以茶当酒，进屋喝一杯。"

屋内的柴炉早已烧旺，推门入内，暖烘烘的，很是宜人。

二人没有拘束，敞开心扉，由茶及酒，自夏至冬，由国民革命到教育救国，纵横捭阖。

"教育与革命的关系，争论由来已久。我一直在纳闷，这两者矛盾吗？请侯先生开悟一二。"山重水复，张冀牗还是小心翼翼地探上路来。

"绍裘愿先听先生之高见。"

"自达尔文的进化论问世以来，大家都认同一个事实，这就是一个国家或一个民族兴衰存亡的主要原因，在于其自身状况。中国的贫穷落后归根到底在于民智闭塞，因此'开民智'，全面提高国民素质，就成了救国良方。严复先生说'民智不开，不变亡，即变亦亡'，以国人素质之低下，即便革命成功，也只能是除去一弊害又会表现为另一弊害，终究还是没有希望。因此，他的结论是'为今之计，唯急从教育上著手，庶几逐渐更新乎'，不知此论有何谬误？"

"严复将教育视为强国之本是正确的。只是他将中国落后衰败仅仅归咎于教育落后，就以偏概全了。我认为根本原因，在于列强的蹂躏和封建主义的腐败统治，在主权沦丧和政权反动的条件下，仅仅依靠教育是救不了国的。绍裘也曾如先生一样，与几个好友变卖家产接办景贤女中，并且专致教育改革，也取得一定成效。然而，军阀混战，百姓流离失所，生灵炭涂，景贤被迫迁沪，所幸得先生慷慨相助，才得以为继。我的一位南洋公学的同学，成绩很优异，然而现在到处打仗，他毕业等于失业，整天待在家里无所事事。他的一个朋友工作起来废寝忘食，眼看着他负责的一项工程研究就要成功，无奈，一个有背景的人取代了他的位置，他被辞退了，工程半途而废……这些活生生的事实告诉我们，如果不推翻反动的黑暗统治，不扫除政治上的阻碍，恐怕想要改革教育也难。更何况，政治腐败、分配不公，穷人上不了学，虽然先生耗资二万多建校，每年补贴五千余维持学校运转，还免费招收十余名贫寒学子，精神实感天动地。然则，这些努力对于全国成千上万被剥夺了上学受教育权利的穷苦孩子来说，无异于杯水车薪。再就是，即使人才培养出来了，但是种种社会弊病也会将我们辛辛苦苦培养出来的人才扼杀掉，或是会在腐败的大染缸里侵蚀为废才。所以绍裘认为，只有推翻封建专制、打倒反动军阀、打倒帝国主义，建立起一个三民主义的人民的新政权，才是救国的唯一出路。不知张先生以为如何？"

"侯先生所言自然有理。只是我认为教育救国与革命救国，实为异曲同工，殊途同归。试想，目下能接受新思潮，最先觉醒起来的革命者，不都正是因为受过教育有了知识文化的吗？如果他们没有受过教育，是没有文化没有知识的白丁，又怎么能接受新思潮新理念呢？打个比方，我们的国民好比是一片土地，新思想新理念好比是种子。再优的良种落在板结贫瘠的土地上，是无法生根成长的。我们办学好比是改良土壤，为的是给种子生根发芽创造条件。我相信，只要如愚公移山那般持之以恒，总有一天会把荒原改造成良田的。"

"我们从来都不赞成把教育救国与革命救国对立起来，教育是唤起民众、用先进思想武装民众的重要手段。例如我们办女中的目标正是'培养女学生具有健全的人格，完备的知识，促进妇女解放和社会改造'。而这样的人才，正是封建腐朽统治、反动军阀和列强的掘墓人。因此，反动势力十分恐慌，它们必然会纠集起来，进行疯狂的反扑。如果我们办学不去传播新思想，不去培养有文化有能力的社会人才，只是教人识几个字，那岂不是又有悖我们的办学初衷了吗？再说了，一万年太久，我们要只争朝夕才行。"

"难道鱼和熊掌真的不可兼得？"他像是自问又像是问绍裘。

"张先生，我要感谢你的理解和支持。寒假结束后，我也要离开苏州返回上海去了，那里正有许多工作等着我们去做。"

1926年1月，张冀牖以经费困难为由，将侯绍裘、叶天底等进步教师辞退。

半年时间，是历史长河中的一朵浪花，然而在苏州史册上却留下浓墨重彩的华章。侯绍裘在建立中共苏州独立党支部的同时，呕心沥血地在教师、学生和工人中，发展了张世瑜、徐诚美、沈味之、许金元、汪伯乐、葛炳元、张春山、沈蔼春、程寄如、葛琴等十一人加入共产党，为党组织增添了新鲜血液，到年底，中共苏州独立支部已有党团员二十四人。1925年10月,侯绍裘还选调王稼祥、张闻天、沈蔼春、葛琴等到苏联莫斯科中山大学学习,为党的事业培养优秀干部。

辞职后,侯绍裘和叶天底离开苏州到上海,其他一起来的同志也都同时离开乐益女中,另外开辟新的战场去了。

二十八

1926年的1月,羊城春早。

当长城内外还处于千里冰封、万里雪飘的严寒之际,南方地处亚热带的的广州已是一片春意盎然。"年卅晚,行花街,迎春花放满街排,朵朵红花鲜,朵朵黄花大,千朵万朵睇唔哂。阿妈笑,阿爸喜,人欢花靓乐开怀……"这首广州儿歌《行花街》,形象地唱出了花城广州家家户户逛春节花市的盛况。虽说还是农历腊月,街道两旁的木棉树已迫不及待地抽出叶子和花苞,岂料,忽然一阵寒潮来,嫩芽冻死了,菩提榕掉了叶子,仿佛提醒人们，真正春天的到来还得经历几番与寒潮的搏弈。

1月4日早晨，一行四人匆匆行走在广州街头。

这四个人是代表江苏省党部来出席国民党全国第二次代表大会的。行走在前面的那个穿长衫的青年就是侯绍裘，同他并排的是朱季恂，紧随其后的是南京的刘重民，还有短发青衣的女代表张应春。

大会定于上午10时开幕。

参加这次大会，侯绍裘作为98号正式代表，在预备会上，当选为大会提案审查委员会委员。他和朱季恂边走边商议着，如何在大会上揭露国民党西山会议派的种种逆行，坚定地捍卫孙中山先生亲手制定的三大政策。他们已做好准备，去迎接这场刀光剑影、唇枪舌剑的短兵相接。

在国民党内，左派与右派的斗争由来已久，斗争的核心焦点在于是否承认和坚持孙中山提出的"联俄、联共、扶助农工"的三大政策。对于国共合作，国民党右派势力从一开始就持反对态度，企图阻挠和破坏革命局面。当初，为"联共"还是"容共"就有过一番激烈的争锋。国民党右派反对联共的提法，要求改"联"为"容"。虽一字之差，却谬以千里，事关国共合作的本质问题。"联共"说明两党是平等合作，而"容共"则使共产党附属于国民党，而失去独立自主性。中共代表李大钊在原则上寸步不让，据理力争。孙中山先生也说："国民党因为增加左派分子，所以反帝国主义的工作，才能活泼有力，这是显著的事实，无论何人，不能否认。"并且生气地警告那些顽固反对国共合作的国民党右派：如果你们都反对与共产党合作，那我作为国民党的领导人，就自己去加入共产党，你们觉得怎么样？掷地有声、大义凛然的表态，虽将右派的主张压了下去，然而，斗争并未平息。

早在1924年，侯绍裘主持国民党松江县党部时，就有人制造种种借口反对三大政策，说什么如果坚持反帝、联俄，就会令人闻而却步，拒众于大门之外，这样会削减国民党的力量。侯绍裘当即给予反击，批评这种论调是目光短浅、急功好利，成事不足，败事有余，是真正的拒众于大门之外。他尖锐地指出，如果不反帝、联俄，就没有革命性，没有革命性就得不到广大民众的拥护和参加，哪来的数量，哪来的力量？

树欲静而风不止。孙中山在北京突然病逝后，国民党右派就开始了公开分裂革命阵营的活动。有"国民党理论家"之称的戴季陶，先后发表了《孙文主义哲学之基础》《国民革命与中国国民党》等小册子，完全抽去孙中山学说的灵魂，全面反对三大政策，成为右派反共反人民的理论基础。戴季陶还假借国民党上海执行部的名义，把他的反动小册子发至全国各地方党部。1925年11月，老牌右派分子林森、邹鲁、谢持、张继、覃振等，纠集部分国民党中央执行委员、候补执行委员、中央监察委员，在北京西山非法召开第四次执委会议（通称西山会议），并在上海自行组织"国民党中央"，公开分裂广东革命政府，宣布开除大批共产党员的国民党党籍。西山会议派霸占上海环龙路44号国民党上海执行部作为伪中央党部机关，并紧锣密鼓准备召开所谓国民党第二次全国代表大会。

对于西山会议派倒行逆施的反动行径，国民党江苏省党部在全国率先旗帜鲜明，奋起反击，最早以江苏省党部名义发电给广州国民党中央，控告和揭露戴季陶的反革命行径，要求立即下令取缔戴的反动小册子；与此同时，通知江苏省各市、县党部取缔戴之反动册子，省党部还在《申报》上发表声明，概不承认环龙路44号伪中央执行部的一切决定。与此同时，省党部积极组织力量撰写文章从理论上进行驳斥。例如，在《揭破伪代表大会的真相》一文中，指出："由西山会议所产生的伪中央，更由伪中央产生的伪代表大会，他们的见解，他们的主张，当然是火尽薪传，一以贯之的。大家要晓得，总理积四十年经验，才苦心孤诣，定下了这三个革命的重大政策，而他们敢于反对他，敢于诬蔑他，更敢于破坏他，只此一点，便足证明他们的反动，证明他们是本党的蟊贼，证明他们是总理的叛徒了。"柳亚子还奋笔疾书，发表了煌煌四千余字的《告国民党同志书》，愤怒声讨：反动派

"自己不肯站在革命的前线上奋斗,反而去勾结反革命的势力,甚至于去领导反革命的势力,要掀起党内轩然的大波……这不是明明白白地叛党叛国叛总理吗? 全国同志,人人得而声讨之矣!"被激怒了的西山会议派,声称要开除他的党籍,军阀孙传芳甚至勾结上海租界内的帝国主义,欲抓捕加害柳亚子。 面对反动派的恫吓,省党部的同志们毫不畏惧,斗志弥坚。

张应春因去丹阳演讲,而未及与侯绍裘他们同车抵穗,是昨天才匆忙赶到的。

12月24日,侯绍裘一行离沪赴穗时,她仍然按原定计划前往丹阳,为丹阳妇女界作《妇女与革命的关系》的讲演去了。 因为,这次讲演非同一般,是特殊局势下的一场具有特别意义的讲演。 自从西山会议派公开扯起反对三大政策的大旗后,另立的伪中央一面通过已沦为右派喉舌的《民国日报》,疯狂宣传戴季陶的反动理论,一面行使窃取的权力排挤左派,解散革命团体。 国民党上海执行部的妇女部,原来设有妇女运动委员会(妇运会)。 妇运会由共产党员向警予领导,在五卅惨案发生后的"三罢"运动中威信很高,发挥出很强的战斗作用。 那个妇女部的男部长成为西山会议派的鹰犬后,竟于12月中旬下令解散妇运会。 面对右派的猖狂进攻,张应春立即与杨之华、钟复光、陈比难等四处奔走,多方联络,将被遣散的力量重新聚集起来,针锋相对地另行组织起新的妇运会,继续领导进步妇女运动。 丹阳地处苏南的中心区域,是妇女解放运动的前哨阵地,张应春需要立即到姐妹中间去,揭露西山会议派的反动嘴脸,驳斥他们的种种谬论,继续推进妇女革命运动。 尽管原定的演讲日期逼近广州会议,她还是毅然决定先去丹阳,等演讲活动结束后直赴广州。

匆匆赶到的张应春顾不上旅途劳顿,已将会前调研收集来的情况,撰写成江苏妇女运动书面汇报,并且提了两项议案:一条是关于中央各省组织妇女运动讲习所函授班案,另一条是中央各省各县党部附设平民妇女学校案。 除此,她还特别提出,应该将上海执行部妇女部的那个男部长换成女的。

上午10时,大会举行了开幕典礼。 下午是阅兵式。 阅兵式规模盛大,场面恢宏,口号震天,展示出国民革命洪流不可阻挡的磅礴气势。 万名将士接受检阅,十万群众夹道欢呼,人民与军队水乳交融的情景感人肺腑。

会议期间,代表们参加了黄花岗七十二烈士墓、廖仲恺墓和沙基死难烈士墓的隆重祭礼,表达了继承先驱遗志,将革命进行到底的决心。

这次会议是孙中山去世后的国民党首次全国代表大会。 到会代表二百五十六人,国民党左派和共产党员占优势。 汪精卫、蒋介石、李大钊、毛泽东、张国焘、周恩来均出席了这次会议,苏联顾问鲍罗廷对会议影响重大。

会上,恽代英作了激情洋溢的演讲,他挥着胳膊,坚不可移地说:"革命的国民党应该是反对帝国主义、反对封建军阀和为大多数人谋利益。 如果不是这样,我一定起来反对,就和我现在反对上海的伪中央执行委员会一样!"演讲获得阵阵掌声。 侯绍裘同朱季恂在大会上多次发言,提案严惩西山会议派等右派分子,取消西山会议派的上海伪中央执行委员会;要求严肃处理正在上海进行反革命宣传的叶楚伧、邵元冲、周佛海、马超俊等人;提案处分列名于"同志俱乐部""北京善后会议"等反动组织、反动会议者,及在北京伪政府服官者等。 经过讨论,他们的提案均为大会所接受。 在侯绍裘、高语罕等代表的要求下,大会还决定停止叶楚伧的职务,命令他将上海《民国日报》交出。 会间,在讨论《党务报告决议案》时,有代表提出,国共之所以常出纠纷,是因为在国民党内的共产党员没有公开自己的身份和活动,国民党员加入共产党时又没有通过国民党在"该地党部之许可"。 这些话在当时很有煽动性。 毛泽东发言说:共产党员从不怕声明自己是共产主义者,问题是"在共产党的友党中国国民党势力之下公开是可以的。 但在他处,也要公开,就马上要给人解散消灭",这是因为

"在中国共产党一日未能取得法律地位,是不能不秘密的","无论何党,党员出党入党应有绝对自由,实不必有若何的限制"。毛泽东的发言合情合理,那位代表收回了自己的意见。孙科闻之则说,当会议讨论一些久议不决的问题时,只要"找于树德、毛泽东、恽代英、侯绍裘一疏通,会场中便没有问题了"。

1926年1月19日,中国国民党第二次全国代表大会在广州闭幕。

国民党二大作出议决,接受"总理遗嘱"和一大所定的政纲,重申了反帝反军阀的政治主张。大会宣言指出:中国之生路,"对外当打倒帝国主义","对内当打倒一切帝国主义之工具,首为军阀,次则官僚买办阶级土豪"。关于达到后者的"必要手段","一曰造成人民的军队,二曰造成廉洁的政府,三曰提倡保护国内新兴工业,四曰保障农工团体,扶助其发展"。大会议决继续执行联俄联共扶助农工的三大政策。大会对西山会议派首要分子邹鲁、谢持永远开除国民党党籍;居正、石青阳因列名"国民党同志俱乐部"予以除名;对林森书面警告;对戴季陶也发出了"促其猛醒,不可再误"的警告。

这次大会在打击国民党右派、坚持反帝反封建、维护三大政策等方面取得了胜利。柳亚子当选为国民党第二届中央监察委员,朱季恂当选为中央执行委员。国民党右派对坚持立场、敢于斗争、雄辩滔滔的侯绍裘,既怕又恨,欲置之于死地而后快。

会议期间,侯绍裘还和朱季恂、刘重民、张应春等出席了江苏旅粤同志的欢迎会,并且合影留念。

会后,当选为国民党中央执行委员的恽代英,服从组织安排留在广州,担任黄埔军校政治总教官,侯绍裘离穗返沪。两位战友在车站深情握别,绍裘瞧着须发杂乱的代英,说:"恽兄已为心上人守义十年,应该考虑续弦了。"代英眼里闪着火苗,使劲摇了摇绍裘的手回答:"你就等着好消息吧!"

二十九

真是冤家路窄,国民党二大刚刚在广州闭幕,在大会上杀得分外眼红的左派与右派,又在南京遭遇了。

1926年3月12日,国民党将在南京紫金山茅山坡举行中山陵墓奠基礼。

六朝古都的南京处处剑拔弩张,弥漫着浓烈的火药味。已被开除出国民党的西山会议派分子宋镇仑、朱丹父、高岳生等,大造反革命舆论。《申报》的《南京快讯》披露:"省城各街市,有人遍贴告白,谓'真正国民党没有左、右派,左、右派乃是国民党的叛徒。打倒孙文主义的叛徒！'还有，'反革命向左走，假革命向右走，真正国民党向前走！'"同时，他们雇佣流氓打手，手执木棍手杖守候在下关车站，准备袭击左派革命者，紧张局势一触即发。

3月11日，侯绍裘率省党部代表离开上海时，中共上海区委负责人罗亦农叮嘱他，保持高度警惕，万一遇到情况，要绝对保证柳亚子先生的安全。当晚8时15分，天色已黑，满载上海、松江、苏州、无锡等地代表的专列到达南京，受到数百人的热烈欢迎。代表们走下车厢，负责接待的南京市党部妇女部长陈君起迎上前去。忽然一声哨响，流氓打手突然喊着"打倒左派"，一齐朝侯绍裘围拢过来，棍棒相加。同车到达的上海孙文主义学会分子也乘势助打。幸好，车站人多，群众纷纷上前才制止了事态发展。混乱中，侯绍裘和陈君起已受轻伤。

当晚，南京城里又有右派分子将要大闹奠基礼的传言。很多同志特地来找绍裘商议，明天到奠基礼现场要不要做些器械上的准备，以防万一。绍裘冷静地做了劝阻，说明如果明天带器械去，会授人以柄，但是要保持高度警惕，随机应变。同时，派人将情况向葬事筹备处反映，要他们采取必要措施，严防事件发生。筹备处的杨杏佛听了反映后，就去与右派分子邹鲁洽商，邹鲁表示保证典礼上双方不呼口号、不发生冲突。与此同时，南京市党部经过讨论也认为，在总理陵墓的圣洁之地，在全国瞩目的奠基典礼上，估计右派分子不敢动手打人，如若一意孤行，必为全国人民唾弃，决定不带器械到场。

早春的江南，春雨连绵。

12日上午，南京城里的贡院，一片肃穆。国民党江苏省党部在这里举行孙中山先生逝世一周年追祭大会，四千余人济济一堂，挤不进去的就站在门槛外的走廊里，有的干脆撑着雨伞或披着蓑衣，立在露天听讲。室外纷纷扬扬的雨丝，犹如扯不断的思念；台上慷慨激昂的演讲，追忆中表达出坚持三民主义、将革命进行到底的决心。受侯绍袭的鼓励,张应春英姿飒爽地登台演讲。她以三民主义为纲,猛烈抨击了段祺瑞执政府的卖国行径,号召妇女们行动起来,为国民革命和妇女解放努力奋斗。她说:同胞们! 姐妹们! 我们天天嚷着革命,并不是为我们知识阶级和小资产阶级自身的利益而革命,我们要为大多数工农群众的利益而革命,同时也要唤醒工农群众,组织工农群众,使他们为自己的利益而革命。要知道大多数群众的利益,才足以代表全民族的利益呀。还有,我们要确定男女平等的原则,我们并不是单纯的为家庭里面太太奶奶小姐们,为学校里校长教员学生们的利益而奋斗,我们要顾念到工厂中的姐妹们,我们要顾念到农田中的姐妹们……她最后呼吁:"希望诸位同胞和姐妹们,努力的和我们合作,大家站到革命的旗帜下面来,解放自己,解放全中国被压迫的民众!"会场上,掌声雷动,群情激昂。

同是这天上午,右派们在南京秀山公园,也举行了一场追祭会,只是到会者稀稀落落不满千人。

3月12日下午,山势雄伟的紫金山,孙中山先生陵墓奠基礼在茅山坡举行。主席台前摆着刻有"浩气长存"四个金字的中山陵模型。参加典礼的有宋庆龄、孙科等孙中山亲属,国民党中央代表、中央委员邓泽如、吴玉章和各地方党部的代表,苏联驻上海总领事林德,驻南京的英、日、美等国领事,各地新闻记者等约三千人。当时,"葬事筹备处"基本上被右派分子所操纵,其中包括叶楚伧、邵元冲等。右派分子和他们雇佣的装成学生模样的二百多流氓,早在下午1时前,就占据会场显著位置,而侯绍裘率领的省、市党部队伍被排挤在会场的一侧。

3时许,中山陵墓奠基典礼在庄严的乐声中隆重开启。升旗后,邓泽如宣读孙中山遗嘱,报告中山陵选址南京的原因及意义。邓泽如说:"孙总理遗嘱葬陵于南京之原因,既以南京为临时政府所在地,又为孙公就任临时大总统之地,是南京一隅,与孙公所抱之革命主张有密切关系,故有如是之遗嘱……"嗣后,杨杏佛报告经营陵墓之经过和工程计划。 随后，与会群众向孙中山先生的遗像行三鞠躬礼……奠基典礼在乐声中宣告结束。

奠基礼刚一结束，宋镇仑为首的右派突然高呼起"打倒左派！""打倒跨党分子！""孙文主义学会万岁！"等反动口号。 左派们也不甘示弱，针锋相对高呼："打倒反动派！""打倒西山会议派！"一个为首的右派分子立刻吹响口哨，那群早已准备好的流氓打手，挥着旗杆、棍棒，扔着石子朝左派队伍冲过来。

"侯师当心，我来护你！"说时迟，那时快，张应春吼叫着冲上来，一个扫腿撂倒扑上来的打手，挡在侯绍裘前面。

"不要管我，保护亚师要紧！"侯绍裘一把拽开张应春，同时吩咐高尔松赶紧带几个身强力壮的代表保护老同志和女代表下山，而自己则奋不顾身地迎着呼啸而至的右派分子，厉声喝斥，高声与他们理论，以争取时间掩护撤退。 凶狠的反动分子立刻把侯绍裘团团围住，棍棒拳脚相加。 顿时，侯绍裘头部受伤，口吐血沫，昏倒在地。 在场的左派见状，纷纷赤手空拳奋起搏斗，众多人流血受伤。

侯绍裘被抬运下山，送进医院急救，直至黄昏时分才慢慢苏醒。 当他得知柳亚子和女代表安全撤离无事后，依旧挂念大家的安全。 他叮嘱上海的同志不要和孙文主义学会的那帮人同车返沪，以免到上海后发生意外。 果不出他所料，右派分子真的纠集了一帮流氓打手守候在上海北站，准备殴打左派代表。 由于采取了预防措施，代表们隔天返沪，这才避免了一场流血事件。 当苏州王伊珠等人赶到医院探望时，侯绍裘关心的却是她们的安全，他说："我没问题，挨打一回算得了什么。 你们今后别再来，这里周围有很多坏人暗中在监视，我不久也要离开这医院了。"

国民党右派的猖獗令人发指，3月26日，国民党中央常委第十五次会议上，中央监察委员邓泽如、柳亚子、朱季恂、吴玉章四人联名，向中央报告了中山陵事件的经过，要求严惩反动分子。 中央执行委员会决定派代理宣传部长毛泽东与邓泽如等人进一步调查后，再作处理。 风云变幻中的国民党已迅速四分五裂，另立中央、伪省市党部遍布各地、西山会议派和孙文主义学会尾大不掉……更为险恶的是，一周后，磨刀霍霍的反革命野心家、国民党新右派头子蒋介石，在广州制造了"中山舰事件"，山雨欲来风满楼。

三十

军阀的白色恐怖愈加血腥。

就在侯绍裘率领省党部代表赴广州参加国民党二大会议期间,反动军阀孙传芳用废止多年的斩首酷刑,将江阴周水平残酷杀害,为恫吓群众,还将其头颅悬挂县署照壁"示众"。

侯绍裘最早是从上海《晶报》获悉周水平英勇就义消息的,关于烈士的具体情况尚不详尽。4月初的一天,侯绍裘刚回松江,家里就来了两位不速之客,这两人正是周水平烈士的胞弟周三民和周觉人。二人未言,已是泪流满面。 兄弟俩诉说着辗转多处的曲折艰辛，恳请绍裘为其胞兄周水平写份材料，揭露周案真相，声讨军阀政府倒行逆施、残害忠良的罪行。 绍裘听罢，立即将二人让到书房，听着二位的泣叙，怀着对敌的刻骨仇恨和对烈士的深爱，噙泪疾书。

周水平，原名侃，又名周树平，1894年6月出生于江阴顾山周东庄一个贫寒塾师家庭。 兄弟姐妹四人，他是老大，下面有两个弟弟和一个妹妹。 贫困的家境，全依赖母亲勤俭纺织维持生活。 他断断续续勉强读了两年私塾，十二岁时就去做裁缝学徒。 到了十七岁，他的父亲有了到常熟合兴街当教员的机会，求知欲望强烈的周水平执意放弃裁缝手艺，随父亲入校读书，十九岁时考入无锡省立第三师范学校。 毕业后，他先后在江阴嘶马、顾山、宜兴、浦东惠北等地小学任教，同时自学课程和补习日文，在友人资助下，于1917年东渡日本留学。 其间，国内爆发五四运动，他与东京的中国留学生举行爱国示威活动，向驻日使馆递交抗议书，为此两度遭日本警察逮捕监禁，他深切痛感弱国无外交、救国须救民。

在日本留学毕业后，他抱着满腔救国热情，于1920年回国，先在家乡顾山教书，并创办农民夜校，创设青年社，传播科学知识和新思想；孙中山逝世后，他在川沙发起"总理追悼大会"，并在会上发表演说；"五卅"惨案发生后，主持川沙国民外交后援大会，抗议帝国主义的暴行，募捐救济死难工人家属。 在故乡，他亲睹"耕者无其田，耕者无所获"的社会不公平现状。 他说："读破中外革命史，哪一件不是为了不平而起！"他认为真平莫如水平，所以改名为"水平"。 后来，他到上海大学任教，先后参加国民党和中国共产党。

由于劳累过度，肺病加剧，咳血不断，他于1925年7月从上海回江阴顾山镇的家中养病。 因为他深通法律，凡遇到平民百姓受劣绅土豪欺负或佃户欠租被抓等不平事，总是挺身而出，维护乡亲的利益。他目睹大旱歉收，地主强迫照缴地租，官府的苛捐杂税一个不减，贫苦农民陷入无粮断炊、家破人亡绝境，遂发起组织"佃户合作自救会",号召大家团结起来同地主豪绅斗争,开展减租减息运动,入会农民达三千多人,澄锡虞三县地主豪绅对此十惊恐。 为扩大影响,他还组织志同道合者建立了"星社",创办《星光旬刊》,该刊处处顾着正义人道、为贫民说话。 乡董省议员地主沙炳元,有次在《星光》上读到周水平的文章,发现"各尽所能,各取所需,这是一个最公平……的人生观"这一段时,歇斯底里地狂叫:"赤化,赤化,简直是共产党的言论!"于是,他联合三十三名劣绅,到省县公署控告周水平"宣传赤化、鼓吹共产",并拍电报到省里要求拘捕周水平。

1925年11月7日,周水平趁本乡沈舍里演戏的机会,散发了上万份佃户合作自救会的简章和传单,引起轰动。 军阀政府震惊了,省长徐鼎康恼羞成怒,指名周水平宣传赤化、"图谋不轨"。 11月18日,周水平在江阴旅馆,遭到军阀政府的非法逮捕。 在狱中,周水平斗志弥坚,撰联明志:"宁为枉死鬼,不做忘国奴"。 他三次书写《抗告文》,揭露县署迫害自己的罪行。 在反动派的法庭上,他气宇轩昂,根据法律良心,侃侃而谈。 当时江阴知事王家锦也晓得周水平是位纯洁的斗士,心存同情,在无力救助的情况下,只能将他移住优待室。周水平的父亲和族人周勉臣、周杏初等数次上过呈文、公禀,为之奔走呼号,皆无结果。"军阀政府制定的法律只是用来保护地主资产阶级利益的,无产阶级是万万用不通的。"残酷的事实令周水平觉醒了:"拘留二旬,方知国法条条皆废物"。

反动军阀孙传芳密令江阴县署:"应依照军法从事办理,着即枭首示众。"1926年1月17日凌晨,在江阴市桥西堍刑场上,周水平大义凛然,用普通话对周围群众高呼:"我叫周水平,非盗非匪,为了多数贫民而死,死而无恨!"周水平牺牲后,当地农民十分悲痛。 当他的灵柩回到顾山家中时,农民们每天成群结队前往祭奠,表示要为周先生报仇。

……

两胞弟数度哽咽无言,侯绍裘难忍悲愤,泪湿纸背。 五千余言的

《周水平烈士事略》,一气呵成。在文尾,他似乎在用尽周身的气力呐喊:

"同志们! 周同志死了! 周同志的死决不是周同志个人问题,乃是军阀、绅阀、地主阶级直接对我们迫害。否则周同志名不在军籍,地不在战区,时不在战期,其事更与军务不相涉,何得妄用军法?"

"同志们! 周同志为革命而死了。我们在哀悼之外要晓得周同志的死明明白白告诉我们:'军阀、绅阀、地主阶级是联合在一条战线上的,他们的利益和贫民的利益是绝对不同的。'同志们! 我们要认清,我们须要切记,我们须要千万切记在心里!"

《周水平烈士事略》连同乡亲们联名的《鸣冤宣言》,很快传遍全国各地。

张太雷在《人民周刊》发表文章《孙传芳又杀了一位革命先锋周侃》,抨击孙传芳摧残革命志士的罪恶行径。

1926年10月25日,毛泽东在《向导》周报上,署名润之发表题为《江浙农民的痛苦及其反抗运动》的文章,文中写道:"有一个日本留学生顾山人周水平回到本乡,看不过眼,乃劝佃农组织团体,名曰'佃农合作自救社'。周往来各村,宣讲农民痛苦声泪俱下,顾山农民从者极众,江常锡三县交界各地农民都为之煽动,如云而起,反对为富不仁之劣绅大地主,一致要求减租。"并且号召"要为周先生报仇"!

根据烈士事迹所编写的短剧《周水平就义》,在上海郊区农村演出后,许多有志青年受此震撼而毅然参加革命。

三十一

颠狂柳絮随风去,轻薄桃花逐水流。

江南的暮春时节,侯绍裘、柳亚子、朱季恂重赴广州。这次,他们是来参加国民党二届二中全会的。柳亚子是中央执行委员,朱季恂是中央监察委员,而侯绍裘则是以江苏省党部代表的身份来列席会议的。与年初那次不同的是,此次侯绍裘应恽代英之邀,携妻子胡鸣鹤、女儿侯焕良同至。到达的当天,便下榻在文德路附近的"客尘学旅"。

次日,侯绍裘到黄埔军校去会

恽代英，柳亚子则与刚结识的农民运动讲习所的毛泽东相约，到文德路附近城隍庙斜对面的妙奇香茶楼品茗叙谈。

1926年5月15日，国民党二届二中全会如期举行，会期八天。

月晕而风，础润而雨。中山舰事件后，蒋介石要紧着手策划从国民党的领导机构中排挤共产党、全面控制国民党的党权。早在4月初，蒋介石就伙同谭延闿、朱培德、宋子文等人，提出"整军肃党，准期北伐"的建议。这期间，张静江、吴稚晖、孙科等纷纷为蒋介石出谋划策；邵元冲等西山会议派分子，也云集广州，四处活动。二届二中全会开幕后，蒋介石扬言共产党在国民党内的力量发展，引起愈来愈频繁的"党内纠纷"，为改善两党关系，避免纠纷，他找到了一个"消除误会的具体办法"，于是抛出了密谋已久的《整理党务决议案》。并且说这个提案，事先已经取得苏联顾问鲍罗廷的同意。提案的主要内容是：加入国民党的共产党员在国民党中央、省、特别市党部中担任执行委员，其数额不得超过该党部委员数额的三分之一；共产党员不得担任国民党中央各部部长；国民党员不得加入共产党；共产党须将加入国民党的共产党员名单交国民党中央主席保存；共产党对参加国民党的共产党员的指示，须事先提交国共两党联席会议通过方能下达等。很明显，这是个旨在限制共产党活动、篡夺国民党党权的提案。

提案遭到了国民党左派的反对，出席会议的中共党团内部意见也不一致。然而在上海的中共中央负责人，却和鲍罗廷一样采取了妥协退让的态度。他们派张国焘赶到广州，指导出席会议的中共党团，强使大家接受这个提案。

出于义愤，柳亚子邀约朱季恂、侯绍裘一起面见蒋介石。

黄埔军校校长室内，蒋介石客气地接待了三位不速之客，命卫士摆上鲜果、巧克力，还特地泡上龙井，解释说是他浙江老乡托人带来的，以示对面前这位国民党元老、南社耆宿的敬重。会晤中，柳亚子纵论国事，并就有关政局提出一些意见，要蒋介石慎重考虑，采纳接受。蒋介石听了不以为然,委婉表述柳亚子不懂党争。

柳亚子责问道:"我问你,到底是总理的信徒,还是总理的叛徒?如果是总理的信徒,就应当切实地执行三大政策!"

看到柳亚子发急的样子,蒋介石傲慢地答道:"政策和主义不同,主义亘古不变,政策不妨变通一下。"

柳亚子说:"你不懂得政策和政略的分别。政略是可以随时变换的,政策就不应该轻易放弃。就以政略而论,必须环境变化,才有变通的必要。……总理生前,为了反帝反封建反买办资产阶级,所以定下了伟大的三大政策。现在,帝国主义嚣张犹昔,北洋军阀虎负如前,而买办资产阶级,以广州而论,就曾挑起了商团之变。这些都是事实胜于雄辩,难道你身负党国重任,还能瞠目不睹吗?"

蒋介石无论如何都没想到,这三个人登门竟是为了此事。这柳亚子果然是块老姜,话锋如此犀利,毫不留情把自己精心准备了多时的包装,剥落得一丝不挂。竟然,一时无言可对。

真是话不投机半句多,三人见无法谈下去,即拂袖而去。

当天晚饭后,侯绍裘和柳亚子正在客尘学旅,愤懑地议着蒋介石背叛革命的种种迹象,一会儿恽代英也来了。柳亚子认为,蒋介石将来肯定是陈炯明第二,非除了他不可,当即要恽代英派人谋刺蒋介石。

"亚师真乃火眼金睛,洞察蒋介石的劣根。然则,蒋在党内外具有极大欺骗性,拥者甚多,杀了一蒋,恐会乱了全局。俗话说得好,善有善报,恶有恶报,不是不报,时候未到,时候一到,统统得报。"恽代英道出自己的担忧。

见恽代英婉拒了自己的主张,便转问侯绍裘。绍裘略一思忖后,说:

"亚师心情,学生同感。若在早几年,绍裘定两肋插刀除蒋,然恽兄之言不无道理,除一人易,推翻反动统治才是我们的最终目标。右派刺杀了廖公,遏制住国民革命了吗?反激起国民公愤,革命浪潮更是澎湃向前！"

　　柳亚子听了两位后生之言，深表遗憾，正色道："你们今天不赞成杀蒋介石，怕蒋介石将来会杀你们呢！"

　　第二天，表决《整理党务决议案》，何香凝、柳亚子、彭泽民等国民党左派，坚定地投票反对。令人扼腕的是，由于共产国际代表及陈独秀、张国焘等人的妥协退让，却使该提案得以通过。于是，担任国民党中央党部部长的共产党员全部辞职，换上了国民党右派，蒋介石当上了国民党中央组织部长兼军人部长。随后，蒋介石又当上了国民党中央常务委员会主席和国民革命军总司令，垄断了党政军财大权。

　　当宣布票决结果时，柳亚子等人愤怒抗议，怒斥蒋介石是"新军阀"，并当即退出会场，以示抗议。

　　翌日，未等会议结束，柳亚子便提前离穗返沪，表示与蒋介石分道扬镳。

　　火车"吭哧吭哧"由南向北奔驰，坐在车窗口的柳亚子无心观赏窗外景致，他的思绪仍然留在广州。昨天，他的情绪坏到了极点。最令他失望的不是蒋介石及其提案，因为这些并不令他惊讶。令他惊讶的是鲍罗廷、陈独秀、张国焘们的态度及其表演。他确实琢磨不透，这些共产党的领导人怎么如此糊涂和软弱。不过阴霾中还是有抹和煦阳光的，想起在妙香楼同毛泽东品茗的那个下午，还是让他觉得不虚此行。这个湖南乡音浓厚的年轻人，身着蓝布长衫，俊朗儒雅，器宇轩昂。在革命浪潮面前踌躇满志的两个人，一见如故，纵论国事，评说政局，也谈诗词，十分投契，以致后来便有"云天倚许同忧国，粤海难忘共饮茶"的诗句。他想，救国救民需要更多如毛泽东、侯绍裘、恽代英这样的青年才俊，脑中不禁浮现出龚自珍的己亥杂诗："九州生气恃风雷，万马齐喑究可哀。我劝天公重抖擞，不拘一格降人才。"

　　柳亚子返沪后，曾悄悄去找过陈独秀，接着就回到吴江分水滩故居，自此闭门"养病"，不过问省党部的事。他满腹忧愤，在给省党部秘书长姜长林的信中，颇有远见地写道：

"我们已经前功尽弃了,从前总希望北伐成功,但就现在局面而论,既使北伐成功,也还有问题。我以为蒋介石至多只能做克伦斯基,而决不是列宁"。现在一切问题,"我以为在党太没有实力。而实力完全为蒋介石所把持,所以要党有希望,非倒蒋不可……"

柳亚子出走,朱季恂留任广州国民党政府参事,侯绍裘也留在中央党部,一时间,国民党江苏省党部"群龙无首"。而《整理党务案》通过之后,省党部内右派势力蠢蠢欲动,上海右派头目叶楚伧、邵元冲等人,以共产党员超过三分之一为由,攻击江苏省党部为"非法",阴谋让右派接管,右派势力甚嚣尘上,大有浊浪排空之势。刘重民、张应春、姜长林、黄竞西、戴盆天、张曙时他们坚守阵地,一边发电文抗议西山会议派,以接受国民党中央监察委员会委托名义,调查西山会议派在上海成立伪中央的情况;一边按照"中共党员不得超过三分之一"的退守方案,调整执监委人选,以省党部的名义,急电广州国民党中央,吁调侯绍裘回沪。

面对如此严峻的局面,省党部秘书长姜长林三番五次给黎里的柳亚子写信求援。表面上隐居在家的柳亚子不问省党部的事,实际上也同姜长林一样,忧心如焚,只不过一个急在脸上,一个急在心里。侯绍裘在广州的这段时间内,他在回复姜长林的每封信中,几乎都提及侯绍裘。如6月14日信中说:"绍裘又不来,没得人商量,受累之至!""以后绍裘来信,最好你们看过后,就寄给我。"在6月15日信中又说:"省(党)部群龙无首也许是事实,但我以为只要大家和衷共济,也没什么困难,倘然事实上要一个人主持一次,那末非请绍裘还来不兴。"

谁能力挽狂澜? 柳亚子道出众望所归:"如流水之就下焉,唯有绍裘能主持全局。"中共上海区委顺应民意,权衡斗争全局,急电中共两广区委,要求调侯绍裘返沪。侯绍裘奉命于6月底携妻女归来,除继续担任省党部中共党团书记外,又挑起主持国民党江苏省党部全局的重担。

三十二

俗话说,一排篱笆三根桩,一个好汉三个帮。 国民党江苏省党部的三个常委中,朱季恂自当了国民党二大中委后,在广州留职中央,范志超随其入粤,一边工作一边照料病体虚弱的老师。 另一常委柳亚子拂袖南渡后,则居吴江不出。 省党部原本得力人手就不多,侯绍裘返沪后面临的工作千头万绪,感到势单力薄,于是一封接一封地写信给柳亚子,请其出山。 不料,屡遭坚辞。

对于柳亚子的态度,侯绍裘既不感意外,亦没有丝毫责怪,因为他了解他的亚师。 当年,孙中山先生在南京就任中华民国临时大总统,柳亚子任总统秘书。他对当时南北议和、孙中山让位于袁世凯的妥协主张,坚决反对,便托病辞职返沪,并以"青兕"的笔名,在《天铎报》上间日撰社论连续强烈抨击;柳亚子是一位以诗歌为武器的政治诗人,他的诗风承继夏完淳、顾炎武,词风推崇辛弃疾,充满慷慨激昂之气……对亚师这种威武不能屈、富贵不能淫的铮铮风骨,侯绍裘倒是由衷钦佩。

不过,钦佩归钦佩,绍裘对亚师遇挫即拂袖而去、回乡闭门不出,有着自己的看法。绍裘更钦佩的是像岳飞、夏完淳、辛弃疾那样敢于直面现实、血战沙场的英雄气概。想到人各有志,勉强不得,侯绍裘又反过头来自省,也许是自己哪里还有欠缺,继续去信,晓之以理,动之以情。

绍裘想试试"逼宫"的效果:"亚师:今天接到来信,竟拒绝了我们恳切的请求……此事于党务前途,关系甚大,想你不能漠然置之也。你如不来,我也不干,即候你的回信,你何日有回信决绝不干,我下一天即不到部负责。"

柳亚子经的世面多了去了,岂是激将所能奏效的。其实,他安居吴中不出,也并非完全两耳不闻天下事,一心只读圣贤书,他是在对《整理党务案》获得强行通过,进行历史性反思。他深深忧患孙中山先生领导的三民主义革命的前途。他在想,蒋介石够阴险毒辣的,三民主义是国民党的灵魂,三大政策是实现三民主义的唯一之路。自绝了生路、丢掉了灵魂的这个党还是当初的国民党吗?他渐渐由衷佩服起毛泽东、侯绍裘、恽代英这帮后生来,他们的新思想、新观念或许将是引导中国走出黑暗的希望。想到这里,不觉有另一种失望袭上心头,就凭那个苏联顾问鲍罗廷,还有共产党的陈独秀、张国焘这伙人,能担当起领导民众实现反帝反封建反军阀的重任吗?他的内心在经历着痛苦的煎熬。

柳亚子虽然没有被侯绍裘的激将所动,却实实在在地在替绍裘排忧解难。当他知获知国民党省党部机关因经费极度困难无法运转时,随即筹洋五百元,替绍裘解了燃眉之急;考虑到省党部事多人少,绍裘无法分身,马上力荐毛啸岑到省党部工作。

侯绍裘对毛啸岑并不陌生,他非常佩服柳亚子识人用人的眼力。

侯绍裘还记得,1925年,他陪同萧楚女到吴江县平望镇去作反帝反封建演讲。 演讲结束后,大家陆续离去。 他刚走出门,却有个二十出头的年轻人迎了上来,有点拘束地说有个问题还搞不大明白,想请教老师。 年轻人的问题是,为什么打倒军阀必须打倒帝国主义,而打倒帝国主义又要反对反动教会? 绍裘很喜欢这种勤于思考、好求甚解的学习精神,深入浅出地分析说:"因为军阀的背后,各有不同的帝国主义在操纵,军阀必定要勾结帝国主义才得生存,而帝国主义侵略中国也必须找军阀作帮凶才能得逞。 因此,光喊打倒军阀没用,必须同时打倒军阀的靠山帝国主义才行。 至于反动教会,是帝国主义侵略中国的工具之一,这和信仰自由是两码事,不可混为一谈。"这个年轻人就是毛啸岑,他听了侯绍裘的解释后,对国民革命之目标与任务有了更明确的认识。

事有凑巧,这年暑期,柳亚子在黎里镇组织吴江县党部讲习会,特地邀请侯绍裘主讲孙中山的三大政策,阐明国民革命必须联俄、联共、扶助农工的意义。 接连几天,侯绍裘都宿在毛啸岑任校长的学校内。 朝夕相处,深入交流,尤其是看了《新黎里》报后,绍裘对毛啸岑有了更多的了解。

毛啸岑由柳亚子介绍加入国民党,是柳亚子创办和发行地方报纸《新黎里》的得力助手。 毛啸岑曾在《新黎里》发刊词中写道:"黎里社会,沉寂极了! 难道让它因循下去吗? 我们既是黎里人,哪可不设法整顿呢? 作中正底舆论为社会南针,是本刊唯一的责任。""大凡一种有益事情,没有人去提倡,一定不能通行;一种堕落的事情,没有人去惊醒,一定不能觉悟,那提倡和惊醒底责任,本刊也是义不容辞的。""本刊就是引到新一路上底一颗明星"侯绍裘从中读到的是一颗拳拳爱国之心,看到的是一位革命青年的战斗姿态。 后来,报纸被当局查封,柳亚子作一首五言律诗给他:"啸岑吾弱弟,比例到章邹;可惜同文狱,还成漏网舟。红潮新世界,碧血旧阳秋;何日冥鸿逝,同为万里游!"

侯绍裘还曾听柳亚子讲,就是这个毛啸岑,任校长时,为国内革命形势迅猛发展而欢欣鼓舞,不惧军阀白色恐怖,敢冒天下之大不韪,竟然在学校接待室内悬挂青天白日满地红的旗帜,准备迎接革命军。适逢教育局长金天翮莅校观察,连说"未免太早,未免太早了"。吓得不敢久留,匆忙离去。金局长怕他再惹出什么事来,赶紧将他调离学校到局里任个督学虚职。哪知,毛啸岑却如鱼得水,利用职务之便到各校宣传三民主义,吁吁大家行动起来,投入反帝反军阀的斗争。由此,遭孙传芳通缉,密令吴江县署捕之"就地正法",毛啸岑被迫离乡,来到上海。

侯绍裘与毛啸岑取得联系,立即委任他为省党部文书科长,并且手把手地传授工作方法和经验,带领他在斗争的前沿锤炼成长。

有一次,侯绍裘在街头看到毛啸岑,就不动声色地尾随了好长一段路,在拐进一条里弄时,喊道:"毛啸岑!"没料到,他竟高声应着并转过身来,见是侯老师,不禁喜出望外。侯绍裘却乐不起来,事后,严肃地批评说:"你的警惕太低!下次遇到这种情况,不能立即回头,要防止被特务跟踪,遭到秘密逮捕。"

刚开始的时候,毛啸岑连上街散发传单都忐忑不安,手足无措。有天,侯绍裘忙里偷闲,挟了一包宣传材料,说:"啸岑,我们上街去转转。"两人来到南京路上,绍裘先叫他在外望风,自己装成买东西的顾客,一面同店里的伙计套着近乎,一面从容不迫地顺着柜台朝店里去,走到靠里面的柜台边,娴熟地从随身夹着的包里抽出一本小册子,迅捷塞到柜面杂物的下面,然后若无其事地离开。就这样,侯绍裘领着他在散发了几户商家后,就改由自己望风,让啸岑去散发。他很欣赏啸岑的机灵和沉着,试了几次后,也能如自己一样熟练起来。再接下来,绍裘就多次派他,单独一人到南京路和浙江路一带的商店联系罢市。啸岑果然不负绍裘苦心,任务完成得非常出色。

三十三

虽然国民党二大决定停止叶楚伧的职务,命令他将上海《民国日报》交出,然而这只是一纸空文。远在广州的国民党中央,对于千里之外的《民国日报》鞭长莫及。叶楚伧对此更是置若罔闻,依然我行我素。

对于这个叶楚伧,侯绍裘自是熟悉。他与柳亚子都是同盟会员,论起来还是绍裘南洋公学的学长呢。当年叶楚伧在学校与同学痛打舞弊监督人员,受当局下令缉拿,幸亏躲到柳亚子家中才免去牢狱之灾。此时,他的同乡陈去病在汕头主办《中华新报》，因病辞职，便推荐他去担任笔政。到职后，他写了很多文章，揭露清政府的腐朽统治，宣传革命思想，并加入陈去病、柳亚子等人组织的"南社"，借诗文来提倡民族气节，推动革命思想的传播。1916年他与邵力子合办《民国日报》，任总编辑，是抨击袁世凯称帝的一员健将。怎料到，到了1925年，他一脚踏进"西山会议"，成了国民党右派反对三大政策的急先锋，其所主持的《民国日报》也为西山会议派所控制，成为回龙路44号国民党伪中央的机关报。试想一下，要让右派们交出这个阵地，岂不是与虎谋皮！

"一定要有我们自己的阵地！"想起周水平烈士，侯绍裘就备感痛切。周水平被害，反动军阀控制的报刊颠倒是非，混淆视听，令人发指。而让侯绍裘拍案而起的是，《民国日报》不仅拒绝刊登江阴民众的《鸣冤宣言》和他撰写的《周水平烈士传略》，竟然攻击都是"赤化"所致！绍裘忆起1922年8月24日，孙中山先生与报界人士的一席话来："欲得真正统一，尚需大家奋斗，今后奋斗之器，不以枪而以笔。常言道，一支笔胜于三千毛瑟枪。今诸君之笔或尚不止三千毛瑟枪。因此，今晚与诸君相见，极希望诸君以此责任加诸己身。诸君能提倡公理，分别是非，同赴一的，则竟先兵一卒、一枪一炮，靠的是有思想的演讲、有魅力的人格，唤醒民众者，也非兵卒枪炮，而是报刊学堂等笔墨之间事，挟其万马奔腾排山倒海之气力，以日日刺激于国民之脑，发其雄心，养其气魄，改良风俗，潜发民智，引导文明，开通民意，普及教育，统一语言，提倡女学，推翻帝制，促使地方自治，图谋社会公益。"这是何等的金玉良言啊！

在1926年4月的国民党中央常委会上，代理宣传部长毛泽东就提议办一张新的国民党党报。会议决定任命张静江任经理，柳亚子任主笔，沈雁冰任副主笔，侯绍裘、杨贤江、顾谷宜等为编委，出版《国民日报》。深谙其道的右派张静江，竟然拒不接受，从中作梗，导致始终没有办成。侯绍裘洞穿表象，认识到这是右派在与革命派较量。而在这场较量中我们不能不赢，因为新闻宣传太重要了，与革命事业的成败息息相关。我们需要有新闻阵地来宣传社会主义,宣传我们共产党的主张,武装民众思想,宣传反帝反封建反军阀反国民右派,揭露敌人的阴谋,把事实的真相和本质最快最全面地告诉民众,侯绍裘为此寝食难安。

"看我这脑袋真的不开窍,为什么不能变通一下呢? 譬如,寻一位思想进步的报馆老板,同他合作,赢利归他,我们只要宣传。 这样岂不两全其美?"一日,侯绍裘为自己终于想出"借船出海"的主意,高兴起来。

思路决定出路,机遇始终青睐有准备的头脑。

功夫不负有心人,侯绍裘终于找到他的合作伙伴,《中南晚报》的主办人蒋裕泉,著名女律师史良的姐夫。 蒋裕泉与那些唯利是图的商人不同,他是一位文化人,受五四新思潮影响,他觉得"国家兴亡,匹夫有责",唤起民众是自己应当做的事,愿意在他的报上尽可能多地刊载有利于革命的新闻和言论。 双方一拍即合,谈得很好。 除优先刊载侯绍裘他们所提供的新闻稿外,蒋裕泉还同意将报纸的社论和《新园地》副刊完全交给侯绍裘他们主持。

侯绍裘极其重视《中南晚报》的编辑出版工作,由谁来挑这副重担呢?

绍裘想到了一个人,这个人就是共产党员、省党部的监察委员高尔松。 高尔松在南洋公学读书时,曾和侯绍裘一起搞社会调查,组织"青年问题研讨会",并由侯绍裘、朱季恂介绍参加国民党;后来他和夫人史冰鉴都参加了"新南社",用诗文抨击社会,并和其弟高尔柏合撰《加纳博士底妇女参政运动》一文,载入"新南社"刊第一期;他自学考入东亚同文书院后,常到上海大学参加学生爱国运动,并由杨贤江、沈雁冰介绍加入中国共产党;"五卅"惨案发生后,他参加上海大学演讲组,编写传单,上街演讲,还在宋庆龄主持的《民族日报》担任编辑,写了许多有影响的署名文章,受到宋庆龄的夸赞……

高尔松被侯绍裘选派到《中南晚报》担纲,正值国民革命军节节胜利之时。高尔松除了负责审阅稿件外，每天还要写一篇简短的社论，忙得废寝忘食，只觉人手不够，于是，毛啸岑也被派去协助高尔松编辑稿件。侯绍裘手头的工作千头万绪，却仍然坚持同他俩研究稿件选题、报道导向直至版面编排等细节问题。注入新思想的《中南晚报》面貌一新，内容贴近百姓，形式活泼多样，很受读者喜爱。有不少读者差不多有瘾一般，每天必看，常常到报馆门前排队等着取报。有时，报馆门前直接用一张大白纸，写上"我军于某日某时光复某地"作预告，报纸的发行量大增。有一回，毛啸岑疏忽大意辑发了一则西山会议派的消息，侯绍裘将他找了去，非常严厉地批评说："两军相遇，你丢了阵地，这是怎样的错误！我们常说'一支笔胜于三千毛瑟枪'，你手中的这支笔中有千军万马、人心背向啊！"接着，绍裘要他多向高尔松学习，努力提高自己的新闻敏感性和原则立场。事后，毛啸岑感慨地对人说："别看侯部长平日里态度谦和，而对原则性问题，严肃认真如此，其作风审慎又如此，诚革命之良楷也。"

就在《中南晚报》声誉大振的时候，有消息说，《神州日报》的主办人俞大雄因经济困难，愿意把该报连同房屋和排版印刷全套设备盘出。侯绍裘获知后，打算接过来，待时机成熟后将其更名为《国民日报》，以实现多年来独立办报的梦想。经请示中共上海区委同意后，就委托蒋裕泉出面，将《神州日报》盘了下来。工作做得很顺利，决定由沈雁冰担任主笔。在沈雁冰未能到任前，侯绍裘立即将高尔松调过来代理主笔，《中南晚报》那头，就派高尔柏去接替。

高尔松不愧是强将上阵，没过两天，就让《神州日报》投入正常运转。其时，正值国民革命军逼近上海之际，高尔松以满腔的热情撰写下了欢迎北伐军的长篇社论，令《神州日报》一夜成名，竟然一份难求。

三十四

革命运动风起云涌，北伐军节节胜利，反动军阀孙传芳自感风雨飘摇、陷于四面楚歌，在其军事势力所及的地方，完全为白色恐怖包围。上海戒严司令李宝璋宣言用恐怖政策镇压赤化，悬赏捉拿赤化领袖；工部局出示禁止一切民众活动，声称与租界当局继续合作，取缔党人。

一日，毛啸岑从朋友那里获悉李宝璋要出手封闭《中南晚报》和《神州日报》的消息，觉得情况危急，拔腿朝报馆奔去。

没想到，当他赶到时，还是迟

了一步，报馆已被李宝璋派出的兵包围了。毛啸岑心里格登一下，坏了，不知蒋裕泉人在哪里。

"老板！今天报纸呢？"他急中生智，装着是来取报的读者，边喊边跨进报馆，迳直朝经理室闯了过去。

"哟，老总有事呀！"刚进了门，毛啸岑就发觉蒋裕泉已被两个士兵看管起来，于是主动搭讪道。

经理室已被翻查得乱七八糟，木架上的图书散落一地，几张桌子的抽屉也都打开过，气氛紧张得令人窒息。

"叮铃铃……"靠门墙壁上挂着的电话铃，骤然响起来。毛啸岑急忙伸手摘下话筒，一听是侯绍裘的声音，就大声说："老板，你家里来的电话。"蒋裕泉正欲起身，立刻被看管他的士兵按在座椅上动弹不得。

"喂，喂，有人不许蒋先生接电话呀。"毛啸岑机智将信息传了出去。

"请蒋先生相信组织。"侯绍裘听了，知道出事了，随即挂断电话。

"蒋老板，家里人很关心你，说会有办法的。"毛啸岑说着也挂了电话，故意问哪里有厕所。蒋老板会意地点点头，说出了门朝东走就有。

毛啸岑急急出了门，他要赶紧到省党部，将这里发生的一切汇报给侯绍裘。就在这时，一辆电车敲着铜铃开了过来。上海街头的旧式电车是没有门的，谁也没有想到，毛啸岑如此一介文弱书生竟然紧跑两步，一把抓住门框跃上了车。等到他气喘吁吁地跑到省党部，侯绍裘已外出多时，不知其踪。

毛啸岑心里一直忐忑不安，他清楚如果蒋老板落入孙传芳的魔掌将会是怎样的结果。江阴周水平烈士的血迹未干，上海又再开杀戒，面对白色恐怖，要么妥协，要么坚持斗争，其他别无选择。他想到前两天，侯绍裘在修改一则短评时加入的那段话："愈退让，愈气馁，就愈受压迫！反对自由拘捕人民,反对封闭爱国团体,反对压迫新闻、干涉言论自由,都应该是上海民众目前一致奋斗的口号！"他深深钦佩侯绍裘的骨气,愈是困难斗志愈坚。

很快夜幕降临,街灯亮了起来。毛啸岑怎么也放心不下,他又找到省党部去。偌大的办公楼空寂无人,只有侯绍裘办公室里还亮着灯。他悄悄走到窗口停下脚步,只见微弱的台灯下,侯绍裘正在伏案工作。咬了两口的大饼置于桌角上,显然又没顾得上吃晚饭了。

他佯装咳嗽了一声,推门入内。

"哈,啸岑来了。"绍裘放下手中的钢笔,站起身来,没等啸岑开口,就抢先告诉说:"光堂暂时安全了,你可以放心了。"蒋裕泉又名蒋光堂。

侯绍裘告诉啸岑,上午在电话里得知报馆被封、蒋裕泉被控制的信息后,他立即向党组织作了汇报。组织上紧急碰头商议营救方案。最后决定,由共产党领导的上海济难会出面,以四千两白银买通英国领事。英国领事指名蒋裕泉是他们通缉的要犯,要李宝璋立即交由英捕房处理。李宝璋接到英领事的电话,自然是点头哈腰,没有二话了。

"现在光堂被羁押在英捕房,济难会将进一步交涉,估计过一段时间就会出来的。"见毛啸岑心里难受,侯绍裘进一步安慰道:"这些都是暂时现象,革命烈火岂会被扑灭? 北伐军已兵临城下,全国革命浪潮势如破竹,我们要振作起来,迎接新的战斗！"

过了几天,英捕房宣布对宣传赤化的报馆老板蒋裕泉判处五年有期徒刑,报馆内的两名工人也分别被判六个月的监禁。又过了几天,经过党组织的营救,蒋裕泉安然获释。

蒋裕泉获释了,但是被查封的报馆却无法复业,加上高尔松、高尔柏兄弟俩被通缉,行踪难寻。原本热热闹闹的一班人散了,毛啸岑暂时也清闲下来。突然有天,侯绍裘找上门来说要给他介绍个老乡认识,他心里很高兴,猜想这位老乡可能是谁呢?

两天后的一个晌午，侯绍裘领着人来了。

那人一进门就乐呵呵地同他握手，并自我介绍说是吴江老乡。原来，来人名叫王绍鏊，吴江同里镇人，早年就积极参加爱国活动。辛亥革命前夕，他从日本留学回来后，求索救国之路，先是参加了章炳麟发起组织的中华民国联合会，倡导走议会政治的道路，致力于国家政治改革。他南北呼号，联络同志，倡导明政，然而，军阀们只顾忙着争夺地盘的混战，谁也不理会他，结果处处碰壁，一事无成。后来，国共合作让他的爱国热情又重新点燃起来，在侯绍裘的帮助下，他在家乡秘密组织起了"新苏公会"，开展反对孙传芳、响应北伐军的活动。现在，他正暗中联络"全浙公会"和"全皖公会"，筹备组成苏浙皖三省联合会，正当感到缺乏得力人手时，侯绍裘给他介绍了毛啸岑的情况，他觉得像这样的人选，真是踏破铁鞋无觅处，得来全不费工夫，喜不自禁，催着赶快安排见面。

毛啸岑早闻王绍鏊从事爱国活动的事迹，听说要同他一起工作自然十分乐意。但是，一听要他参加新苏公会和三省联合会的工作，心里打了退堂鼓。因为他了解全浙公会负责人褚辅成、全皖负责人许世英，都是一帮在野的官僚政客军人，同这些人打交道没两把刷子是难以应付的。于是，就说自己是个教书的，没见过大世面，以前的革命工作都是在柳亚子、侯绍裘的领导下，与自己的同志一块开展的，现在要单独去同这些官僚政客周旋，恐怕能力不够，难做好工作。

"啸岑谦虚了，当年，你在吴江县教育局的时候，不也是一个人独立开展工作的么？连孙传芳都怕得下令通缉了。前两天，报馆那事处理得多漂亮！"侯绍裘立即鼓励说。

"其实，你别看这帮子人趾高气扬、派头十足的样子，他们除了勾结官府、军阀，鱼肉百姓、发国难财外，还不都是些草包。"王绍鏊也在一旁鼓劲，帮助打消顾虑。

毛啸岑就这样匆促上阵了。有次，他向侯绍裘汇报在三省联合会工作情况时，不觉又流露出畏难情绪。绍裘对他说："拿出点绅士派头来与他们周旋，你要尽快适应他们的生活方式，接近他们，只有这样，得到他们的信任才有利于开展工作。你必须明确，这是党的工作的一条极其重要的战线。敌人的背后是一座就要土崩瓦解的冰山，而我们的背后有共产党组织，有全国的劳苦大众。经常这样想想，就会觉得有无穷的力量和智慧！"

听了侯绍裘的这一番话，毛啸岑直觉心里暖乎乎的，所有畏难情绪也就烟消云散了。

没过多久，在一个风和日丽的夜晚，侯绍裘来到毛啸岑的住处，十分郑重地对他说："组织上已批准了你的入党申请，希望你能在今后的斗争中，表现更加出色。"

毛啸岑激动得讲不出话来。此刻，侯绍裘夜宿村校，为他讲解三大政策；上海街头，手把手教他散发传单；细贴入微，给他传授秘密工作经验；报馆灯下，严肃批评他的疏忽过错；热情鼓励，驱散他畏难情绪……这一幕幕往事在毛啸岑脑际闪现，千言万语奔涌于胸间，他坚定地说："请放心，我绝不给您丢脸。我向组织保证，永远为劳苦大众的利益奋斗，永不叛党！"

三十五

　　斗争越来越艰险复杂,每天所要处理的事务更是千头万绪。侯绍裘不停地写信给柳亚子,动员他尽快回沪到省党部工作。

　　8月27日他又在信中催促:

　　"季恂病不好,那边(指广州)医生云,不过半年,志超亦病倒,奈何奈何。"

　　"前函谅悉。日内工作繁忙已极,我常常要到外面去跑,几乎连看报都不能安心,所以每日不能留心时事,决定应付态度及做文字发表主张。以前还有黄正庵帮忙,做文章由他担任,现被市部请去……"

1926年9月上旬的一天，沉寂已久的省党部格外热闹起来，柳亚子突然出现在大家面前，给大家带来意外惊喜。在侯绍裘提议下，姜长林、毛啸岑、张应春等一起在离省党部不远处的绿杨邨饭馆，为他们的亚师接风洗尘。

席间，大家互叙离别后的思念之情，为亚师的重新出山备受鼓舞。

觥筹交错。在热闹的酒席将近尾声的时候，柳亚子端杯，缓缓立起身来，答谢大家的热情款待，然后，话锋一转，说他这次是为送儿子柳无忌北上清华学堂，路过上海，顺道看看大家。嘱大家各自珍重，并且邀请大家方便时到黎里做客。

散席后，侯绍裘坚持要送柳亚子。到了柳亚子下榻的南京路振华旅馆，两人关起门作了一次别后畅谈。

侯绍裘开门见山，盼亚师尽快回沪工作。同时讲到，在共产党和国民党左派的努力下，国民党中央各省区联席会议将于10月在广州召开，劝柳亚子到时能同他和张曙时一同出席。侯绍裘介绍说，会议将要讨论的《最近纲领草案》，其中关于政治的五条是，实现全国政治上经济上之统一；废除督军、督办等军阀制度，建设民主政府；保障人民集会结社言论出版等之完全自由；国内各小民族有自决权；严惩贪官污吏，建设廉洁政府。对保护农民武装，也有具体条文……柳亚子对绍裘所说的这些，似乎不感兴趣，而是问道："有管住蒋介石的条文吗？"

柳亚子对绍裘说，自从3月中山舰事件和5月整理党务案发生后，蒋介石已独揽军权、政权和党权，飞扬跋扈，不可一世，在此境况下，想指望蒋介石来实行这些维护革命的条文，无异于与虎谋皮，即使能通过什么决议也只能是废纸一张。如果，此次会议讨论削蒋倒蒋，我非去不可，除此，劝你也不要去参加这类毫无实际意义的会议了。

最后，对回省党部工作的事，柳亚子勉强答应回黎里做个安排后再说。

上海街头已经实行戒严，时不时就有警车响着凄厉的警笛飞驰而过。侯绍裘再三请柳亚子留步，两个战友握别在上海街头昏暗的路灯下。

第二天下午，到火车站送走了儿子柳无忌，柳亚子心里空落落地回到振华旅馆。刚进门坐下，忽有人急促地敲门。打开门，张应春风风火火地闪身进来。原来，在南京路参加示威游行的她，正被军警追捕。她机灵地绕过几条里弄，避进柳亚子下榻的旅馆。进门坐下后，饿得发慌的张应春，才想起自己还没有吃午饭，见桌上有亚师父子中午吃剩余的饭菜，就狼吞虎咽地吃起来。趁喝茶的当儿，她向老师汇报了在省妇联的工作情况。通过她几个月的努力，江苏各地先后建立了南京、南通、丹阳、武进、金坛、镇江、宜兴、吴江、无锡、句容等二十三个国民党市、县党部妇女部，成立了南京、苏州、丹阳等市县各界妇女联合会，南通妇女运动社，无锡妇女解放协会，以及镇江、宜兴、常熟妇女协会。在省党部妇女部的奋发推动下，江苏省妇女运动掀起了一个蓬蓬勃勃的新高潮。

柳亚子对这位小老乡的革命热情和超群的工作能力十分欣赏，关切地嘱咐她在斗争中，千万不要做三国演义中的许褚，要学会保护好自己，因为只有保护好自己，才能为理想去奋斗。柳亚子讲这番话并非客套，除了长者对于晚辈的体贴，还隐隐含有一种责任，万一张应春有个三长两短的话，他会一辈子不得安宁，毕竟是他将这个女孩举荐来的。

"还待两天吗？"张应春小心翼翼地问。

"不，明天经嘉兴回黎里。"柳亚子心情沉重地应道。

翌日，风雨交加。柳亚子怕误了车，提早来到沪杭路南站候车。临上车时，他透过雨帘，看见张应春顶风冒雨，连奔带跑赶来了。她气喘吁吁地解释说，因为雨大电车误班，差点赶不上趟。列车缓缓地启动了，柳亚子伏在窗口挥手示意她回去。列车已出了站台，还远远地看见她头戴男帽,身穿碧色雨衣,在滂沱大雨中频频挥动着扬起的手绢。 有谁能想到,此时此刻竟成师生二人的诀别呢。 半年后,当柳亚子得知张应春被蒋介石残杀的消息后,老泪纵横,吟就一绝:"血花红染好胭脂,英绝眉痕入梦时,挥手人天成永诀,可怜南八是男儿。"

那夜街头一别,眼看数日过去,柳亚子那头乃无动静。 侯绍裘又提笔给亚师写信:

"前日会中决请你来沪帮同主持校务(隐指党务),已蒙你允诺,本望你立时到校,不再回府,未果,然仍望你回后立即出来,你亦应允,今你回府已数天了。 此间校务亟待进行。 浙方已回信,皖亦适有人来,沪方不成问题,商议联合会之事,亦拟早日决定,务乞即日来申,是为至幸。"

一个安隐乡里,一个紧追不舍:

"我们则非但落后,甚至遗漏,似乎非有一人专负其责不可";

"此间能做文者,只有我和剑城二人,剑城尚要我叫他做他才做,不能留心时事自动也,张先生也须看高兴起,不能天天留心,每事加以主张……虽他极谦虚,并不反对我的商榷,然我究竟为难,且究竟我对乎,他对乎,大家一票,不能决也。 如你能来,则三常务,可以有二人的多数,所决较可准确。"

……

为劝柳亚子出山,侯绍裘几乎每旬一信。 封封件件,字字句句,其情至深,其语至诚。

转瞬,已是10月。 侯绍裘急着要与张曙时去广州参加国民党中央、各省市联席会议,不得不派省党部执行委员兼农工部长戴盆天,登门去请柳亚子。

精诚所至,金石为开。 在侯绍裘的不懈努力下,柳亚子终于有了松动。 不过,他托戴盆天带回三个条件:其一是劝绍裘不必去广州参加那个无大意义的会议;其二是他到上海后不做具体工作;其三是要求同侯绍裘同住一处。

侯绍裘喜不自禁，立即给柳亚子回了信。他在信中对柳亚子答应复出表示出极大的欢欣："你不能南行，虽使我们失望，但能来此，则此间不致乏人主持，又所深喜。"接着详细解释他执意南行参会的个中因由，一为经费，二为有关江苏省特务委员会事宜。

为开展苏浙及上海地区的工作，广州的国民党中央于当年9月成立了国民党驻上海的特务委员会（又称江苏特别委员会），由侯绍裘、吴稚晖、张静江、钮永建、蔡元培、张继、叶楚伧等七人组成，时任北伐军总司令部驻上海特派员、国民党中央政治会议上海分会主席的钮永建负责具体事务。这名单无疑是钮永建提议的，除侯绍裘，这个钮永建的同乡和校友，是同时具备国民党和共产党双重身份的左派外，其余均是苏浙沪地区的同盟会元老，也都是钮永建的私人朋友。名单中人员的组成颇有意思，张继、陈独秀一对左右极端的领袖，本是生死与共的患难兄弟。同样，叶楚伧与邵力子这对一左一右的《民国日报》掌门人，也既曾是校友，也一直是生死与共的战友。成员中的吴稚晖与陈独秀有十多年没往来，自参与特委会后，来往恢复了。同时他也开始与侯绍裘、罗亦农、汪寿华等中共党员常来常往。别看国民党驻上海的特务委员会人员复杂，却是共产党开展统战工作的重要阵地。

因此，绍裘在信中写道："这虽违背你的第一条件，但我往南一行，也许对于此间有许多没法解决的问题，如上述二者，可得相当解决，比在此而困于经济，徒呼负负，有力无用处，似较有作用也。"对于第二个条件，回复得更为周全："我们尽管只向你请示请示，不要你琐屑躬亲，想无问题""且托了雁冰帮忙作文事，电龙帮忙出主意，你也可不感缺乏臂助也。"至于第三个条件，其实早在一周之前的信中，绍裘早已考虑周详："如个人先来，先住客栈或校（指省党部）中都可，再行设法觅屋，如宝眷同来，则先住栈，立即觅屋可也，少秋（指绍裘）拟和你同住，待你来后再商。"

在复信的末尾，侯绍裘又惴惴写道：

"对于我的答复,如有不满意之处,乞火速回示,也许来得及更改,能赶快出来一面最好。 本来我去否问题,尚想和你一商再决,可是实在时间不许,如果你坚不赞成我去而我竟去了,亦乞谅我因时间紧迫,不及从长计议而便宜行事,不要生气而又不出来。 如果因为我擅自不遵你的第一条件而不出来,那我负疚岂不很大,我若如此不得你的谅解,则我回来后,亦无颜再在省部任事也。 千乞不要见怪,肺腑之言,尚祈谅之。"

真是肺腑之言显赤诚,拳拳之心表真情。

其实,此时柳亚子与侯绍裘近在咫尺。 为躲避军阀孙传芳的指名查捕,他已化名唐蕴芝,正匿居在法租界贝勒路恒庆里。 只是他决心引退,未曾告知任何人。

三十六

1926年10月中旬，侯绍裘和张曙时离沪南下，参加国民党在广州召开的中央执行委员和各省区、特别市及海外代表的联席会议。

在大会报到处，让侯绍裘感到意外的是，他和恽代英两人的座位序号，竟然又是联号，代英3号，他是4号。绍裘顾不得旅途疲倦，就立即按照报到簿上登记的住址，兴冲冲地找了过去。在一个挂着"湖北青年共进会"牌子的处所，两个战友又重逢了。这次，两人除了谈论《最近纲领草案》外，谈得最多的就是北伐了。

10月14日举行预备会议,为争夺会议的领导权,各派间进行了一番激烈的争斗。一开始,代主席张静江打算指派叶楚伧为大会秘书长并参加预备会议,因左派的激烈反对而作罢后,又提出要邓泽如参加五人主席团,吴玉章等人提出的应从中央和地方各推五人中选举产生的方案被大家采纳。这样,左派力量完全控制提案起草委员会和大会主席团。

会议于15日上午在广州中央党部正式开幕,历时十四天,于10月28日闭幕。这次参加会议的代表中,共产党员和左派人数超过总数的二分之一,再加上半左派,进步势力占了主导优势,因此,会上所作决议完全体现了左派的意志。在讨论《最近纲领草案》时,关于农民问题,经过深入农村调查、对农民和农村状况熟悉的毛泽东、恽代英和侯绍裘等代表,一再提出有关减租减息的修正案。

当讨论到"禁止对农民武装袭击"一条时,张曙时主张应该明确加上将民团完全取消字样,而谭延闿、徐谦则主张维持原案不加此语。但是,在原案通过以后,毛泽东又采取另外途径,动议"关于解散摧残农民之民团或团防局一案应作一建议案另行提出讨论"。这一动议得到多数代表赞同后,联席会议对民团问题专门作了一项决议。这项决议表述为:"旧有之民团团防局或保卫团等组织,在事实上常为帝国主义军阀及反动派所利用,破坏农民运动,动摇本党及国民政府之基础,于党及政府之前途危害实甚。"为防止危害起见,大会决议对民团团防局规定了八条,其中有民团团防局、保卫团之局长或团长,须由乡民大会选举之,禁止劣绅包办;其职任在于防御土匪。除与土匪临阵交战外,无对任何人自由杀戮之权;不得受理民刑诉讼,不得巧立名目擅自抽税;已有农民自卫军之地方,不得重新设立民团团防局或保卫团。这些条文给国民党右派把持的民团团防局或保卫团以极大的打击或限制,对农民运动起到有力的保护和推动作用。

大会向全国人民发表宣言:"本党将继续遵照总理的主义与本党第一次与第二次全国代表大会之决定,依照总理的遗嘱,及其对内对外政策，联合国内一切革命分子及世界上以平等待我之民族，与帝国主义、军阀及其一切反革命的势力相搏战，以求达到完成国民革命之目的，废除一切不平等条约，建立统一的廉洁的政府，及解除人民一切痛苦，使人民进于福利之道路。"

大会通过了一系列的决议，在当时都是有利于革命的，对团结左派、发动工农运动、推动北伐战争都起到了良好的作用。联席会议上斗争的胜利，说明当时代表共产党和国民党左派的进步势力是完全可以控制形势的，加上蒋介石独裁的反动面目亦已暴露、国内反蒋空气很浓，如果利用这个会议，"来发展壮大人民力量，援助国民党左派，削弱蒋介石的力量，切断帝国主义、军阀和江浙财团对蒋的影响和勾结，把革命引向更大胜利。或者接受一部分共产党员和国民党左派人士的意见，干脆把蒋介石除掉"，恐怕就不会有日后的四一二、七一五反革命政变的血腥惨案发生，中国革命的历史或许会改写。

遗憾的是，机不可失，时不再来，历史永远不可能有"如果"的。当时"占据党中央领导地位的陈独秀，却采取了右倾退让政策，向广州的共产党员和国民党左派人士一再施加影响，对联席会议的召开，连发几道指示"，一再重申："我们可以向蒋介石表示，汪出并不是要倒蒋。"并提出保证条件：决不报仇；决不取消整理党务案；要维持蒋之中央军事领袖地位等，硬要将革命的领导权让给蒋介石，实际上帮助蒋介石扩大了右派势力，养虎为患，以致给革命造成不可弥补的损失。

果不出柳亚子所言，联席会结束后，联席会的决议无法执行，终成一纸空文。

会后，恽代英奉命到武汉中央军校政治科担任领导工作，侯绍裘也匆匆返回上海，两位亲密战友再次在广州握别。

侯绍裘回到上海，不久就收到恽代英从武汉发来的信件。恽代英在信中说，中央军校决定在第六期学生中专设一个女生队，培养继续北伐的女军事政治骨干人才；还说，各地报考军校的男女生十分踊跃，仅湖南一省即达两千余人，军阀孙传芳统治下的上海也有上千人，并嘱绍裘如遇优秀人才可继续向他推荐。

1926年底，北伐战争向长江下游推进。孙传芳眼看败局已定，一面部署向江北退缩作垂死挣扎，一面歇斯底里地疯狂搜捕"匪徒"，无论是国民党还是共产党，无论国民党左派还是右派，都在"应予逮捕"之列，抓到后，不问青红皂白，一律押赴龙华杀害。斗争形势格外严峻，连租界里也是一片恐怖气氛。侯绍裘考虑到设在望志路永吉里34号的国民党省党部，目标太大，加上人员成分复杂，急需另外寻找一处可靠的秘密活动场所，就让钱江春帮助寻租房屋。

钱江春与松江清华女校学生吴佩璋自由恋爱，受到双方家庭的百般阻挠。两个年轻人勇敢地反抗，索性双飞到上海建立了新家庭。到了上海之后，钱江春在上海商务印书馆编译所工作，吴佩璋则在上海美专。侯绍裘在上海遇到什么困难，总喜欢找他帮忙。

这天，钱江春告诉侯绍裘，说他托的事有眉目了。午后，侯绍裘就跟着钱江春，乘电车由霞飞路转入鲁班路，到天文台路附近下车，穿过两条里弄，来到一座两楼两底的石库门房子前。进门，只见客堂、厢房各一大间，外加灶披间，很是宽敞，而且水电齐全。钱江春告诉他，楼上住着震旦大学特别班的三名学生，其中有个叫施蛰存的，是松江人。侯绍裘说他俩在沈联壁那里见过面的。钱江春介绍说，这个地段属法租界，就是僻静了些，虽是白天也没多少行人。还说吴佩璋上学的美专就在这附近，他俩的家就在离这里不远的一条里弄内。侯绍裘暗自佩服钱江春的眼力，当即决定将楼下的房屋全部租赁下来。当晚，就让姜长林搬了些床板铺盖过来，隔了一天，又搬了两张长桌和几只条凳进来，同时，在后门贴上"松江同乡会通信处"的纸条。

一天傍晚，侯绍裘刚拉开后门，迎面撞进个人来，定睛一看却是施蛰存。

"是你呀，怎么松江同乡会也不邀我参加？"施蛰存感到惊讶。

"我知道你住楼上。近几天太忙，还没时间上楼看你，等忙停当了，开大会一定请你来。"侯绍裘很高兴同这位小老乡攀谈。

施蛰存告诉他说，他读书的震旦大学很复杂，国民党左派、右派、共产党、共青团都有。他们寝室四个学生，三个加入了共青团和国民党，另一个学生形迹可疑，就在前不久，他们的寝室遭到特务秘密搜查。为安全起见，才租房住在校外。

施蛰存还告诉侯绍裘，前几天，他们班上有两个同学到马浪路一个团小组活动的屋子里去，一上楼，没有人，桌子上有一架油印机，满桌满地都是散乱的纸张，心知不妙，赶紧退出，却在后门口被法捕房的便衣逮住，扣上手铐，送进嵩山路巡捕房。好在其中一位学生的家长，通过关系找到法租界警官，花钱把他俩保释了出来，差点引渡到龙华，被军阀枪毙了。

"放寒假没？"绍裘关切地问。

"气氛紧张，提前放了，我明天就回松江。"施蛰存也很高兴，见另外有人进来，边说着就上了楼。

三十七

1927年3月7日，上海。

《申报》的第一版，刊登了一则《寻人启事》："安如鉴：你事现在已可解决，但非你亲来不可。见此望速到沪。裘"

这则《寻人启事》在接下来的8日、9日接连两天，都刊发在《申报》第一版的醒目位置。熟悉的人都知道，"安如"是柳亚子的号，而"裘"则是侯绍裘了。在以往的通信中，为安全起见，侯绍裘曾化名"少秋""鸣鹤""何少秋"。这次在报上刊登"寻人启事"直接署名"裘"，想必有十分重要的事，急于与柳亚子取得联系。

对于柳亚子先前隐居黎里乡村拒不出山,到后来干脆销声匿迹、人间蒸发,侯绍裘的寻找真可谓用心良苦。

绍裘知道,他的老师一定还在生他和陈独秀的气。

还是在广州那次国民党二届二中会议上,柳亚子洞穿了蒋介石窝藏的反革命祸心,提出暗杀蒋介石的主张,被代英和绍裘婉拒后,一直心存芥蒂。

其实,绍裘十分了解柳亚子的思想轨迹,因为自己也曾如他一样崇拜过无政府主义,自然完全理解他的心情了。柳亚子的思想受过西欧民主思想的熏陶,开始认为卢梭的启蒙主义正是自己上下求索的真理。启蒙主义以理性为最高权威,以自由为至上理想,反对宗教迷信、封建专制和愚昧落后,推崇理性,提倡科学,传播知识,教化大众。他崇拜卢梭,曾将自己的名字改为"人权",字"亚卢",意为亚洲的卢梭或卢梭第二。他写过一首长诗《放歌》,其中一段道表达了他的崇敬之情:

我思欧人种,贤哲用斗量。私心窃景仰,二圣难颉颃。卢梭第一人,铜像巍天阊。《民约》创鸿著,大义君民昌。胚胎革命军,一扫秕与糠。百年来欧陆,幸福日恢张。继者斯宾塞,女界赖一匡,平权富想象,公理方翔翔。谬种辟前人,妄诩解剖详。智慧用益出,大哉言煌煌。

他曾在报刊上宣传卢梭的民约论,提倡民主主义,反对向君主乞求的君主立宪制。他还在一篇文章中,用通俗的语言,解释了卢梭的民约论思想,最后号召读者:"诸君诸君!认定宗旨,整刷精神,除暴君,驱异族,破坏逆胡专制的政府,建设皇汉共和国的国家,那就是诸君的责任了。"

后来,柳亚子又受普鲁东无政府主义的影响,推崇暗杀英雄。他曾在上海和一批志同道合的朋友聚会时,赋诗明志:

慷慨苏菲亚,艰难布鲁东。佳人真绝世,余子亦英雄。忧患平生事,文章感慨中。相逢拼一醉,莫放酒樽空。

　　诗中提到的苏菲亚是俄国民意党的创始人之一,她在1881年指挥炸死了沙皇亚历山大二世。在晚清民初,中国的知识青年最崇拜的国外的两个偶像,是意大利的马志尼和俄罗斯的苏菲亚。有一首诗说:"嫁夫当嫁马志尼,娶妻当娶苏菲亚。"至于布鲁东,即普鲁东,则是法国小资产阶级社会主义者、无政府主义理论家。全诗表达了慷慨激昂、忧国患民和从事革命鼓吹的愿望。

　　绍裘知道,柳亚子同无数爱国志士一样,在探索真理的路上,经历了无数次的痛苦和曲折,后来,终于为孙中山先生的三民主义和三大政策所倾服。他一边积极发展国民党组织、开展爱国活动,一边旗帜鲜明、立场坚定地与国民党右派开展斗争。当蒋介石倒行逆施的"清理党务案"强行通过后,他毅然拂袖北渡,与蒋介石分道扬镳。

　　绍裘自穗返沪后,一直在寻找机会希望两人能够透彻地沟通一下,取得统一认识,以达齐心的。前回,柳亚子送柳无忌北上清华读书时,两人虽曾有个短暂的会晤,亦因苦于匆忙,未及详谈。

　　后来,侯绍裘从张应春那里获知,柳亚子与陈独秀曾发生过不愉快的争执后,对于亚师始终在刻意回避,其内心所承受的痛楚,完全感同身受了。

　　原来,柳亚子那次"拂袖北渡",回到上海的第二天,就到渔阳里2号,那幢老式的石库门房子,去找陈独秀。

　　陈独秀对这位不速之客的造访,还真有点丈二和尚摸不着头脑:

　　"柳先生不是去广州出席二中全会的吗,怎么回来了?"

　　"一群叛徒,背叛中山先生的叛徒!"柳亚子的满腔怒火,再次被点燃。

　　"先生息怒,请坐下慢慢讲。"陈独秀接过柳亚子手中的礼帽置于衣架上,沏了杯茶端到柳亚子面前的茶几上,挪了张椅子在他对面坐下。

柳亚子一边喝着茶,一边将会里会外的情况讲了一遍。言毕,朝陈独秀发问道:"为了'联共'一事,贵党李大钊先生曾经据理力争,方才获得国共两党之平等。现蒋介石辈抛出整顿党务案限共清共,贵党非但不反对,反派张国焘南下,坐镇强制中共党员任其通过,何也?"

面对柳亚子的发问,一向雄辩滔滔的陈独秀,不免一时语塞。略作思忖后,陈独秀便从当前革命之主要敌人是反动军阀,共产国际要求中共作出退让,以便尽快开始北伐等等方面作出解释。柳亚子对陈独秀退让妥协的托辞,毫不客气地提出责疑:

"这是割肉伺虎!等到蒋介石牙齿磨利了,会吃掉你们的!"

柳亚子并不知道,1926年中山舰事件后,陈独秀曾在党报上发表公开信,单方面宣布退出国民党,抵制共产国际为确保国共合作而制定的错误战略路线,只是苦于当时的共产党还缺乏有系统、独立的阶级纲领指导,因而一次次被来自共产国际领导层错误的行政指令误导,又一次次受到共产国际的打压;更不了解,当时共产国际领导层内部,所谓的托洛茨基一派与斯大林一派,正在就同一个中国革命问题,进行着激烈的纲领斗争。

不过,柳亚子觉得眼前这位中共领导人,倒是一个毫无心机、光明磊落的人,不但有理论水平,而且儒雅谦和。两个人,你来我往,直谈得日落西山,路灯初上。

第二天上午,柳亚子又来到渔阳里2号,同陈独秀寒暄后,劈头就向面前这位共产党的总书记提出加入共产党的申请,并且斩钉截铁地说:"要我革命,就允许我加入C.P(中国共产党),否则这国民党的省党部我也不干,回吴江隐居了。"

这一次,又使陈独秀始料未及:"先生昨日还说我党割肉伺虎……"

"正因为此,我要加入贵党与此种妥协退让进行斗争!"

陈独秀听了此话,被噎得难受。不过,他还是忍住了,接着就以柳亚子留在国民党内对革命的作用更大些为理由,婉拒了。

升腾在心头的火苗又瞬间熄灭了，柳亚子心情郁闷地回到吴江黎里。

1927年3月上旬，以罗亦农为首的中共上海区委作出决定：大力推动组织发展工作，壮大共产党员队伍。侯绍裘向组织汇报了柳亚子拂袖北渡后与陈独秀两天对话的情况，使他的入党问题出现了转机。于是，便有了《申报》上连续三天的"寻人启事"。根据要求，入党必须要由本人面谈，履行一定的手续，即寻人启事所言"但非你亲来不可"。

遗憾的是，柳亚子并没有看到这则"寻人启事"，命运使得这位革命志士，与共产党组织擦肩而过。

三十八

1927年的3月,春节已过去好几个礼拜,上海滩街头鲜花店的货架上,清幽绝俗的梅花渐被娇艳洁白的梨花所替代。

令人猝不及防的倒春寒,一个晚上就将春意从人们的视觉和心头驱散。夜空中零星飘落的碎雪令灯红酒绿的街市,不仅显得萧条而且格外惨淡。行人下意识地压低帽檐,竖起衣领,披紧衣衫,尽量收缩起身体,步履匆匆地埋头赶路。偶尔有几声宵夜的叫卖声,及昏暗路灯下冒着热气的馄饨摊,在顽强地证明这座城市还活着。

侯绍裘大步流星地在街道和里弄间穿行，时不时在巷口转角停下脚步，飞快回头探望一下，确认没有粘上"尾巴"，又继续前行。 寒风中，身着灰布长袍的他显得格外清瘦，路灯将他细长的身影渐渐缩短，又渐渐拉长，时而在前又时而在后，不停变幻着。 虽然同是匆匆赶路，寒风中的他与其他行人不同，他没有缩脖弓腰，而是身姿前倾迎着风雪，犹如丛林中的大象无论前方是荆棘载途、激流险滩，抑或是布满陷阱、枪林弹雨，只顾勇往直前。

北伐军势如破竹，在上海已能听到枪炮声。 自上海工人第二次武装起义失败后，封建军阀李宝璋的大刀队，任意搜捕残杀工人和进步青年，侯绍裘熟识的一位南洋义务学校的学生，在起义中献出了年轻的生命。 更令他刻骨铭心的是，前不久就在恶魔开血宴的那条马路上，他认识的那位短发齐耳、被称为"新青年"的女生，正在挥舞双手、激情演讲时，被赶来的军阀大刀队逮捕，她的满腔碧血，顿时绽放成永恒的花儿，定格在历史瞬间……为给死难者报仇，为配合北伐军攻城，为夺取武装建立人民大众自己的政府，党中央和上海区委决定举行第三次武装起义。 此刻有团烈火在他胸中燃烧着，不，准确地说应当是在全上海八十万工人、数百万市民的心中燃烧着。 一场改天换地的暴动正在周密部署着，有条不紊地实施着。

他的思绪还沉浸在上大附中那令人热血沸腾的场景之中。

女学生们叽叽喳喳地准备着起义胜利后的慰问品。

"来了么，我们的军队终于来了呀！"

"咳，你们想好了没？ 见到士兵总不能一声不响，该说些什么呢？"

"我要这样对他们说：'兵，中国已经有几千年，但为人民的兵你们是破天荒！ 不为民众的不属于民众的兵，不是奴隶，便是喽啰；唯有你们，都不是！ 为了这个，我们敬你们，爱你们，这份东西是我们亲手制作，浸透心意的！'"

"别那么啰嗦，我只想给他们每人一个吻！"

那真是一片饱蕴青春的海洋。"我们的军队！"那位女生可能是无意的一句，却始终萦绕在侯绍裘脑际，轰鸣着，震颤着。枪杆子里出政权，帝国主义、封建军阀一天也没有放下武器，蒋介石窃取了北伐军总司令军权，已在南昌叛变革命，从南昌出发，走一路杀一路，腥风血雨。从江西九江到安徽安庆，收买流氓、反动武装，捣毁这些地方省市两级工会、农会和坚持"联俄联共扶助农工"三大政策的国民党党部。"以推翻三座大山为己任的共产党人，没有自己的武装怎行！"他记得这句话，是去年10月在广州时，谈到周水平烈士被害时，他对身为黄埔军校政治总教官的恽代英发出的呼喊。当时，恽代英拍案叫好，说自己心中早有此种主张，正在军校内用心培养这样的人才。

斗争形势的复杂多变远远超出人们的预料，真个是黑云压城、山雨欲来啊！

昏暗的路灯下，侯绍裘的身影不停地变长变短。当他横切巷口时，大街上传来急促的警笛声，影影绰绰能瞥见荷枪军警的身影，远处偶尔几声零落的枪声，使气氛紧张得令人窒息。刚才他从五凤里离家出门时，年仅十岁的儿子焕昭，听说外面正在抓人，很是害怕，害怕他慈爱的父亲也被抓去，急忙放下饭碗，跃上前死死拽住绍裘的长袍，哭叫着："爸爸不要出去！"那一刻他的心碎了。他蹲下身，抓起儿子细嫩的小手，揩干稚气脸颊上的泪水，想对儿子说，豺狼不除天下绝无安宁之日，为让天下孩子早日过上幸福的日子，爸爸今天非要出去不可。然而，他什么都没有说。他觉得孩子还小，相信长大了就会懂得这些的，到那时候儿子肯定理解这些，会赞成他今天晚上的举动的，只是轻声说："乖，在家听妈妈的话。"他轻轻拿开儿子的小手，站起身飞也似的跨出了家门……此刻，仿佛儿子稚嫩、恐惧而又无助的叫声，隐约在耳畔回旋。

往常他乘电车到高尔松的住处只消半个钟点就行，但是今天不行，电车工人罢工了，他必须步行。电车工人罢工是在铁路工人罢工之后开始的。早在十天前，铁路工人就中断了铁路运输。这是整个起义计划的一个重要部分，铁路运输中断，使北洋军阀在上海的警备司令毕庶澄部三千人和当地警察两千人处于孤立无援的境地。现在连都市脉搏的电车也停了，就如平日里张牙舞爪、横行霸道的螃蟹，外部的爪脚断了，体内的脉搏也停顿了，成了徒有空壳的死物，等着被人收拾。狗急跳墙，急红了眼的敌人疯狂地抓人杀人。但是他们面对着八十万工人，抓得完、杀得尽吗？侯绍裘又一次实实在在地感觉到工人力量的无比强大，体会到孙总理的高瞻远瞩和英明决策。此刻，他也深悟到国民党右派拼命反对三大政策的深层原因。他双手的拳头捏得更紧，脚步更稳也更疾了。

现在，他急着要赶到租界西门路玉柏里去，这里是高尔松、史冰鉴夫妇刚刚搬迁的新家，上海地下党的秘密无线电收发报机就设在那里。他要将起义总指挥部的最新指示迅速传达下去，同时要详细了解有关工作落实的情况，他深知每一个环节都关系全局，细节决定成败。自从党中央和上海区委决定准备第三次武装起义之日起，侯绍裘的工作就更加紧张。他每天一早出去，深夜方归，有时半夜又出去，经常通宵达旦，想睡个囫囵觉都难。为了唤起民众，他奔波在上海学校之间，组织进步学生街头演讲、散发传单；为了打击反动势力，保证起义胜利和北伐军顺利进军，他以国民党省党部名义在报上发布公告，严正警告那些以地方公款支持军阀、与反动官吏狼狈为奸、挟嫌告密诬陷革命群众的土豪劣绅，要求各地方党部密切注视动向、调查取证事实，以备惩处；他要参加上海区委召开的中共党团书记会议，同市总工会、学联、妇联、商联等群众组织和国民党省市党部内的共产党负责人，参与研究全市的斗争，接受区委布置的任务；他还要经常在党团书记会上汇报国民党右派人物吴稚晖、钮永健的动向，以及北伐军进军情况。而这些情报，除了他参加东南军政委员会会议直接掌握到的，再就是从秘密电台搜集起来的。

再穿过一条里弄，拐弯就是高尔松的新家了。他想，大家已聚集起来了吧，或许正为他的迟迟未到在猜测，在担忧。

三十九

1927年3月21日，一个注定被载入中国史册的光辉日子。

会议室里的气氛紧张到一触即发。作为起义的最高决策和指挥机关，由中央和上海区委联席会议组成的特别委员会，正在做起义前各项工作的最后检查：七个作战区域，各区域的工人纠察队已悄然到位。闸北区是块难啃的骨头，也是这次起义进攻的重点区域，总指挥部除了在武器和人员上做了集中部署外，还特别制定了应急预案。

上午9时，中共上海区委正式做出发动第三次武装起义决定。上海市民代表会议常务委员会立即召开紧急会议,决定在当天中午12时起实行全市罢工、罢课、罢市。

紧接着,上海总工会发布总同盟罢工令。

中午12时,高亢嘹亮的汽笛声骤然从工厂、码头、车站响起,在上海城市的上空盘旋、回荡,传遍浦江两岸。 八十万工人罢工了! 学生罢课了! 商人罢市了! 人流从大街小巷汇聚起来,如钱塘江潮汹涌、澎湃,席卷一切! 几乎是同时,枪声骤起,空气中迅即弥漫开硝烟和血腥。

捷报频传:

起义工人攻下了市电话局、电报局!

起义工人占领了警察局和兵营! 仅有五支手枪和四十把斧头的法商电车公司工人纠察队,浴血奋战,攻下南市第二警察署和兵营,许多被释放的政治犯来不及砸断脚镣和手铐,立即带领工人纠察队去武器库取出枪支弹药,得到武器的起义者又飞快冲向敌人的堡垒……在工人武装的强大攻势下,敌人挂起白旗缴械投降了。

战斗进入激烈的巷战,街道居民自动献出木板、砖石、麻袋,帮助修筑工事,有的手持铁棍、菜刀奋勇助战,有的推着自行设计的轱辘铁板车同纠察队员并肩杀敌;佩戴着红十字袖标的男女济难会员,冒着硝烟弹雨,奔跑于前线和后方,救护起义的伤员;大小饭店的老板和店员,昼夜赶制熟食供应前线战友们充饥。

起义武装队伍,占领沪东! 占领沪西! 占领浦东! 占领虹口! 占领吴淞!

七大区域,已攻克六个,只剩下闸北仍在激战!

一批又一批纠察队的伤员被抬下火线,起义武装被敌人的猛烈火力压住,难以推进。 上海总工会派出代表到驻扎在龙华的部队,请求白崇禧派兵援助。

早在工人起义前,北伐军东路军总指挥白崇禧所率军队,抵达上海龙华后,就奉蒋介石密令停驻不进。 这是一个险恶的阴谋,一个意在坐山观虎斗、阴谋消耗工人武装力量的血腥阴谋。国民革命军自1926年7月大举北伐,在广大工农群众的大力支援下,势如破竹,一路所向披靡,到年底北伐战争已取得了决定性的重大胜利。就在这紧要关头,早怀谋变之心的蒋介石集团为了实现其反革命罪恶阴谋,把南昌作为他们反革命的大本营,逐步地加深了同帝国主义以及封建买办势力的勾结,蓄意挑起旨在篡权、另立中央的"迁都之争"。中共党人和国民党左派联合起来,奋起反击,在武汉地区掀起恢复国民党党权、反对蒋介石搞独裁的运动,使蒋介石陷入非常孤立的境地。正如李宗仁后来所言,当时"除了我一人之外,已全是蒋的政敌了"。蒋介石在"迁都"阴谋被挫败后,并无丝毫悔改之意,变本加厉,紧锣密鼓地拉拢和组织国内的反动势力。而此时,凭借封建豪绅势力起家称雄的新桂系集团,像伺机蛰伏的中山狼,久有举起反共旗帜、问鼎中原的野心。两股势力一拍即合,狼狈为奸,结成反革命同盟。在蒋桂的阴谋活动中,白崇禧充当了急先锋角色。

果不出所料,最不愿意看到的一幕终于发生了!

白崇禧置起义武装的火急求援而不顾,耳闻闸北激烈交战的枪声,得意地哼着"我在城头观风景",完全按兵不动,坐观起义工人同北洋军阀部队苦战。他暗自在心里盘算着,这群工人的武器很差,又没训练,哪里是武器精良的北洋驻军的对手!等到这些人被消耗甚至被消灭了,或者两败俱伤时,再看我收拾残局,坐收渔利吧。

整整一天一夜了,闸北之战打得异常惨烈。国民党江苏省党部内,一片繁忙和紧张,从进进出出人群的脸上,读出来的是喜悦、激动、焦急或无奈,这其中也有愤怒的骂娘声。

侯绍裘正忙着听取火线战报、各方支援前线和群众游行的进展情况。这时,有人进来报告说,白崇禧指挥部的政治部主任潘宜之求见。侯绍裘拍案而起,说声"来得正好!",大步流星走了过去。在听完潘宜之的来意后,侯绍裘要求他回去立即转告白崇禧,必须迅速出兵闸北,消灭残敌。潘宜之支支吾吾,推托部队要通过英军"防区"，恐怕引起"国际纠纷"。侯绍裘严厉指出，这是右派阴谋的借口！愤懑之情溢于言表："请你带话给白崇禧，当工人武装正冒着枪林弹雨，与北洋军阀浴血奋战的紧要关头，他白崇禧按兵不动，坐山观虎斗，是背叛总理三大政策的，他的双手同样沾满了同志们的鲜血，是对革命对人民的犯罪！在中国的土地上，说有帝国主义的'防区'，这是站在反动军阀的立场上，助纣为虐！"

22日晚6时，起义工人终于攻占上海北站，消灭了闸北最后据点，夺取了武装起义的全面胜利！

上海工人第三次武装起义的胜利为上海人民推翻军阀反动政权，建立人民自己的政权提供了条件。当天上午9时，当武装起义取得决定性胜利，战斗还未结束的时刻，上海市民代表大会召开了。

23日上午10时，临时政府开始办公。

25日，武汉国民党中央政治会议和武汉国民政府正式承认上海特别市政府委员会为上海市民最高权力机关。侯绍裘被推选为上海特别市临时政府委员，被武汉国民党中央任命为政治委员会上海分会委员、江苏政务委员会委员。

四十

侯绍裘同张曙时并肩走在大街上。

侯绍裘完全被眼前的景象所鼓舞。满街都是一群一群的人，武装的、工装的、蓝布衫裤的、学生打扮的、女子剪了头发的，像涨潮时河床里湍急的水流，一浪撵着一浪，喧哗着簇拥着朝前奔去。最令人感奋的要算是同军阀残部战斗而得胜了的工人，他们是凯旋的勇士，一个个几乎把所有的战利品全都带在了身上，有的一个人身上就交叉背着三支枪，有的耸起肩膀两人抬着一挺机关枪，有的虽然只束一条挂刺刀的皮带,但是那神情似乎是得了勋章的授带,更有齐腰挂着红缨大刀的,这大刀是从李宝璋的大刀队那里夺来的,每把大刀都曾砍杀过革命者的颈项,染过他们的鲜血,今天挂在胜利者的腰间,宣告了封建军阀的灭亡和革命的胜利……那些武器由那些人各色各样的服装衬托着,展示着完全不同于平常军队的风采,他们开口总是高声,步子也迈得特别轻快。

侯绍裘在激情迸发、热力四射的人流中穿行。 高低大小的旗帜到处飞扬,红黄蓝绿的标语纸条铺天盖地,几乎遮没了所有的墙壁,涨满整条马路的是拍掌和欢呼的声音。

天色渐渐暗了下来,路灯跟着亮起来。

绍裘下意识地用手摸了下下巴,胡茬芒刺般的扎手。 他转头瞥了眼曙时,哈哈笑了起来:"你成张飞了!"

张曙时飞了绍裘一眼:"说人呢,你也成刺猬了!"

"今天这个局面,印证了总理三大政策的英明。"绍裘像是自言自语的感慨,又像是对曙时说道。

"白崇禧太不像话了,拿起义工人的性命当儿戏啊!"

"他是在向老蒋抛媚眼,拿工人的血当筹码!"绍裘双眼喷射着愤怒,转而对曙时说:"这革命就像行进在丛林中的队伍,时而有人落伍,时而有人背叛,惟有目标坚定者才能排除万难,战胜诱惑,到达目的地。"

"树欲静而风不止,大革命犹如洪流倾泻,难免泥沙俱下,鱼龙混杂。"张曙时也很感慨。

侯绍裘忍不住瞥了眼张曙时,心中坚定了对身边这位老国民党员的信任。

当起义还在准备中的时候,侯绍裘在区委统一部署下,参加了召开市民会议和民选市政府的筹备工作。 他通过统战关系,既与左派人士磋商,又同右派人士打交道。 当时,在市政府的民选和人选产生等问题上,斗争很激烈。 在政治分会上,右派吴稚晖、钮永建公开反对民选政府。 吴稚晖诬蔑共产党的主张是"破坏革命",指责开市民会议是"造反",并以学生要上课为借口,反对让共产党员的学联代表当市政府委员。 激烈斗争的实质是争夺领导权。 侯绍裘寸步不让,针锋相对展开面对面的说理斗争。 在关键时刻,张曙时挺身而出,当面痛斥吴稚晖违反孙中山的三大政策,厉声喝问道:"你不要共产党学生参加政府,算什么三民主义? 搞三民主义,就得联俄、联共、扶助农工,就该让C.P学生参加政府。"吴稚晖受了指责,恼羞成怒,大吵大闹起来,窘态毕现。 当时,张曙时毫不退让,怒骂道:"你这个顽固不化,老而不死的吴稚晖!"经过激烈的斗争,中共党的主张为大多数人接受,狼狈不堪的右派只得同意由市民代表会议选出临时政府候选人,再从中复选出政府委员,交市民代表大会通过,报请武汉国民政府任命。

渐渐明亮的街灯照着他俩。 桥头或十字路口,本来是警察的岗位,现在由带着战利品的工人,两个一岗,沉默地、森严地、神圣地执行他们新担在身上的重大任务。 边走边谈的两位战友,不觉到了分别的路口。

一个说:"山雨欲来风满楼。"

另一个说:"让暴风雨来得更猛烈些吧!"

四十一

上海起义工人打败旧军阀部队,占领上海仅几个小时,蛰伏在龙华坐山观虎斗的白崇禧部队,就踩着牺牲者的鲜血开进了市区。

当上海民众仍沉浸在欢庆解放的喜悦之中时,几乎是一夜之间,上海市区到处谣言纷纷,有的说工人武装要收回租界,有的说要解除工人武装。各国租界坐卧不安,如临大敌,一面增加荷枪实弹的巡捕人员,一面在原先的路界上重新设置了新的铁丝网,隔很长一段才留一个极窄的缺口供行人来往。

同样忙碌的还有白崇禧,他经

过一阵频繁出入租界往来拜访后,接着就接见日本记者,媚态十足地给帝国主义列强递话:"工人如有扰乱,各国可出租界缴械。"这个凶相毕露的家伙,在制造谣言、勾结租界的同时,暗中进行兵力部署。有部分北伐军受过三大政策教育,同情工人斗争,与上海工人和革命群众关系密切,明确表示:"我们手中的枪,是用来打北洋军阀的!"自崇禧立即下令,将这部分军队全部从闸北调离上海。同时,居心险恶地把刚从北洋军投顺的极其反动的周凤岐部队,改编为国民革命军第二十六军,开进市区,进驻闸北,包围和严密监视上海总工会,虎视眈眈地与工人武装对峙,等待时机下毒手。

3月27日,上海公共体育场,锣鼓喧天,旗帜招展,人声鼎沸,上海各界千余团体、三十余万群众齐集于此,召开补行纪念孙中山逝世两周年暨欢迎北伐军的市民大会。这次大会原来决定于孙中山忌辰3月12日召开,因未取得部分人士一致意见和筹备不及,推迟了,所以称做"补行"。

侯绍裘担任大会主席。当他的身影出现在主席台上时,全场响起雷鸣般热烈掌声。这掌声是给大会、给北伐军同时也是给民众自己的。侯绍裘还是穿着那身大家早已熟悉了的灰布长袍,与往日不同的是满脸杂乱的胡须剃干净了,野草似蓬乱的头发作了简单的梳理。只见他健步走到麦克风前,扬起头宣布大会开始。会场四周的高音喇叭传播着他雄浑而极富朝气的声音:

"今日之市民大会,一为补行总理逝世二周年纪念,二为欢迎北伐军。向为帝国主义者暨军阀所压迫之上海,已由革命的民众与武装工人之联合,将军阀势力消除、建立市民政府。上海已为民众所有,凡我市民,自当努力拥护。现在北伐军已来,革命的民众与革命的军队,应联合起来打倒帝国主义,则今日之大会不为虚矣……"侯绍裘将民众与军队前面的定语"革命的"提高了许多分贝,在场的高尔松、毛啸岑、黄竞西、张曙时等人听了,同时发出会心的微笑。

侯绍裘致欢迎辞后,由东路军总指挥白崇禧作答辞。

白崇禧在答辞中,将占领上海完全归功于他和他的部队,就已引起全场群众的不满和纷议,没想到,接下来更是荒谬离谱:

"现在有人提什么减租减息,我认为路要一步一步的走,打仗要一座城一座城的拿下来,这减租减息不应提,因为,是否做得到还不知道……"

白崇禧仍然在侃侃而谈。

侯绍裘对身边将要代表上海特别市党部讲话的高尔松说:"这是个原则问题,必须澄清。你马上讲话时,以孙中山先生三民主义的原则予以驳斥。"

高尔松心领神会,轮到他讲话时,他从补行纪念孙中山逝世两周年切入,针锋相对地驳斥了白崇禧的谬论:

"孙中山先生的三民主义是由民族、民权、民生三大部分组成,平均地权、节制资本是民生主义的重要原则,减租减息是为民生主义的重要内容。如果减租减息口号不能提,办不到,那么平均地权、节制资本就成骗人的东西,民生主义也是空话。因此,减租减息的口号非但要提,而且要付诸实施。只有这样,才能取信于民!"

旗帜鲜明的立场,鞭辟入里的批驳,无所畏惧的发言,大快人心,获得如雷掌声。

白崇禧听了非常尴尬,虽然十分恼怒,但又不便发作,暗中记牢发言者姓名,以备日后报复。

接着,各团体代表登台表态。总工会代表讲话时,针对坊间传言,就怎样对待工会的武装纠察队等问题,要求白崇禧当场表态。

"对,表态!"到会群众振臂齐声支持这个要求。面对森林般举起的手臂,白崇禧虽然傲慢,却不敢正面回答,只是含糊其辞地推托说:"事关重大,本人不敢擅专。一切均应候蒋总司令裁决。"

紧接着发言的江苏省党部代表,指出:"革命之需要有二:一是武装军队,二是武装民众。上海革命之工人已有武装之预备,应保存其原有势力。"

大会群情激昂,表达了上海人民的战斗决心,为捍卫工人武装和人民政权起了广泛动员作用。

阴谋在阴暗角落里发酵。

同是这一天,蒋介石也乘轮船到达上海。他一上岸就钻进汽车,迫不及待地直接溜进租界。驻上海各国领事团代表、挪威驻沪领事等,由上海买办资产阶级代表人物虞洽卿陪同,对蒋介石和白崇禧进行专访。

面对这群洋人,白崇禧表态极其爽快:只要我白某在上海一天,绝不使用武力收回租界,之前的各项条约也绝不会取消。同时也请诸位放心,白某有工具也有能力维持大上海的秩序,有我们的维持,保证决无扰乱上海治安之事。蒋介石也表示:"国民革命军是列强的好朋友,唵,决不用武力改变租界现状……"

列强们从白崇禧、蒋介石嘴里得到亲口保证后,如获至宝地大造舆论:

"国民党中不久将发生分裂,白崇禧是右派的坚强支持者,他会帮助蒋介石。"帝国主义列强同时应许以它们驻沪的两万余军队,配合蒋、桂集团的反革命行动。

风云变幻,阵营裂变,各种势力在各自利益的驱使下,演绎着分裂、组合的活剧。嗅觉灵敏的上海买办资产阶级,闻风而动,迅即以"商业联合会"的名义,暗地组团同蒋介石讨价还价,在获得"不久将调整劳资关系"等许诺后,同帝国主义者一起,支付了一千五百万元给蒋介石,作为蒋、桂联合发动反革命政变的部分经费;以黄金荣、杜月笙为头目的上海反动帮会势力,也答应派出流氓打手,协助蒋、桂施行政变;《字林西报》也迫不急待地鼓吹:"蒋介石、何应钦、白崇禧是唯一可以使长江以南的区域免于沦入共产党之手的保护力量。"

出兵又出钱的帝国主义列强们颐指气使,肆无忌惮地催促蒋介石为首的国民党新军阀"必须迅速而决断地行动起来"。

在争夺政权的殊死搏斗中,中外反动派是决不允许代表人民的上海市政府存在的。 正在紧锣密鼓密谋叛变革命的蒋介石,立即采取各种手段阻止市民政府成立。 29日,正当市政府委员举行就职典礼时,便收到蒋介石派人送来要求"暂缓办公"的信件。 当他的无理要求遭到拒绝后,杀气腾腾地发出恐吓:"限二十四小时解散市政府,否则要以最后手段对付。"同时胁迫政府委员退出市政府。 于是,国民党和资产阶级代表人物白崇禧、钮永建、杨杏佛等纷纷宣布辞职。

就在蒋介石抵上海的当天,中共上海区委立刻向党内指出,今天的政局已非常危险,目前最重要的是维持工人武装。 在中共党团书记会议上,区委发出号令,如果右派军队胆敢来缴械,我们绝对武装抵抗,决斗到底!

对于局势的严重性和复杂性,始终战斗在统战前沿的侯绍裘,已有清醒的估计和充分的思想准备。 早在3月中旬,《总理逝世二周年纪念》特刊上,刊登了两篇针锋相对的文章。

一篇是吴稚晖的,他在文章中竭力攻击国共合作是共产党利用国民党,把国民党当作达到自己私利的"猫脚爪";公开反对三大政策,叫嚣要从统一战线中"排除"共产党。

一篇是侯绍裘写的《沉痛的总理之遗言》,文章说,孙中山先生临终前对同志提出告诫:我死之后,敌人必用方法来软化你们,如软化不了你们,必将杀你们,你们能坚持不屈吗? 侯绍裘尖锐地提醒人们,在新形势下要牢记总理的遗言,警惕敌人的反革命两手策略,革命同志如果立志不坚,将会被敌人"一手威胁,一手利诱"所屈服。他发出铮铮誓言:"我人决不被软化! 我们做定了过激派,我们决不做温和派和稳健派,我们决不患得患失,即失败了还我亡命的本来面貌,亦所不恤! 我们反对军阀到底,我们反对帝国主义到底!"

四十二

北伐军以摧枯拉朽之势迅猛向南京方向推进，攻克南京已指日可待。

六朝故都南京，曾一度是西山会议派和国家无政府主义派的大本营，又是封建军阀、官僚政客群集之地，反动势力相当嚣张。蒋介石一伙早就盘算着把反革命巢穴建在南京，磨刀霍霍，杀气腾腾：

3月上旬，蒋介石还在南昌时，就非法指定了主要由国民党右派组成的，所谓江苏省军事、政务两个"委员会"和"主席团"名单，传召安清帮头子陈葆元从汉口赶到南昌，密谋到南京以后立即"清党""开动杀机"的罪恶计划；

3月24日，北伐军江右军第二军、第六军光复南京的第二天，晚上，美英帝国主义就炮轰南京，打死打伤我军民两千余人，损失房屋财产无数，制造了震惊中外的"南京惨案"。凶暴地直接干涉和破坏中国革命，同时也是召唤蒋介石叛变革命的反动信号；

3月25日，蒋介石派其爪牙、总司令部特务处处长杨虎、副处长温建刚，到南京搜罗国家主义、西山会议派分子及青红帮打手，公开组织伪南京市党部、伪劳工总会、伪市妇联、伪市农会等反动组织，同国民党南京市党部、市总工会、市妇联、市农会等对抗。

3月26日，蒋介石任命亲信温建刚为南京市公安局长、余子厚为副局长，紧接着，又任命屠杀江西、安徽人民的刽子手杨虎为津浦路南段特务处处长、安清帮头子陈葆元为津浦路南段总队长、柳世裕为江苏江防要塞先遣司令……很快就掌握了南京的公安、邮政、财政等要害部门，控制了津浦路南段和水上交通命脉。

南京，成为革命和反革命两大阵营拼力争夺的战略重地。

南京问题的严重性，中共上海区委早有预料。区委书记罗亦农曾明确指出过，北伐军打到江浙，右派势力必将聚集到东南，蒋介石必到南京，南京为反革命的重地。

3月10日，北伐军已接近南京。

在上海区委特委会议上，周恩来尖锐指出：蒋介石叛变革命有四个目标，即C.P、工会、工人武装、左派。现在南京很重要，省党部应当赶快迁去。

在区委召开的党团书记会上，罗亦农直接提出，国民党江苏省党部要预备搬到南京开展工作。侯绍裘汇报时强调，省党部的任务很重，要立即号召发动群众、组织武装群众、揭露敌人阴谋，团结左派、分化右派、争取中间派，不能单打一。

3月29日，中共党中央负责人陈独秀具体提出：南京要组织国民党省党部党团，由一得力书记兼区委特派员，直接受区委的指挥，领导江苏和南京的工作。

谁才是"得力书记"人选？上海区委经过慎重研究，加强党对江苏和南京工作的重任，直接落在侯绍裘身上。

侯绍裘接到中共上海区委指示后，当即与张曙时、刘重民等磋商人员名单，拿出迁移方案。同时，侯绍裘还与刘重民以省党部负责人的名义，给在武汉国民党政府工作的范志超拍电报，邀她立即赴南京任代理省党部妇女部部长之职。

当天下午，侯绍裘召集省党部工作人员会议，谈了当前的形势和任务，要大家做好各种思想准备，以应付复杂的局面，号召大家紧张动员起来，扎实做好迁宁办公的各种准备。

有关南京的各种消息，好消息、坏消息，令人欢欣鼓舞、热血沸腾的，震惊中外、义愤填膺的……通过不同渠道纷至沓来。无论是纷繁杂芜、错综复杂，还是扑朔迷离、黑云压城，汇集到侯绍裘眼前都是战斗的召唤。

箭在弦上，马在嘶鸣，他于29日出席上海特别市临时政府委员宣誓就职典礼后，立即召开省党部的紧急会议，宣布4月1日启程赴宁。

四十三

汉口,南洋大楼,武汉国民政府的办公处设在这里。

这是一座钢筋水泥结构的六层大楼。1926年10月,北伐军全部占领武汉三镇。国民革命重心由珠江流域转移到长江流域,同年12月,为适应革命形势需求,国民政府经过与蒋介石为首的国民党右派势力的尖锐复杂斗争后,由广州迁都武汉。就是在这里,国民政府做出了收回汉口、九江英租界的决定,一洗中国人民近百年的屈辱;就是在这里,1927年3月10日至17日,国民党二届三中全会在三楼大厅召开，会议坚持了孙中山"联俄联共扶助农工"的三大政策，限制了蒋介石的军事独裁，提高了党权，支持了工农运动。

年初刚随国民政府到达武汉的范志超，接到侯绍裘和刘重民的电报后，毫不犹豫，立刻买了船票，背起行装乘船顺江而下。

此刻，范志超站立在船的甲板上，倚着铁栏杆，看着浩浩荡荡、奔涌东去的长江水，任凭自己的思绪随波荡漾。她从景贤女中投考进入上海海澜英文专业学校后，就陷入一场初恋的旋涡。在海澜，她与助教蒋丹麟一见钟情，对于文学的共同爱好，让两颗心逐渐靠近，两人嫌面谈不足继以长篇通信，从通信中双方进一步相互了解。早前，蒋丹麟已由其母做主订了婚。对于他俩的关系，尽管蒋父，她的国文老师非常夸奖她，但蒋母坚决反对。重要的是，蒋丹麟性格懦弱，奋斗力不够。考虑到不致使蒋丹麟家庭关系因她而起恶化，范志超思考再三，为避免爱情深入发展，毅然转学到宏伟女子英文专修学校。初涉恋情的范志超，哪里知道恋情并非转学那样容易，说断就能断的。转学到宏伟后，藕断丝连，蒋丹麟仍然每星期来看她一次，两人照旧书信来往不绝。

很快，"五卅"惨案爆发，范志超响应上海学联的号召，在学校里宣传组织起学生会，站到反帝反军阀斗争的前列。过分的紧张辛劳，致使范志超的咳血病复发了。这一来，吓得蒋丹麟手足无措，不知如何是好。这位一贯洁身自爱、不问政治也不会侵犯别人从事政治问题研究的助教，尽管也看得清事情正反，却缺乏站到时代前面的勇气，这一次却例外地要求范志超赶紧离开工作岗位去休养。范志超回家静养了一段时间，稍有好转，难耐寂寞的她就匆匆返回上海。返回上海后，她寄居在国民党江苏省党部。在这里，她认识了妇女运动领袖向警予，还有在省妇联工作的张应春、杨之华，更加积极地参加各项妇女运动。

江浙战事爆发，军阀孙传芳疯狂抓捕革命党人，局势十分恶劣。然而，蒋丹麟依然纠缠着范志超不放手。在情感泥潭里挣扎的范志超，深感凭自身的力量难以自拔，鼓起勇气向侯绍裘倾诉了自己的苦闷和烦恼。侯老师像大哥一样，帮她详细分析了蒋丹麟家人对这件事的立场和态度，指出鉴于蒋丹麟回避现实、缺乏斗争勇气、没有责任担当的现状，除非她能把他的思想改造过来，否则再接近下去，于己于工作都不利。侯绍裘对她说，当断不断，反受其乱。一个革命者要学会舍弃优柔寡断，无论遇到何种牵连障碍，都要像森林中的大象那样，朝着既定的目标，踏平一切，勇往直前！这一番推心置腹的畅谈，廓清了她的心头迷雾，给了她无穷的勇气和力量，帮助她顺利跨越思想斗争的难关。

她觉得侯绍裘是老师更是亲切可敬的大哥，像是自己漫漫人生征途上的一颗启明星。

船在夜色中航行着。

范志超依然倚着甲板的护栏，看着船头被激起的浪花。她的脑海中，又浮现出朱季恂的音容笑貌。令她情绪低落到冰点的是，在她出发前几天，突然得到朱季恂老师在广州病逝的消息。尽管在广州时医生就曾讲过，他至多只剩下半年的时间了。但得知他真的逝去，还是止不住悲从中来。

悲痛中更多的是悔意，她不由得悔恨几个月前自己的抉择，尽管这个抉择是在朱老师不容商榷的坚辞下作出的。

去年5月，国民党二届二次会议刚开过，朱季恂又病倒了，因大吐血住进医院。在这远离松江千里之遥的南国异乡，范志超陪着进了医院，日夜看护着他。每到深夜，昏暗的灯光下，看着这位病势沉重的长者，孤立无援的范志超几度伤心落泪。这位长者，原有田地房屋，在富饶的松江也算得上富足人家。儿女双全，妻子早逝后，如照世俗续娶一房，仍不失小康日子。可他偏怪，为实现孙中山的嘱托，同侯绍裘两人变卖家产接办景贤女中，又以景贤女中为据点，发展国民党员，建立松江党部后又筹建江苏省党部，全身心投入国民革命。二大后留广州中央政府工作，仍然呕心沥血，不肯有片刻懈怠，病成如此糟糕境地。

开始，范志超不太了解老师的所作所为，觉得老师在既傻又怪中还带着几分神秘。 直到她来到广州，发现这里有着一大批同朱季恂老师相同的人，他们为着国家和百姓的前途命运，置个人生死于度外，日夜工作。 那次，她随老师去凭吊黄花岗七十二烈士墓，当看到沿途十余里路的两旁都是烈士墓时，彻底震惊了！ 她开始思考这些烈士的人生轨迹、壮烈牺牲，竟然有种"豁然开朗"的感觉，懂得在这个世界上还有另一种活法和另一种人生。 至此，她对"人若无志，与禽兽同类""志士不忘在沟壑，勇士不忘丧其元"，有了自己的理解。

她觉得躺在病床上的，不仅仅是当初她患伤寒危在旦夕时，冒着风险担全责救了自己性命的恩师，而且是一位令人肃然起敬的革命勇士。 照料他是自己义不容辞的责任。 原本，她想替他找个特别看护，苦于囊中羞涩，只好作罢。 她鼓足勇气，向熟悉的或不熟悉的人四处借钱，给他治疗，给他补充营养，祈祷着他能早日康复。 在她精心照料下，朱季恂的病情终得好转，渐渐能够离床行动，不久就重新回到寓所。 为了解决自己的生计，为了偿还背着老师借下的债务，同时也为了让自己压抑已久的心情得到放松，由朱季恂介绍，她到中央美术院图书馆谋得一份职位。

很快，秋去冬来，随着北伐战争的节节胜利，中央政府确定北迁，按规定，范志超应该随机关去武汉。 重病缠身的朱季恂老师亟须有人照料，她怎么放心得下呢？ 正值她举棋不定、犹豫不决之际，朱季恂反复做起范志超的工作，坚决要她随政府北迁，说自己已是老毛病了，身体这么差也上不了前线，如果因为他的连累，耽误了学生的前程，至死都不会心安的。 无可奈何之下，她将自己的恩师托付给广州的两个同志和一位女工友，毅然随中央政府北上。

记得分别的那个早晨，她反复命令自己不许哭，可是到了朱老师的公寓却未言先流下泪来。 倒是朱季恂微笑着说，等病情稳定下来，他也会到武汉上班去的。 听了这话，范志超忍不住哭出声来。 其实，谁的心里都清楚，医生已背地里说过老师的病是捱不到明春的。 她从挎包里取出个纸包，打开纸包是一条枣红色的绒线围巾。 这是她熬了几个不眠之夜,赶着织出来送给老师的礼物。

朱季恂则从书桌的抽屉里,摸出早已准备好的一支派克钢笔,颤抖着瘦骨嶙峋的手臂,要赠送给范志超做个纪念。对于这支派克钢笔,范志超再熟悉不过了。她记得在景贤女中的阅报室里,朱季恂就是用这支笔,常年累月、不厌其烦地在每份报纸的重要地方打上警号,启示学生认真阅读的,也是用这支笔批改作业、写下评语的。她还记得,朱老师正是用这支笔在她加入国民党申请表上签下介绍人姓名的。其实,谁都读得懂,此时此刻,朱季恂赠笔的全部潜在含义。范志超再也强抑不住,竟泣不成声⋯⋯

怎料到,此一别竟阴阳两隔,令人断肠。3月12日,在孙中山先生逝世两周年的祭日里,朱季恂与世长辞,追随他崇敬了一辈子的导师去了。

正当她深陷悲痛之际,忽收到侯绍裘老师从上海拍发的电报,叫她立即启程赶赴南京,到国民党江苏省党部工作。要她把全部精神放到省党部的工作上来,一方面继朱季恂老师的未竟之志,一方面替侯老师分劳。"知吾疼吾唯侯师也!"电文虽然极其简洁,却如江南阴雨连绵的梅雨季,忽然投进一道灿烂的阳光,驱散范志超的满腹积郁和悲苦,使她备觉温暖。

船头航行时激起的浪花,被风粉碎成水雾,洒落在范志超的脸颊上。她不禁回忆起在景贤女中的快乐时光。在那片自由的天空下,侯绍裘带领她们到城隍庙砸鬼、在郊外的河边清洗骷髅,还有水面上那几十层的水宝塔⋯⋯同学们对侯老师十分崇敬,既惧他又爱他。记得有一次,侯老师在处理谭同学退学时,还是让大家失望了一次。当时,有个谭姓同学为反抗封建家庭的包办婚姻,离家出走,远道来投奔她心中向往已久的景贤女校。侯绍裘和朱季恂两位老师不仅热情欢迎她,而且还免收她的学费和膳费。不久,她的母亲知道了,就找到学校来,先同师生们辩论,说是景贤女中把她女儿教坏了,理屈词穷后,又换了副慈母面孔,哭哭啼啼,对女儿软硬兼施,连骗带吓。同学们都同情她，支持她，挽留她。 谭同学起初态度非常坚决，慢慢地就被她母亲的眼泪俘虏了，最后动摇跟着回去了。 事后，同学们都惋惜地责怪侯老师挽留不力。 侯老师却说："革命是痛苦的，坚强的革命意志全靠自己磨练，别人是代替不了的！ 要挣断封建枷锁必须有坚强的意志！ 那个老太婆满口仁义道德，礼义忠孝，那是杀人的软刀子，是吃人的封建礼教，老太婆充当了卫道士的角色！"

范志超和同学们由责怪转向信服，从心底里钦佩侯老师，干脆利落的几句话，直击事情的本质。 然而，范志超对这番话的真正理解，却是在自己参加了革命工作之后。

不知怎的，她对自己那一次毫不客气向侯老师发起的"挑战"感到愧疚。 那回，她在假期中接到学业报告单，上面有侯老师的手批评语："思想超众，服装奢侈。"她检讨自己，常穿的是土布校服，是全班中唯一剪了辫子的，何来"服装奢侈"呀！ 她心里十分委屈，等不到开学，就急急忙忙跑到学校找侯老师去理论。 没想到侯老师听了事实分辩后，立即爽直地说："我犯了观察不细致、断事不审慎的毛病。我的批评宣布收回。"她听了后心里没有对老师的半点责怪，有的却是更加的敬重，同时向侯老师学到了勇于认错、处事从理的好品德。

……

时光如水，一晃已有两年多没有见到侯老师了。 想到这次能到侯绍裘身边工作，范志超心里自然有着说不出的高兴，同时又为自己羸弱多病的身体担心起来，唯恐辜负组织的重托和侯老师的信任。

客轮在长江里不紧不慢地行驶着，偶尔鸣一声低沉的汽笛。 起雾了，江岸上的树和房屋模糊起来，范志超悻悻地回到船舱。

四十四

　　虽说好男儿四海为家，但是真正要离开已经熟悉了的上海，到一个陌生的城市去开辟工作，侯绍裘的心里免不了滋生出淡淡的乡愁和惆怅来。

　　天色晚了，路灯刚刚亮起。侯绍裘匆匆行走在街道上。两旁商店里的汽油灯和沿街摊位的马灯，正努力将各自的灯光泼洒在麻石铺就的街面上，夜市在此起彼伏的吆喝声中也拉开了帷幕。诱人的饭菜浓香掺杂烧烤的烟霭，在拂面的三月和风中弥漫开来。此时，他实实在在地感到了饥饿，中午只吃了两口大饼能不饿吗？ 不知怎的，他陡然想到此时家乡松江，家家户户都在忙着过时节了，年少时他非常喜欢吃张泽青绿饺。 这种糯米饺制作时，在粉中加入艾蒿的绿色汁液，内里以猪油、白糖、枣泥、豆沙等作馅，再拌上桂花，放入笼中，下垫荷叶蒸熟，饺子碧绿光泽，幽香扑鼻，也叫"四全佳点"。 它和"亭林馒头""叶榭软糕"合称"浦南点心三宝"。 平常在上海滩头碰到这种青饺，绍裘时常会忍不住买点分给朋友品尝，尽管大家每次都赞不绝口，他总觉得吃不出家乡那正宗的味儿。 最让他忘不掉的还是泗泾陈记饭店于民国初年创新的乌龟肉。 该店以廉价收购乌龟，将龟肉拌以黄豆、白糖、猪油等佐料，文火慢煨，再加特晒酱油烧制，遂成色泽红亮、鲜美而略黏、酥而香甜的佳肴。 那时，他每次从南洋公学回家，他的母亲总要特地赶到陈记饭店订一份，说是给他解馋补身子……想到这里，他觉得满口生津，下意识伸手到布袍兜里摸了下，兜里空空如也，苦笑一下，又继续赶他的路。

　　昨天，他在省党部碰见张应春，发现她走路时脚一跛一跛的，知道她的足疾旧伤复发了。 多好的一位同志啊，自从她到省党部工作后，那真是席不暇暖，一直江南江北的奔波不停，全省的妇女工作可真是风生水起，轰轰烈烈。 别看她年轻，斗争的立场可十分坚定。 记得她刚到省党部时，西山会议派的沈玄庐跑来进行反共游说。 他见张应春初来乍到，就当着她的面指责省党部搞"赤化"宣传。 张应春觉得这个人有问题，当即予以反驳说：国民党右派自己怕革命，怕牺牲，在革命危急关头逃之夭夭；形势有些好转，就想坐享其成。 话锋一转，毫不客气地驳斥他：你所说的"赤化"，只是共产党员努力工作的代名词罢了。 三大政策是孙中山先生亲自制定的，你说它错误，难道你比孙中山先生还高明？ 沈玄庐闻言，自讨没趣，碰壁后灰溜溜走了。

　　侯绍裘很是欣赏这位蕴藏巨大能量的年轻的妇女部长，心中不免暗自生出平时对部下关心不够的内疚，在详细询问她的足疾情况后，问她想不想家,有多长时间没有回家看望父母了。 没料到,绍裘这样一问,反倒勾起自己的乡思来。 他突然作出个决定,让张应春回黎里休息一个礼拜疗伤,顺便回家看望父母,同时也了解一下亚师的近况,说省党部如果有急事就发电报给她。 张应春高高兴兴地答应了。 他想,这个时候她大概正和家人坐在堂屋吃晚饭吧。

现在,他要到省党部秘书长毛啸岑家去,了解一些机密文件的处理情况。 毛啸岑的家就在前面两条里弄相交的十字路口,再朝东行百十米深处那座古宅里。 跨进砖雕门楼,穿过两个天井,右拐弯不到十步就是他家的厢房。 老远地就听到啸岑的儿子,正骑在矮条凳上,口中念念有词:"虫虫虫虫飞,一飞一大堆……"瞥见侯绍裘的身影,小家伙一骨碌溜下板凳,蹦蹦跳跳迎了上来。

毛啸岑跨出厨房,笑着说:"我猜你还没吃饭吧,也没菜,刚炒了盘螺蛳,将就着吃吧!"

"唔,这可是只好小菜呵!"侯绍裘坐到桌边,抓起几颗螺蛳放进孩子手心说:"来,叔叔今天再教你一首:小小瓶,小小盖,小小瓶里有只好小菜……"

"小东西学吴语的劲头老大了。"啸岑看到这场景,不禁触动乡愁。

"吴语可是上海话的母语哦! 侬可记得《十稀奇》?"侯绍裘抓起孩子的双手对拍起来:"一稀奇,麻雀踏死老母鸡;二稀奇,黄牛吃水跌脱脚桶里;三稀奇,三间草屋造嘞鸡棚里;四稀奇,尼姑庵要找女婿;五稀奇,船上师傅死嘞汤罐里;六稀奇,六十岁婆婆坐嘞童车里;七稀奇,七石缸排在酒盅里;八稀奇,八仙桌摆嘞称盘里;九稀奇,鼻涕汰在眼睛里……"

"侯老师的记性真好,小辰光的还记这清楚。"原是小学校长的毛啸岑不禁回忆起自己的教书生涯。

"童年的记忆最强,童谣是启蒙的好教材。 记得当年孙中山先生到松江视察教育时曾说过:'人生教育,尤重蒙童。'参天大树,育于幼苗。 等革命成功了，我要发起儿童教育研究同盟。"

饭后，毛啸岑对出发前的有关工作做了详细的汇报。 侯绍裘满意地点点头，接着神情严峻地说，蒋介石已在南昌叛变革命，这次去南京是一场尖锐的斗争，要有牺牲的准备。 当他发现毛啸岑大箱小箱准备了好几件行李时，立即叮嘱他："轻装前进，单身负责，便于应变。"

从毛啸岑家出来后，侯绍裘乘上电车，他要赶到上海大学附中，学生会的骨干们正在那里等着他。

学生会设在学校图书馆后面操场的一隅，这是幢旧式的两层青砖小楼。 由于年代久远的缘故，木制的楼梯，踩上去会发出吱吱声。 二楼东面的会议室里，聚集着一群青年学生。 男生有穿长衫也有着西服者，女生清一式齐耳短发、蓝大襟服、黑布裙，青春焕发的脸上还留剩着上海光复的喜悦。

"欢迎'旗手'光临！"没等绍裘开口，几个女生举着拳头，呼叫着拥上前来，紧接着是热烈的掌声。

同学们都记得，那次因反对军阀吴佩孚屠杀人民，上海群众集会举行声势浩大的游行。 人们打着巨大的横幅标语，举着五颜六色的旗帜，振臂高呼口号，似洪流奔腾。 军阀惊恐失措，凶相毕露，急忙派出大刀队阻拦游行。 大刀队是镇压前两次上海工人武装起义的刽子手，每把闪着寒光杀气的刀口都曾沾染工人的鲜血。 两军狭路相逢，游行队伍渐渐停了下来，双方僵持着。 游行队伍要么冲开横亘眼前的大刀队，要么被吓退回去。 说时迟，那时快，只见从队伍后赶上的侯绍裘一把夺过大旗，高呼"打倒军阀！ 血债血还！"，手擎大旗，高唱着《国际歌》，如入无人之境，奋勇向前！"起来……"瞬间，雄壮的歌声如春雷滚动："满腔的热血已经沸腾，要为真理而斗争！ 旧世界打个落花流水……"大刀队在气势如虹的铁流面前退缩了，游行队伍在侯绍裘的率领下，照着原先确定的路线继续前行，沿途市民拍手称快，呼声雷动。

"旗手",既是同学们给绍裘起的绰号,更是青年学生对他的尊称。

"让我们用热烈的掌声,请'旗手'讲话!"沈昆安调皮地发出建议。

"同学们,明天省党部就将迁往南京,想到要同朝夕相处的各位分别,心里还真是不舍。临别时刻,同大家拉拉家常吧。"侯绍裘受这群年轻人的炽烈熏陶,敞开心扉,缓缓地谈起自己:

"我的故乡松江,被称'上海之根',是如今大上海的发祥地。我出生在松江县城一个富裕人家,父亲是前清秀才,那时他踌躇满志,由成语'克绍箕裘'给我取名'绍裘',寓意能继承先辈事业,足见长辈殷殷之情。孰知,后因国事日非,弃儒经商,同别人到上海合资开参药店。鸦片战争后,清朝政府腐朽卖国,中华民族忧患深重,我国民众在水深火热中不断挣扎和反抗。外国侵略势力深入上海,松江经济日益衰落。到我十岁时,家中参药店倒闭,家父悒郁去世,家道中落。中学一年级时,学校组织到上海参观,经徐家汇进入法租界,竟然遭外国巡捕阻挡;而烈日下面,中国苦力们在挽着大石磙压路,洋人却佩着手枪在一旁监视,这真是民族的耻辱啊。那个时候,我和同学们怎么也想不通,凭什么外国人在我们中国的土地上作威作福?答案是中国太穷。参观博物馆发觉我国地大物博,物产非常丰富,既如此,那为什么如此贫穷落后呢?怎么样才能富裕强盛起来呢?"

"像屈原所说,路漫漫其修远兮,吾将上下而求索。"侯绍裘陷入对往事的回忆,略停顿了一下,又继续说:

"慢慢我长大了,学习的知识丰富起来,视野也逐渐开阔起来。孙中山先生的三民主义讲得太好了!我对自己家庭对农民的封建剥削,也越来越看不惯。有年秋谷登场后,我母亲与上门交租的佃户起了争执,我实在看不下去,就站出来说,看看人家背皮晒成酱鸭子一样,何必再斤斤计较!那佃户走后,我母亲哭着狠狠骂了我一顿。说我吃里扒外、不当家不知柴米贵,说自我父亲去世后,全家五六口人老的老、小的小，就靠这点租谷糊口过日子。记得非常清楚，事后，母亲平静地对我说，我问你，即使全家人都把嘴扎起来，租谷一粒不收，天下的穷人那么多，你同情得过来吗？

"母亲的责备，让我认清一个理，要改变现状，必须废除封建制度，打倒反动军阀！但是，封建军阀并不孤立，它们在国际上与帝国主义勾结，卖国求荣，引狼入室，签订丧权辱国的"二十一条"。于是，我们就'抵制强权！''共讨卖国贼！'，于是就爆发了反帝反封建的五四学潮。

"开始我认为打倒帝国主义，废除二十一条，只要大家抵制日货就行了。我曾经倡议上海学生每人出十元股本，去开办一个不求赚钱的国货公司，与日货对抗。现在想来，真正幼稚可笑。后来，我又组织过'十人救国团'，我还曾几次谋划过刺杀行动。因了种种原因，两次计划都没得到实施。我心里想，欲从没有机会中找出一个机会去牺牲，我缺这个能耐，也没这个毅力，真如古人所言'慷慨捐躯易，从容就义难'啊！恽代英同志批评我，说我这是布衣之怒，是单枪匹马的蛮干。他说一个人的能力是微薄的，组织的力量是强大的。我们要唤起民众同心干，才能战胜凶恶的敌人。"

会议室里静极了，同学们全神贯注，静息屏气地听他们尊敬的侯老师讲述。方桌的两端各置一盏带玻璃罩的煤油灯，随着灯芯逐渐燃短，暗了下来。有同学上前拨动齿杆，顿时明亮起来。

"我要感激五四运动那年的暑假，因为就是在那个暑假我有机会阅读到《新青年》杂志。一看之后，如同'拨云见日'，顿时爱不释手。所谓'拍案叫绝''浮一大白'等形容词，不足表达出我那时受感动的情状。我现在不得不承认《新青年》于我思想上、人格上的影响最大，别的书没有一部及它的。我深切感受到思想的洞穿力，思想力量的不可战胜。从那以后，我下决心要为唤起民众而奋斗。我把这种理念种植进办学中去，我介绍新思想，传播新文化，唤醒同学们起来改造社会。

"后来,有件事对我触动极大,这就是五四运动中,学生们罢课了那么长时间,非但要求政府的一条也没结果,甚至连罢免卖国贼曹、陆、章的最小要求也办不到。但工人一起来,北京政府慌了手脚,三个卖国贼一齐滚下了台。可见工人阶级威力多大,要救国,非得依靠工人不可。可是,工人苦于不识字,虽然觉悟高,但是接受新思想有困难,办工人义务学校是个好办法。工人义务学校是宣传性质和速成性质的学校,我们办学的目标,就是要把学生培养成为劳动运动中的中坚骨干人物,并希望这些学生出校后,产生裂变,造就学生一人,要能成几何级数,去造就劳动界数十数百人,因而为社会主义效力,以谋阶级地位之提高。

"孙中山先生也从他革命实践中认识到这个道理,英明地提出'联俄、联共、扶助农工'的三大政策,实现国共合作,强有力地推动了北伐进军。然而,率领我们与国际帝国主义及国内军阀斗争四十年的孙先生壮志未酬,弃我们而长逝了。孙先生'革命尚未成功,同志乃须努力'的遗言已传诵全国,而关于孙先生的另一遗言却鲜为人知。他说,我死之后,敌人必用方法软化你们,如软化不了你们,必将杀你们,你们能坚持吗?同学们,我们如信道不笃,立志不坚,鲜有不被此威胁一手利诱一手所屈服者。"

讲到这里,侯绍裘略作停顿,目光炯炯有神地环视各位,继续说道:

"同学们,十天前工人武装起义胜利了,上海光复了,全上海人民都沉浸在欢庆的喜悦之中。但是,在平静的水面下,有汹涌的暗流;在铺满鲜花的道路上,会隐藏着毒蛇。美英军舰炮击南京、蒋介石南昌叛变革命、白崇禧拜倒租界列强脚下、上海滩反动帮会势力蠢蠢欲动……这一切预示着我们的革命正面临着两大阵营的生死搏斗!在这场搏斗中,我们每位同志都会经受一场生死考验和血的洗礼。在这场搏斗中,只有信念坚定、意志坚强者才能浴火重生!"侯绍裘讲到这里,话音戛然而止。

"我这颗头颅，不知哪天会被人家砍去。"接着，他边说边笑着扬起手掌，幽默地对自己的头颈作砍的手势："我这次去南京，要同反革命势力决斗，已做好牺牲准备。今天来就是同大家道别的。"

侯绍裘讲完后，并没响起掌声。煤油灯的灯芯又结出灯花来，一张张青春的脸庞，在淡橘色光晕映照下，显得格外沉静和刚毅。

到底还是女生情感脆弱，有位女生抹着泪说："侯师放心，我们不惧威胁，也决不被软化！"

众人含泪，异口同声："侯师放心，侯师保重！"

几位同学坚持要送一段路。沈昆安放心不下侯绍裘的安危，忍不住劝道：

"老师，您多次教导我们，要隐蔽精干，保存实力，避免无谓的牺牲。你肩负重责，还是不去南京为好。"

"不入虎穴，焉得虎子。我去志已坚，你们放心。"侯绍裘说着，朝大家用力地挥了下手臂，刚朝前走出两步又停下来，转过身对紧跟其身后的沈昆安说："你的学杂费已付到毕业。毕业后，进上海大学继续读书吧，记住，遇有困难可以去找柳亚子先生。"说完，再也没回头，大踏步地远去了。

"风萧萧兮，易水寒……"不知怎的，沈昆安在心中吟诵起这千古绝唱来，泪水早已模糊了双眼。

翌日，上海工部局的《警务日报》载："据报，侯绍裘此行预备在南京宣传反蒋。"

四十五

"呜——"随着一声汽笛嘶鸣,嚓、嚓、嚓,车轮快速转动起来,侯绍裘率国民党江苏省党部部分工作人员乘火车离开了上海。

"要抓住省党部迁移契机,大张旗鼓宣传我们的主张,唤起民众!"侯绍裘给沿途各市党部做了动员。一路上,苏州、无锡、常州成千上万的国民党左派人士和广大群众,手执彩旗、标语,敲锣打鼓,在火车站月台迎送。

火车在京沪铁路上开开停停。过了镇江就到南京了。

4月2日,列车终于抵达南京

下关车站。 车站内外，彩旗招展，锣鼓喧天，人山人海，口号阵阵，南京市党部及南京市各界四五万人已等候多时。 省党部人员下车后，广大群众立即举行了声势浩大的庆祝游行。 游行队伍中，人人手执一面写着口号的彩旗、竹竿高高挑起的巨型标语横幅，还有一人举一块方牌，每块方牌书一大字，前后排成一线，便组合成一条完整的口号；队伍中，还有化妆的民间舞蹈队、狮子舞、荡湖船、走高跷，边走边舞，热闹非凡。 游行队伍经过之处，街道两旁挤满了人群，鼓掌声、欢呼声、口号声，此起彼伏，一浪高过一浪；店铺纷纷挂起彩灯，燃响鞭炮，欢迎游行队伍。"打倒帝国主义！""打倒军阀！""拥护总理的三大政策！"等口号震天；"打倒列强！ 除军阀！ 国民革命成功……"雄壮的歌声响彻云霄。

坐落在南京中正街的安徽公学，成了省党部和南京市党部合署办公的地点。 进入公学的大门，左首是省党部，右首是市党部，中间有四间楼房做省党部工作人员的宿舍。 为了应对复杂多变的局势，侯绍裘机警地在外面旅馆里还租了房间，供女同志居住。 范志超已先前来宁，这样，先后到达的省党部人员，有省党部常委张曙时、组织部长林剑城、商人部长黄竞西、代理宣传部长高尔柏（暂代柳亚子）、代理妇女部长范志超（暂代张应春），以及省党部其他工作人员毛啸岑、钟伯庸、杨冀城、范坊畴等。

当晚，侯绍裘和刘重民等，听取了中共南京地委委员、国民党南京市党部常务委员刘少猷同志对南京形势的汇报。

刘少猷汇报说，江右军收复南京，市党部及南京市民赴总指挥部门前热烈欢迎北伐军时，受蒋介石指使设在花牌楼的右派伪市党部头目达剑峰，纠合数百名流氓打手，手持温建刚发给的枪支弹药，重演中山陵奠基礼时的故伎，大打出手，引起强烈公愤。 江右军政治部军官李世璋厉声喝问达剑峰："南京有正式党部，你们为什么又擅自另行组织'党部'？ 为什么你们还单独设'军警部'？ 这些行径足以证明你们非法！"当场拘留了达剑峰、王懋生、方冠英等人，收缴了他们的文件、印信。在查封伪市党部的同时，还查封了伪劳工总会等反动组织。

听到这里，侯绍裘称大快人心，并说周恩来同志指示，无论如何要拉住第六军，否则南京很危险。

刘少猷继续汇报说，市党部同江右军政治部组成了南京逆产调查委员会，查封了逆产并逮捕了省议员王春生。燕子矶一带农民还斗争了一个恶霸地主，金陵兵工厂工人追回总工头钱文富私吞的一万三千余元，并将其扭送第六军军法处审查。工人们还为改善待遇、提高工资、实行八小时工作制等，进行了一系列斗争……南京广大工农群众的斗志很旺盛。

侯绍裘传达了中共上海区委的指示精神，指出当前南京局势的复杂性和危险性。他要求刘子猷及南京市党部的同志们做好应对残酷斗争的思想准备，无论局势怎么变化，都必须发动群众、依靠群众、坚持有理有节地开展工作，在打击敌人的同时，注意保护好自己，做好由公开转入秘密斗争的准备。

夜深了，灯下，侯绍裘还在同高尔柏、范志超研究如何加强宣传工作。

侯绍裘神情严肃地说，我们的敌人是不少的，外有帝国主义及其走狗军阀、政客的造谣中伤，内有各种反动派的阴谋破坏，特别是蒋介石已早有异心。不管怎么说，敌人都是为了一小撮的私利，搞的是阴谋，使的是诡计，这些阴谋诡计见不得人，见不得阳光。我们所做的一切是代表人民大众利益，是反压迫反剥削，为老百姓谋幸福的，是正大光明的事业。为了发动群众，打击敌人，在当前紧迫形势下，我们的宣传工作特别重要。尔柏、志超，你们除了日常宣传工作外，还要着手筹划办一份《国民日报》，作为省党部的宣传阵地。

两位年轻人完全赞成侯绍裘的主张，站起身要去连夜拿出个方案来。

"志超，你等一下。"侯绍裘很高兴他的学生在斗争中愈发成熟和干练,语重心长地说:"志超,你的任务会一天天地加重,你要帮我做许多艰巨的工作,可值得信任的朋友又太少!"

范志超听了老师的话,半晌说不出话来。她并不因为受到信任而感到不知所措,而是为自己的健康实况担心,为不能担负更多的革命工作感到心情沉重。

"志超,你对我的话有什么想法吗?"侯绍裘显然有点着急。

"唉,我这不争气的身体……"范志超低声自语,紧接着坚定地说:"侯师放心,我会尽力做好你的忠实信徒就是!"

四十六

4月5日。金陵大学礼堂,省、市党部联合召开的南京市国民党员大会在这里举行。这是南京的国民党组织,由秘密转入公开后的一次规模空前的大会,所属八个区党部、六十四个区分部的国民党员齐聚在这里。会上,何应钦报告军事后,侯绍裘报告了政治与党务。然后,中共南京地委委员、国民党南京市党部常委刘少猷报告了南京党务,接着,张曙时报告了在武汉召开的国民党二届三中全会的经过。张曙时汇报说,三中全会针对蒋介石假借北伐大义,暗中用各种形式企图独揽党政军大权，与中央对抗、野心毕露的反动情况，强调防止和反对国民党内的独裁统治。全会免除了蒋介石的国民党中央常委主席、军委主席、组织部长等职。

了解到事实的真相，全场群情激愤，大会通过了拥护总理三大政策、拥护武汉国民党中央决议案、促成中央所任命的江苏省政府建立等二十一个决议案，通过了赞助上海市政府等的电报。这些决议和电报的通过，表明了反蒋独裁的鲜明立场，对在南京国民党员中揭露和反对蒋介石的反革命阴谋起到了积极动员作用。

局势的迅猛发展，如瞬间扑面而来的钱塘江潮，是任何人都无法阻挡也无法停顿的。侯绍裘顾不得疲劳，夜以继日拼命地工作着。会后，他又与张曙时等人努力筹建江苏省政府。经过艰苦而有效的工作，省政府筹备委员会终于诞生，李富春、李隆建、张曙时和侯绍裘为筹备委员，张曙时为秘书主任。经过筹备委员连日多次协商，江苏省政务委员会就江苏省政府的成立问题作出决议：于4月11日召开省政府成立大会；省政府及所属各厅人选为：主席程潜，委员李富春（第二军政治部主任）、林祖涵（第六军政治部主任）、侯绍裘（兼建设厅厅长）、张曙时（兼民政厅厅长）、柳亚子（兼教育厅厅长）、戴盆天（兼农业厅厅长）、高尔柏（兼省政府秘书长）。

眼看着南京民众运动已有显著发展，革命团体活跃，群众情绪高涨，省政府的成立也指日可待，但是在侯绍裘的心里，却没有丝毫的轻松和欣慰可言。他觉得此时的南京正处于暴风雨的前夕，空气凝重得令人窒息，他似乎已隐隐嗅到愈发浓烈的血腥味儿。

侯绍裘的直觉没有错。

在侯绍裘率省党部离沪赴宁的4月1日，国民党右派吴稚晖已在国民党中央监察委员会上，提案"惩办共产分子"。更早时间，还在江右军攻克南京的第二天，即3月25日下午两时半，蒋介石乘"楚同"舰，由芜湖抵南京下关。他并未登岸，像幽灵般转了一圈就直驶上海去了。他到上海除了同租界列强讨价还价达成肮脏交易、收罗上海滩黑帮流氓外,其实,是在等一个人。

这个人,就是时任武汉国民政府主席的汪精卫。1926年3月,蒋介石无视汪的国民政府主席和军委主席的地位,发动"中山舰事件",先斩后奏,给汪难堪。汪意识到:"我是国府主席,又是军委主席,介石这样举动,事前一点也不通知我。这不是造反了吗?"第二天,汪精卫想叫朱培德、李济深扣留蒋介石,但指挥不动。事后自觉威信受损,遂以"迁地就医"为名,被迫辞职,出走法国。就是这个汪精卫,在孙中山临终前,曾含着眼泪,信誓旦旦:"总理放心,我人决不被软化。"岂料回国后却很快与蒋介石、李宗仁、黄绍竑、白崇禧、宋子文、李石曾、吴稚晖等在上海经过几天密谋,结成反共同盟。

具有讽刺意味的是,还是这个汪精卫,他一面与蒋介石达成反共协议,一面又与陈独秀于4月3日联名发表了《联合宣言》,声称国民党"决无有驱逐友党,摧残工会之事",鼓吹国、共两党要"如兄弟般团结"。

"汪陈联合宣言"发表的第二天,蒋介石"釜底抽薪",以革命军总司令部的名义,借口继续北伐,下令驻南京的第二、六两军,从南京调往江北,开赴徐州。并将其嫡系部队何应钦的第一军调驻南京。

危机终于来临!

第二、六两军一旦调走,南京的革命人民就完全丧失革命武力的依靠,后果将不堪设想。侯绍裘立刻以省、市党部的名义,致电在武汉的江右军总指挥程潜:

> 自江右军取得南京,解除民众痛苦,人人欢欣,并赞叹不止。在市民大会中,复有人民自动提出要求江右军改造南京之议案,可见南京民众拥戴之热忱。近数日来,频传贵军将开拔离宁,一般反动派闻之,均喜形于色,跃跃欲试,本党同志及革命民众惶惶感不安,若将失其保障者。然奉系军阀盘踞北方,故应继续杀贼,以完成中国之统一,但后方尚未巩固,遽尔离去,于反动派以可乘之机,殊非计之得也。故敢代表南京五千同志要求,江右军暂缓开拔,免滋事变,幸垂鉴焉。

恳请第六军暂缓开拔的紧急电文是发出去了，侯绍裘完全能预料得到，这仅是"宁做过，不错过"的一纸空文。他心知肚明，作为江右军总指挥的程潜收到电文能作何行动呢？北伐军总司令的命令，能抗阻、敢抗阻吗？

4月6日。南京反动分子公开露出狰狞面貌，温建刚以南京市公安局长的名义发出通告，严厉规定："凡召集大会或集众会议，务先行文通知本局"，如"竟自纠众开会，定予取缔"。这是反动派公然取消人民权利，企图镇压人民革命的反动信号。南京市农民协会、市总工会等革命团体组织群众赴公安局请愿，要求取消通告，遭到温建刚拒绝。假面具被无情撕开，公安局的反动嘴脸，在光天化日之下暴露无遗。

4月7日。在省党部的走廊里，侯绍裘碰到正要出门的范志超。她受侯绍裘委派，去出席在夫子庙举行的群众大会，并代表省党部讲话。侯绍裘像送出征的战士那样，端详了一会儿，语气沉重地问："今天难保没有特务捣乱，你怕不怕？"没等她回答，紧接着，又关照道："志超，小心！"

"我把生命都交给人民了！"

"好！我的信徒！"侯绍裘挥着手里的一卷纸，微笑着目送她的远去。

早春的傍晚，夕阳西下，残霞如血。侯绍裘和高尔柏在南京街头看到一行行、一排排往城北开走的武装队伍，心如刀绞，他郁郁地对尔柏说："他们一走，形势将变得更加不妙了。人为刀俎，我为鱼肉！"

夜晚，安徽公学省党部房间里，昏暗的灯光下，侯绍裘心情沉重地来回踱步，思考着日趋恶化的局势和中央最近的政策。他从黄花岗七十二烈士想到了廖仲恺被刺杀，从中山舰事件想到了汪精卫被迫辞职，从上海第三次工人武装起义想到了景贤女中学生说的"我们的军队"⋯⋯是呀，"我们的军队"在哪？哪是我们中国共产党的军队呢？

在这遍地哀鸿、军阀混战的年代,有枪便是草头王! 枪杆子里出政权,没有枪杆不但没有发言权,连生存权都没有! 别人早已磨刀霍霍,刀都架到你脖子上了,还发什么联合宣言,还空谈什么"不怕老蒋造反,你们可以安心工作"!

侯绍裘想到,前两天党中央宣传部长彭述之到南京来,召集他和高尔柏、林剑城三人开会,要求组织东南特别宣传委员会。 就大局将如何演变的趋势,他同彭述之有了分歧。 彭述之对蒋介石的种种反叛行为,轻描淡写地归结为"小磨擦",断言"蒋介石公开叛变还不敢"。 并一一分析了除蒋介石的嫡系部队第一军以外,其他各军同共产党的关系,强调说,唐生智、张发奎是坚决反蒋的,我们完全可以掌控;程潜这里有林祖涵同志,也绝无问题。 最后还说什么不要杞人忧天。

侯绍裘针锋相对地列举种种事实,指出这是不顾现实的鸵鸟思维,是右倾麻痹思想,是要误党害人、流血牺牲的!

"主持中央的人,对革命的前途关系多大啊!"侯绍裘焦灼地希望中央能赶快纠正错误,挽救危局。 他考虑再三,决定派刘重民去武汉与中共中央联系,报告南京的危急状况。 遗憾得很,蒋介石早已派人控制了水陆交通,江防已封,刘重民无法成行。

经过慎重考虑,侯绍裘决定再派张曙时前往武汉。

但是,谁的心里都没有把握,张曙时能突破封锁,完成任务吗?

四十七

南京的局势正如侯绍裘所料，反动派已剑拔弩张，反革命事变一触即发。

侯绍裘召集刘少猷、张曙时、刘重民等骨干分子紧急磋商，大家一致表示，面对危急处境，不畏惧，不退缩，不放弃，争取一切机会，利用有利条件，斗争到生命的最后一刻。为了团结、教育民众继续开展斗争，打击、孤立敌人，会议决定8日召开军民联欢大会，9日举行欢迎汪精卫回国复职大会，10日组织市民大会。

4月8日，军民联欢大会如期

召开。 此时，第二、第六军已全部开赴江北，只有第六军政治部少数留守武装的同志到场，而新驻南京的第一军则无人参加。

当天晚上，省党部假座南京第一春酒家，设宴欢迎汪精卫回国复职和蒋介石莅宁。 在布置宴会厅时，侯绍裘要求大家多写些横幅标语，营造气氛。 黄竞西擅长排笔大字，自然由他挥毫泼墨。 毛啸岑手持口号稿纸，一条一条地报着内容。 忽然，他盯着"欢迎革命的蒋总司令"没有出声，心里很是不解，像这样的人我们还欢迎？ 侯绍裘哈哈笑起来："欢迎革命的，就是不欢迎反革命的蒋介石！ 他还戴着面具，这叫有理有节。"听了解释，毛啸岑才心领神会。

宴会厅里，宾主基本都到齐了，然而迟迟不见蒋介石踪影。 就在此时，一阵骚动的低声喧哗，只见温建刚颐指气使地闯了进来，环顾全场后，说蒋总司令公务繁忙不能赶到，由他代表出席。

席间，温建刚如入无人之境，扬言如有"假借三民主义，集会游行、妨碍工作者"，则"权力所及，必予扫除。"

侯绍裘从容起身，接过话茬，对温建刚发问："你不觉得自己的这番阔论自相矛盾吗？"紧接着，他面对全场来宾说：

"今晚假座第一春酒家设宴，是为欢迎汪主席回国复职和蒋总司令莅临南京。 蒋总司令没来，派温先生代表出席。 刚才温先生的高谈阔论，有悖孙总理的思想。 绍裘自觉有责任廓清谬误，以正视听。

"众所周知，中山先生提出的民族民权民生三民主义，是我们建党的宗旨和奋斗的目标。 为了推翻封建制度、打倒反动军阀及其后台帝国主义列强，中山先生自1923年决定了'联俄联共扶助农工'的三大政策。 实现三大政策以来，中国革命形势一日千里、突飞猛进，在全国人民的热烈拥护和有力支援下，北伐势如破竹，节节胜利，这是大家有目共睹的事实。 足见三大政策的威力，三大政策是实现三民主义的前提和保证。 现在，有人故意将三大政策与三民主义割裂开来，对立起来。 就是这位蒋总司令的代表，昨天用市公安局的名义发出通告，规定农民、工人集会或举行游行示威都要报他批准，否则就要取缔，就要武力扫除。这是公然取消人民的民主权利！这是对三民主义和三大政策的背叛！"

"你，你这是在煽动'赤化'！"温建刚气急败坏，欲拔枪威胁。

"什么是'赤化'？汪主席前几天和共产党负责人发布联合声明，算赤化吗？汪主席号召国、共两党要'如兄弟般团结'，是赤化吗？"

"我们革命军人不同你们文人耍嘴皮子，有能耐真枪实弹比比看。"温建刚知道自己说漏了嘴，想找个台阶。

"就凭你？"侯绍裘环顾全场，问大家："诸位，刚才这位'军人'进来，大家都闻到他身上呛鼻的异味了吧？"接着转过身，将目光投向温建刚，尖锐逼问道："你身为军人，理应生活严肃，凭你这浑身浓香扑鼻的，试问如何革命，又如何上战场杀敌？"温建刚面红耳赤，张口结舌，无言以答。

宴会结束，夜已深了。

侯绍裘紧急召集省党部常务执行委员和监察委员开紧急会议。他神情凝重地说：

"蒋介石已公开反动，江西、安徽等省党部均已被他们捣毁，温建刚也撕下面具，发出镇压革命的反动信号，南京的反动势力已暗地里重新集合，叫嚣'老蒋一到，马上开刀'！我们要做好准备，防止蒋介石的突然袭击。

"通知所属各部将重要文件和密电迅速整理，转移到安全地方去保存。还有，省党部一般工作人员和女同志，从今天起都到外面旅馆住宿，以免发生意外。"

"侯老师，你和鸣鹤师母先行回避才好。"范志超很着急。在场的同志都这样认为，要他赶紧到外面租旅馆安置家属和行李。

"家属不会有危险。"侯绍裘给大家宽心："我是负责人，不能随便行动。损失行李没什么，生命也准备着哩！"

四十八

　　4月9日清晨，第六军政治部留守处。

　　侯绍裘和张曙时两人，一大早就匆匆赶来，同政治部的李世璋谈了眼下南京的形势，请求革命军队的最后支持。李世璋表示就留守的武装力量，会尽最大努力，对省党部工作人员做力所能及的支持和保护。李世璋已知侯绍裘的处境十分危险，随时都有可能被捕，劝他们留在政治部不要再走。但侯绍裘认为斗争已十分尖锐，自己职责所在，不能离开岗位，坚持回到省党部。

这天上午，第二军全部开拔完毕。

11时许，南京大戒严，马路交通断绝，蒋介石由下关抵达南京。

下午两时许，三四万人集聚在南京公共体育场，按原定计划，"欢迎汪精卫主席复职大会"如期举行。国民党江苏省党部负责人侯绍裘主持大会，南京市党部负责人刘少猷讲话，大会按照预定议程一项接一项进行着。

谁也没想到，在同一时刻，魔鬼伸出了罪恶的血爪。蒋介石的心腹杨虎、温建刚指派陈葆元、达剑峰，带领百余名流氓打手，打着"劳工总会"的旗号，手持铁棒、木棍、手枪和绳索，来到安徽公学，狂呼乱吼着闯进省、市党部。一名头戴呢帽、身穿长衫黑马褂的家伙，跨进门就咆哮："奉总司令命令，打倒你们！"话音未落，暴徒们蜂拥而入，见人就打，见物就砸。霎时间，玻璃粉碎，门窗破裂，桌椅倒地，物件被抢劫一空。正在办公室的有关部门负责人黄竞西、戴盆天、高尔柏和邰一谷、陶恒荣等，以及工作人员三十余人，被暴徒用绳索捆绑起来，推上汽车，关进南京市公安局的院子里。

早一天，侯绍裘就关照省党部的女同志不要到办公室上班，其余人要提高警惕，随时准备斗争。毛啸岑上班时就将印信、文件用手帕包了置于桌上，以应不测。当歹徒冲进天井时，在后进房内办公的毛啸岑取了手帕包，与张曙时一同拔腿朝后门跑去。不料，后门亦有人吹哨吼叫，进退无路间，毛啸岑机智地将手帕包塞进墙角的米囤里，急忙闪进厕所。厕所内早已有人躲藏，大家齐蹲下身来。忽见有人掀起地板进入下层，众人尾随而下，刚放下盖板，就有暴徒闯入，地板被蹬得咔咔作响。接着，只听得有人用棍棒捅捣便槽，俄顷，暴徒呼啸而去。众人复出，毛啸岑尾随张曙时回房间，正欲给第六军政治部打电话，又被折回的暴徒扭走。二人被歹徒用绳索捆绑，挟出大门，行至五马路口，迎面来了位佩戴少将领章的军官，身后跟着卫兵。那军官上前喝令暴徒站住放人，暴徒见状，吓得四处逃散。原来这位军官名叫吴淇，刚从汉口到达南京，他素与张曙时熟识，见状立即施救。

在他的护送下,张曙时和毛啸岑安全回到宁台旅社。二人商量了一下,毛啸岑返回省党部去取匿于米囤的手帕包,张曙时则到公共体育场寻找侯绍裘、刘重民等人商量对策。

就在同天早晨,范志超早早来到省党部,因为昨晚侯绍裘和刘重民都没有回到住处,她放心不下。正当她带着金陵大学的几个女学生开会时,忽然前院人声混乱,知道事情不妙,就关照大家如何应变。话音刚落,冲进一群流氓不由分说将她们全部绑了,推推搡搡朝外走。正巧,被一位第六军军人看到。军人走到范志超跟前,轻声问道:"你是范同志吗?"范志超立即应答:"是的!"军人一手持枪,一手松开绑缚她们的绳索。那股歹徒看见军人手里有武器,肩佩第六军符号,只得白白眼,悻悻然走了。在路上,军人告诉范志超,他是在雷荣璞处认识她的。于是就将她们护送到雷荣璞处才离去。

同一时间,在夫子庙的南京市总工会亦被捣毁。

有人亲眼目睹:一群安清帮的流氓,在完成这一罪恶勾当之后,立即到市公安局领取赏钱后,呼啸而去。

消息传到公共体育场,与会群众异常激愤,大会决议:立即到蒋介石的总司令部请愿,要求封闭反动的劳工总会,保护省、市党部和市总工会的安全。

愤怒的群众,似滚滚洪流,一路高呼着口号,来到总司令部。

戒备森严的总司令部,如临大敌,增加了荷枪的卫兵。

口号声似火山爆发,窗户的玻璃被震得作响。许久,温建刚趾高气扬地出现在门前的台阶上。他瞪着双眼,扯着嗓子叫着:

"这里是军事禁区,不得喧哗!现在总司令正忙着,让我给大家回话。要告诉大家的是,劳工总会是总司令组织的,封闭该会,必须得到总司令允许。大家都散了吧!"

"我们不听你的,让他出来回话!"群众不满温建刚的回答,坚决要求蒋介石出来直接答复。

刚刚踏进南京的蒋介石,站在二楼隔窗观察对峙的双方。他不希望局面继续僵持下去,或许想给群众有个好的印象,沉吟片刻,决定亲自出面。

忽然从门内涌出百余名荷枪实弹的卫士,两边的哨所上架起四挺机枪,黑洞洞的枪口对准黑压压的请愿人群。

等了许久,蒋介石才出来。 只见他身披一件黑色斗篷,手戴白手套,脚蹬黄色马靴,走上讲台,皮笑肉不笑。 对群众的要求避而不谈,只是东拉西扯,不着边际:

"唵,我们大家见面,唵唵,十分欢喜,唵唵……好在,以后见面的机会很多,唵唵,可以有更多机会说话,唵唵……北伐军还要继续往北打,唵,大家精神佳了,唵唵,不过,唵,不要滋事,唵唵……"说完,就丢下数万请愿群众,在卫士的层层护卫下,飘然入屋。

三分钟的讲话,他的口头语"唵"就占了两分钟,不仅不接触实质,反诬群众"滋事"。 群众的愤怒情绪达到极点,顿时,排山倒海的口号声一浪高过一浪。 无奈,天色已晚,大家相约第二天继续同蒋介石斗争。 路途远的浦镇机厂等工人,统一夜宿南京戏院。

形势急转直下,反动派到处逮捕共产党员。 侯绍裘不顾个人安危,立即赶到火车站,找到正在等车离宁返沪的高尔松和沈联璧,叮嘱他俩一到上海,马上向全国发一个江苏省党部的通电,说明省党部被毁经过,严厉揭露蒋介石反革命的卑鄙手段和狰狞面貌。 自己则四处奔走,设法营救被捕的同志去了。

省党部被毁,傍晚,大家聚集在事先约定的四象桥南洋旅馆,商讨对策。 侯绍裘左下巴长着一颗豌豆大的黑痣,极易被人识出。 工作人员都为他的安全担心,见他又要出去开会,毛啸岑急忙劝阻:

"局势这么紧张,你的目标太大,尽量少公开露面!"

侯绍裘笑笑说:"总不能让我躲在屋里束手就擒吧! 越是困难危险的时候,越要我们共产党员冲锋在前啊!"

他的妻子胡鸣鹤也十分担忧:"鳌,大伙说得有道理,好汉不吃眼前亏,躲躲风头再说吧。"

侯绍裘听了妻子的话，心里生出歉意，他为自己不能保护家人安危感到负疚，沉沉说道："张曙时等同志被捕还没有释放，得赶紧想法去救，他年纪大，经不起折磨啊！"说罢，再次嘱咐大家尽量减少外出，注意隐蔽好，就匆匆离开了。

　　当天晚上，侯绍裘主持召开了南京各革命团体负责人紧急会议，决定翌日上午召集群众大会，示威请愿，向蒋介石提出三点要求：释放张曙时，惩办捣毁省党部的暴徒，执行孙中山提出的三大政策。

四十九

4月10日上午9时,"南京市民肃清反革命派大会"在半边街的公共体育场召开,约十万群众从四面八方涌来。大会由刘少猷主持,他报告大会宗旨后,侯绍裘代表省党部愤怒谴责蒋介石唆使流氓打手捣毁省、市党部,抓走省、市党部工作人员的反革命罪行,强烈要求惩办肇事者,保护集会自由,保护工人运动,恢复省、市党部,保证今后不再发生类似事件。南京市党部和市总工会的代表,相继讲话,他们用铁的事实,控诉了暴徒的罪恶行径,呼吁各界民众紧紧团结在一起,行动起来,与反动派作坚决的斗争。

大会在慷慨激昂地进行着,危险也正在悄悄袭来。

这时,大会秘书处获得确切密报,有特务已携枪混夹在群众队伍中,准备伺机暗杀侯绍裘。担任会场纠察的是兵工厂的工人,他们闻讯后要立即回厂取枪前来保护。侯绍裘思考了一下,担心一旦发生枪战,会伤及群众发生意外,认为不妥。于是和工人纠察队的负责人商量了一个方案,临时决定由毛啸岑代表省党部与刘少猷负责会议,他做了必要的自卫安排后,在工人纠察队员秘密护送下,悄悄离开了会场。

临行时,他握着毛啸岑的手说:"大会就交由你和刘少猷同志负责。"停顿了一下,接着叮嘱道:"如果这次斗争失败,我们各自回家乡,一切从头做起。"

毛啸岑坚定地点了点头。他无论如何都想不到,这一别竟成永诀。

大会的气氛十分热烈。口号声中,十万条紧握拳头的手臂伸向天空,汇成愤怒的海洋。大会一致决议示威游行,并议决七条事项,去总司令部请愿:

一、请总司令部切实保护省、市党部及南京总工会;

二、请总司令部指令公安局,将反动分子交人民审判委员会审判;

三、查办温建刚把持的公安局;

四、武装工人纠察队,实行工人自卫;

五、省、市党部组织武装自卫队;

六、释放张曙时等同志,并保障其生命安全;

七、封闭反革命劳工总会。

浩浩荡荡的游行队伍从复成桥出发,经花牌楼、吉祥街、督军府、石板桥、浮桥、红纸廊、北门桥、估衣廊、明瓦廊、木料市、市党部、内桥、府东街、三山街……约下午一时许,到达总司令部。

总司令部门前,卫兵荷枪实弹,群众高呼口号。双方相持个把小时,才出来一个人,叫派几个代表进去讲话。各团体立刻推派出刘重民等几名代表,进去与蒋介石交涉,要求答复七项条件。

时间在一分一秒地过去,至下午3时,见未有答复,各团体又推派出第二批代表进去;至下午4时,仍无答复,于是又推派第三批代表。

代表们在里面交涉,群众在大门外做他们的坚强后盾。尽管从早晨开始已连续八九个小时,大家在市总工会工人纠察队总指挥陈庸之的领导下,秩序井然,精神抖擞,士气高昂,口号声此起彼伏,请愿的群众唱起《工人团结歌》:

我们工人创造世界,人类一世主,
不做工的流氓打手反将我们欺,
起来!起来!
全心协力集起我们团体,
坚决奋斗……

下午4时,仍不见进去的代表出来,这回,毛啸岑亲自率领数位代表拨开阻拦的卫兵,径直来到大厅,和前几批代表汇合。又等了许久,只见厅门打开,蒋介石满脸怒色,冲大家咆哮:"娘希匹,孙传芳已在龙潭渡江,没工夫与你们啰唆!"呼的一声,甩门进去了。

已是下午5时许,还不见有答复,也不见代表们出来。派出的第五批代表,遭蒋介石拒见,被门卫拦在门外。人们再也抑制不住满腔愤怒,齐声高呼:

"我们要见代表!我们要求答复!"

"打倒国民党右派!"

……

迫于强大的群众压力,蒋介石只得放出代表。

"交涉没有任何结果!"刘重民等代表出来报告说:"尤其第七条,

总司令说组织劳工总会是'民意',无所谓真假,封闭是无论如何办不到的。"

霎时,群众怒不可遏,齐声明志:"不达目的,誓不离开!"

就在这时,温建刚已调集二百余名流氓暴徒,打着劳工总会的旗帜,臂戴袖章,手持凶器,赶到现场,在反动军官的指挥下,突然冲进西辕门,向请愿的群众队伍奔袭过来。

工人纠察队在陈庸之指挥下,手持齐眉棍,英勇还击,终因寡不敌众,抵挡不住。暴徒们举着凶器向赤手空拳的请愿群众,劈头盖脑乱打乱砍,人群大乱。总司令部门前有个军官趁乱开枪多响,当场打死王大刚等请愿民众数十人。反动派早在房顶架起机枪,站在墙头的士兵拉响枪栓,有的则从房顶朝群众队伍抛砸瓦片。请愿的群众队伍,被突如其来的枪击和瓦片惊动,在极端混乱中,人流朝东辕门涌去。铁制的东辕门挤坏了,门旁的石狮挤翻了,东辕门旁边两丈高的砖墙瞬时被挤倒了一大段。混乱中,请愿群众被压死、踩伤、砸伤、打伤者,难计其数,现场血肉横飞,惨不忍睹。为避免更多伤亡,保存革命力量,陈庸之根据党的指示,指挥群众迅速撤退,疏散。

震惊中外的"四一○"反革命事件,永远定格在南京史册。

请愿群众的热血,将蒋介石总司令部门前的麻石地面染红,沿着古老车辙的凹槽汩汩流进石缝,滋润着春风中钻出来的野草。潮水般涌来的人群又潮水般退去了,只剩下躺倒的铁制辕门、残损的石狮,和围墙的断壁残垣,还有阴森森路灯下士兵手中枪管上闪着寒光的刺刀。

当晚八九点钟光景,侯绍裘在事先约定的接头地点等到了刘重民、林剑城,得知张曙时白天已在押解途中脱险,就先后来到张曙时的临时住处。

张曙时的临时住处在巷陌深处。等三人进了门,张曙时警惕地在巷口观察确认没有"尾巴"后,便闩好门,关了灯,领着上了阁楼。

在综合各方信息后,侯绍裘提出:"形势十分危险,蒋介石已经开始屠杀革命群众，我们的工作必须立即由公开转入秘密。"

"目前，被捕的同志都已放出来，从这点分析，可能南京的情况不同于南昌、九江和安庆。"

"也许，正如彭述之所言，蒋介石还不敢公开叛变。南京目前，可能只是反动派雇佣流氓冲砸、捣乱而已。"

"不过，形势瞬间万变，我们还是应当高度警惕，准备好革命的两手来应对反革命的两手。"

最后大家一致决定：既然水路已经封锁，明天一早，就由张曙时改与第六军政治部的同志一起骑马转道去武汉，向国民党中央和国民政府控告；同时，为防万一，省党部工作人员暂时撤离南京，回上海坚持斗争；派林剑城去沪宁沿线与各市、县党部联络，让他们保持警惕，做好准备，以应对随时有可能发生的反革命事变。

当晚，四人分手时，张曙时得知侯绍裘、刘重民还要参加一个重要会议，特别提醒开会时要多设警戒，谨防反动派下毒手。临行时，侯绍裘深情叮嘱张曙时："你不要出去了，外面认识你的人多。明天一早我来送你启程。"

黑云压城，风雨如晦。

深夜11时。南京大纱帽巷10号，这里是中共党组织的地下交通处。

国民党江苏省党部、南京市党部，及市总工会等各革命团体中的共产党员干部，正聚集在这里召开党内紧急会议，商议应变措施及反击蒋介石反动派的具体对策。苏州市党部负责人许金元也应侯绍裘电召，匆匆赶到会场。会议气氛严峻而热烈，大家尽量压低嗓声，各抒己见。会议持续到凌晨，决定在这最危险的时刻，不退却不妥协，用民众力量解决反动局面。

凌晨两点，负责警戒的同志冲进来报告："我们被包围了！"

话音未落，一群持枪的家伙破门而入。说时迟，那时快，侯绍裘跃起吹灭桌上的油灯，猛地将身旁的刘少猷拽到后院天井里，弯下腰喝道:"踏上,翻墙!"刘少猷刚翻过墙,没等到侯绍裘直起身,就被敌人扑倒在地。

非常不幸,由于事机不密,会场被反动派的公安局侦缉队获悉后,侦缉队长赵笏臣立即带领五十多名便衣武装,将会场包围。参加会议的除刘少猷一人脱险外,侯绍裘、谢文锦、刘重民、许金元、邰一谷、文化震、钟天樾、梁永等均遭秘密逮捕,被关进南京珠宝廊市公安局看守所。

阴险狡诈的敌人在凌晨秘密抓捕之后,将现场恢复原样,不动声色地布下了埋伏,等候密捕其他来联络的共产党人。

回黎里的张应春,连接两封催促她赴宁的电报,马不停蹄,急匆匆从黎里取道苏州赶到南京。4月10日傍晚,当她按地址找到安徽公学时,发觉省党部已经被封,大铁门上挂着第一军第三师军械股的木牌,并有卫兵持枪站岗。她知道情况有变,就悄悄找到共产党员、南京市党部妇女部长陈君起的家。两位战友久别重逢,自然有着说不完的话,道不尽的情。陈君起告诉张应春,南京形势突变,蒋介石已公开背叛革命,昨天省、市党部被捣毁,今天请愿群众被枪杀……陈君起劝她先别着急,让她先在自己家里住一宿,明天早晨就领她到大纱帽巷地下交通处,寻找党组织。

4月11日清晨,陈君起特地到街上买来油条、豆浆和包子,热情款待这位姑苏妹子。吃完早饭,两人匆匆赶到大纱帽巷10号,推开虚掩的大门,穿过天井,来到堂屋,未及出声,突然窜出五六个大汉,就这样她俩也被秘密抓捕了。

五十

海明威说过："你尽可把他消灭掉，可就是打不败他。"被捕的共产党员们，在狱中坚持斗争，敌人软硬兼施，用尽诡计和各种刑罚，没有一人屈服就范。

刘重民曾托看守给在南京的叔父刘清泉送去一封信，请他速去上海找其父刘祝三设法营救被捕的同志们。刘祝三火速赶到南京，到反动派把持的南京市公安局交涉，得到的回答竟是查无此人，便断了音讯。面对敌人的严刑拷打，这位意志比钢铁还坚的共产党员，大骂蒋介石无耻背叛革命、屠杀革命人民的罪行，痛斥反动派的种种谬论。敌人十分恐慌，恼羞成怒，竟然残忍地割去他的舌头。

陈君起被捕后，曾给她在钟英中学住宿读书的儿子曾鼎乾写了一份遗书，托人送出邮寄到学校，以索要换洗衣物为名，暗示儿子赶快回家销毁党的机密资料。聪明的曾鼎乾阅信后，迅速处理完毕，带着母亲所要的衣物，匆匆赶到公安局，得到的回答却是不在此处。狱中的陈君起，公开承认自己信仰共产主义。敌人要她提供别的同志情况，她斩钉截铁地回答："不知道！"

抓捕到侯绍裘后，敌人争相邀功请赏，在审讯时也格外费了心思。

一天，温建刚接到蒋介石的指令，将侯绍裘押进总司令部。

蒋介石让人松绑，连声说是误会。

"勇士不忘伤其元。我的头颅早就准备好了，拿去吧！"侯绍裘直截了当。

"唵，我不要你的头颅，唵唵，没那么严重，你在声明上签个名，就没什么了。唵唵，我任命你为江苏省政府主席。"

"我从加入共产党的那刻起，就做好了牺牲的准备。你应该知道我家乡松江的夏完淳吧。当年叛徒洪承畴也说'归顺当不失官'，他的回答是'人生孰无死，贵得死所耳'！"

"唵，国共合作，目标一致，唵唵，孙总理讲联俄，没讲赤化。"

"你以为天下人都和你一样，对信仰说背叛就背叛吗？"

"唵，误会，唵唵，殊途同归。"

"不，你们勾结列强，背叛总理，镇压革命群众，你我不共戴天！"

……

押回看守所后，温建刚阴诈地对铁窗里的侯绍裘说："请放心，总司令交代了，不要你的头颅，要放你的血！"

当天深夜，公安局长温建刚、特务头子陈葆元奉蒋介石密令，亲自指挥侦缉队进行杀戮。刽子手赵笏臣等将侯绍裘等被密捕的十余位同志，分别装入麻袋，残忍地用电刀和尖刀将他们一个个活活戳死，顿时流血如注，浸红了麻袋。黑夜里，刽子手们偷偷用汽车运到南京通济门外九龙桥，投入秦淮河毁尸灭迹。

烈士们的鲜血染红了秦淮河水，汇入滔滔东去的江水中。石头城在悲鸣，扬子江在呜咽。

侯绍裘以自己的一腔热血实践了他三年前的庄严誓言："我们只有沉毅地进行我们力所能及的工作，只须遇到烈士他们的境遇时，能和他们一样的死就好。"他为党和人民英勇牺牲，年仅三十一岁。

侯绍裘，这颗从云间升起的启明星，在黎明前殒落了。

这一天，远在千里之外的上海，发生了血腥的"四一二"反革命政变。

五十一

直到 4 月下旬,侯绍裘等被杀害的消息才慢慢传出。

5 月的南京。荒凉的燕子矶上,从一片片野火灰烬中钻出的野草,正努力覆盖着满目疮痍。丛丛野生的槐树林,铺满白花,如身着孝服肃立着。

几位青年女学生拨开细径上的荆棘,朝江边走去。为首的那位正是王伊珠。她听说侯绍裘遇害后,被抛入了燕子矶的长江中,就和几位同学冒着危险特地从苏州赶了过来。

她们按照家乡的习俗,带来了

一股香、一束象牙红、两根蜡烛和几支鲜花。在江边的草丛中，她们点着了香，和象牙红一并插在泥土中，将点着了的蜡烛分别粘在两块石头上，鲜花分摆在写有"先师侯绍裘"字样的纸牌的两旁。她们双手合掌，满怀悲愤，偷偷祭奠着恩师。

"夫木之死也，青青去之也，夫使木生者岂木也，犹充形者之非形也……"其中的一位，在心中默诵着《淮南子·精神训》中的这段课文，眼前浮现出侯老师讲课时的音容笑貌，猛然间悟出其中的深义和境界。

"离离原上草，一岁一枯荣。野火烧不尽，春风吹又生……"此时，王伊珠和同学们，再也抑制不住，流着泪吟出声来，声声血泪和着刚毅。

这时，起风了，洁白的花絮，缤纷飘落，寄托着人们无尽的哀思。

柳亚子惊闻噩耗，悲痛欲绝，怀着对蒋介石反革命罪行的满腔仇恨和对烈士的无限深情，写下许多悼念诗篇，他在《三哀诗》中写道：

　　指天誓日语分明，
　　功罪千秋有定评。
　　此后信陵门下士，
　　更从何处觅侯生。

1927年10月24日，中共中央机关刊物《布尔什维克》，发表了专门悼念诸烈士的文章，庄严号召：中国无产阶级及其政党誓为他们的首领和战士报仇。

1943年，周恩来同志在重庆南方局干部学习会上，高度评价了第一次国共合作中，包括侯绍裘烈士在内的共产党人的历史作用，指出："当时各省国民党的主要负责人大都是我们的同志""是我们党把革命青年吸引到国民党中，是我们党使国民党与工农发生关系。国民党左派在各地的党组织中都占优势。国民党组织得到最大发展的地方，就是左派最占优势的地方，也是共产党员最多的地方。"

全国解放后，1950年4月，侯绍裘同志牺牲二十三周年的时候，上海《解放日报》《文汇报》《新闻报》《大公报》和《新民晚报》，都以整版篇幅开辟纪念侯绍裘烈士的专栏。 杨之华同志称颂侯绍裘同志"坚决执行党的命令，积极贯彻党的决议，为人真实、朴素、吃苦、耐劳、虚心、诚恳、忘我、爱人、少说话、多做事……他不动摇、有勇气"。 陆定一同志的文章指出："他是一个立场坚定，并且极有才干的共产党员。"

1950年4月9日《新闻报》刊载柳亚子所撰《侯绍裘小传》，全文如下：

侯绍裘，字墨樵，与季恂同籍松江，少时曾受业焉。既长，入交通大学习工程，所业倾其曹。"五四"后，以学潮被斥，遂投身中国国民党，始主持松江县党部。民国十四年八月，第一届正式江苏省党部成立，被举为执行委员会常务委员，与余及季恂同事，推心置腹，靡间纤毫焉。君赋性仁爱，平易近人，临大节则毅然不可夺。其为人也，俭于持躬，而厚于遇友，怀才而不伐，负责而不竟，渊渊乎君子人哉！顾反动者流辄深忌之，欲得而甘心云。十五年一月，为江苏省代表出席第二次全国代表大会，寻返沪上。三月十二日，举行孙先生陵墓奠基典礼于南京，为宵人狙击，负伤几殆，犹强自振厉，治事不辍。旋偕季恂及余先后入粤，季恂留粤不归，余归后杜门弗复出。省部同人，苦群龙之无首，仍电促君归，主持全局焉。十六年三月十二日为孙先生逝世两周年纪念日，君率众声讨环龙路伪中央，复遭狙击，身受痍伤，仍奔走游行示威。虽甚痛楚，勿恤也。国民革命军既定上海，举行市民大会，君被推为上海临时市政府委员，多所谋划。已而南京亦下，复被任命为江苏省政府委员，遂以四月二日率省党部同人迁驻南京，以安徽公学为办公处，且议组织省政府，未成而清党祸作矣。四月九日，省党部为暴徒武力所解散，君先走避他所，其后复告失踪，闻为暴徒所得，即缚置麻布袋中，以乱刀攒刺之，流血如注，沉尸大江，其惨酷为人间所罕见云！伍胥齿剑，逐白浪兮安归；苌叔违天，埋碧血而未化。悲矣！

1957年9月6日《解放日报》头版,以《松江兴建烈士碑》为题报道:"本月一日下午,松江人民举行了大革命时期殉难烈士侯绍裘、姜辉麟烈士纪念碑奠基典礼。"

1983年12月,中共松江县委员会、松江县人民政府重新为侯绍裘烈士竖立纪念碑。

1987年4月,侯绍裘烈士塑像在松江第二中学揭幕。

南京雨花台革命烈士陵园,革命史料陈列室展出了牺牲于南京的革命烈士光辉事迹,其中,牺牲最早的就是侯绍裘烈士。

为国家兴盛、人民幸福而英勇献身的英烈们,精神不灭,他们的英名和事迹永远镌刻在共和国的史册上。

在历史的天空中,群星璀璨,每颗星都是一本厚重的历史书籍。请勿忘记,"云间"有一颗璀璨的启明星。

参考文献

1. 《侯绍裘纪念集》，上海松江县史志办，1987；
2. 《侯绍裘文集》，中共松江县委党史研究室，上海远东出版社，1995；
3. 《松江教育百年史话》，王勉主编，文汇出版社，2004；
4. 《松江轶事》，上海市松江区史志办，方志出版社，2010；
5. 《松江文化志》，松江文化志编写组，百家出版社，2011；
6. 《松江方言志》，张源潜编著，上海辞书出版社，2003；
7. 《中共党史人物传（第八卷）》，中共党史人物研究会编，陕西人民出版社，1983；
8. 《革命烈士传（一）》，革命烈士传编辑委员会，人民出版社，1985；
9. 《文史资料选辑（第十二辑）》，中国人民政治协商会议全国委员会文史资料研究委员会编，中华书局，1961；
10. 《青青犹在》，王宗光主编，上海交通大学出版社，2005；
11. 《回忆恽代英》，人民出版社编辑部，人民出版社，2015；
12. 《中山舰风云录》，皮明庥等著，武汉出版社，1998；
13. 《1926年国民党中央和各省区联席会议的目的与后果》，李根德，载《安徽史学》，1987；
14. 《松江镇志》，松江镇志编纂办公室，1988；
15. 《松江县志资料》，松江县地方志编纂委员会办公室，1986。